Diogenes Taschenbuch 90/v

W0247184

D. H. Lawrence

Der Fremdenlegionär

Sämtliche Erzählungen V
Autobiographisches, Fragmente
Deutsch von
Elisabeth Schnack

Diogenes

Deutsche Erstausgabe.
Nachweise und Anmerkungen zu *Sämtlichen Erzählungen*
(detebe 90/I–V) und *Sämtlichen Kurzromanen* (detebe 90/VI–VIII)
am Schluß des achten und letzten Bandes.
Diese Ausgabe erscheint mit freundlicher Genehmigung des
›Estate of the Late Mrs. Frieda Lawrence‹.
Redaktion von Gerd Haffmans.
Umschlagzeichnung von Tomi Ungerer

Inhalt

Der Fremdenlegionär 7
>Introduction to Memoirs of the Foreign Legion<

Autobiographische Skizze I 99
>Autobiographical Sketch<

Adolf 103
>Adolf<

Rex 114
>Rex<

Merkur 126
>Mercury<

Eine Kapelle in den Bergen 133
>A Chapel Among the Mountains<

Ein Heuschuppen in den Bergen 145
>A Hay Hut Among the Mountains<

Der fliegende Fisch 154
>The Flying Fish<

Autobiographische Skizze II 183
>Autobiographical Sketch<

Der Fremdenlegionär

An einem dunklen, feuchten Winterabend im November 1919 traf ich in Florenz ein; ich war soeben zum erstenmal seit 1914 nach Italien zurückgekehrt. Meine Frau war in Deutschland, um ihre Mutter zu besuchen – auch zum erstenmal seit dem verhängnisvollen Jahr 1914. Wir waren arm; wer befaßte sich schon zwischen 1914 und 1919 damit, mich zu verlegen und für meine Arbeiten Geld auszugeben? Als ich nach Italien kam, hatte ich neun Pfund in der Tasche, und etwa zwölf Pfund lagen in London auf einer Bank. Das war alles. Wenn meine Frau nach Florenz kam, würde sie hoffentlich noch zwei oder drei Pfund übrigbehalten haben. Wir mußten sehr behutsam vorgehen, wenn wir uns für den Winter in Italien einquartieren wollten. Aber nach der verzweifelten Kriegsmüdigkeit mochte man sich nicht sorgen.

Ich hatte daher an N. D. geschrieben, mir irgendwo in Florenz ein billiges Zimmer zu besorgen und bei Cook eine Nachricht zu hinterlegen. Ich ließ mein bißchen Gepäck auf dem Bahnhof in der Aufbewahrung und ging zu Cook in der Via Tornabuoni. Florenz war mir fremd: an diesem kalten Novemberabend schien es abstoßend und dunkel und ziemlich scheußlich zu sein. Ich fand eine Mitteilung von D. vor, der mich nie im Stich gelassen hat. Ich ging den Lung' Arno hinab zu der Adresse, die er angab.

Ich hatte gerade das Ende des Ponte Vecchio überquert und sah im Weitergehen die ersten abendlichen Lichter und auf dem hochgehenden Fluß das letzte Tageslicht, als ich D.s Stimme hörte:

»Ist das nicht Lawrence? Ja, natürlich, natürlich ist er's, mit Bart und allem übrigen! Well, wie geht's? Haben Sie meine Nachricht vorgefunden? Gut, mein lieber Junge, nun gehen Sie einfach zum Cavelotti, immer geradeaus, die Nummer haben Sie ja. Dort ist ein Zimmer für Sie reserviert. In einer halben Stunde sind wir auch da. Oh, kann ich Sie mit M. bekannt machen?«

Ich hatte die beiden unbewußt näher kommen sehen, D. groß und würdevoll, der andre Mann klein und aufgeblasen. Beide hatten die Mäntel bis obenhin zugeknöpft, und beide trugen ziemlich schwungvolle kleine Hüte. Aber D. mit seinem boshaften roten Gesicht und den struppigen Augenbrauen war ausgesprochen schäbig und ein Gentleman. Der andere Mann war beinah elegant, ganz in Grau, und auf den ersten Blick sah er wie ein Impresario aus: gewöhnlich. Auch er schien ein wenig heruntergekommen zu sein. Er betrachtete mich in meinem dicken alten Mantel und mit meinem buschigen und zerzausten Bart (weil es mich davor grauste, einen unbekannten Frisörladen zu betreten), und er begrüßte mich mit einer ziemlich affektierten Stimme und ein wenig gönnerhaft. Doch ich begriff sofort, daß ich in den Augen des kleinen grauen Spatzenmännchens – er steckte sein Embonpoint wie ein Vogel vor, und seine Beine schienen hintennach zu stelzen, wie die eines Vogels – eigentlich in einer Droschke hätte sitzen müssen. Aber das tat ich nicht. Er beäugte mich auf eine schlaue und ziemlich dreiste Art, wie sie in der Welt der Impresarios üblich ist, wo man sich als schäbiger Kosmopolit in der Welt herumtreibt.

Er sah wie ein Mann von etwa vierzig Jahren aus, in seinem Äußeren geschniegelt und eher jung, mit sehr rotem Gesicht, sehr adrett, sehr aufgeweckt, wie ein Spatz, der angemalt wurde, um als Meise durchzugehen. Er war genau die Art Mann, der ich noch nie begegnet war: ein gerissener kleiner Mann aus einer schäbigen Welt; sehr gewieft, wohlverstanden.

»Wieviel kostet es?« fragte ich D. und meinte das Zimmer.

»Oh, mein lieber Junge, eine Kleinigkeit! Zehn Lire den Tag. Drittklassig, zehntklassig, aber für den Preis nicht übel. Pensionspreis natürlich, alles inbegriffen, außer dem Wein.«

»Doch, ja, gar nicht übel für den Preis«, sagte M. »Wie steht's, wollen wir weiter? Sie wollten zur Post, nicht wahr, D.?« Seine Stimme war deutlich und ein bißchen geziert, mit einem wunderlich hohen Gepiepse.

»Ja«, sagte D.

»Also, dann kommen Sie hier entlang!« M. wandte sich einer dunklen kleinen Gasse zu.

»Bewahre«, sagte D. »Wir müssen bei der Brücke abbiegen.«

»Hier kommen wir schneller hin«, sagte M. Seine Sprache hatte weniger einen Akzent, als etwas Genäseltes, nicht ausgesprochen Amerikanisches an sich.

In Florenz kannte er alle Abkürzungen. Später entdeckte ich, daß er alle Abkürzungen in allen Großstädten Europas kannte.

Ich ging weiter zum Cavelotti und wartete in einem scheußlichen Salon, alles Plüsch und Vergoldung, und erhielt schließlich eine Tasse mit einer gruseligen schlammbraunen Brühe, die sich Tee nannte, und etwas gruseligen braunen Brei, der sich Marmelade nannte und sich auf einem Stückchen Brot befand. Dann wurde ich in mein Zimmer geführt. Es war weit bis dorthin, im dritten Stock eines großen, alten, heruntergekommenen Florentiner Hauses. Dort bekam ich ein großes und leeres, stein-unbehagliches Zimmer, das auf den Fluß blickte. Zum Glück war es drinnen nicht sehr kalt, und das andre war mir einerlei. Das Abenteuer, nach den Kriegsjahren wieder in Florenz zu sein, ließ alles unwichtig erscheinen.

Nach etwa einer Stunde klopfte jemand. Es war D., der auf seine eindrucksvolle Art eintrat, die jetzt ein bißchen schäbig, aber noch immer sehr würdig war.

»Was, hier stecken Sie? – meilenfern von jeder menschlichen Behausung? Dabei habe ich ihnen ausdrücklich gesagt, Sie im zweiten Stock unterzubringen, wo wir sind. Was denkt die sich bloß? Läuten Sie mal! Läuten Sie!«

»Nein«, erwiderte ich. »Mir genügt es.«

»Was?« rief D. »Wie in Spitzbergen! Wo ist die Klingel?«

»Läuten Sie nicht«, bat ich, denn vor Zimmermädchen und Erklärungen graust es mich.

»Nicht läuten? Sie sind aber wirklich komisch. Also kommen Sie dann! Kommen Sie mit runter in mein Zimmer! Los! Haben Sie Tee bekommen? Die widerliche Jauche, die sie hierzulande Tee nennen? Trink ich nie!«

Ich ging mit ihm zu D.s Zimmer, einen Stock tiefer. Es war ein unordentliches Durcheinander von Büchern und Papieren und einer Schreibmaschine: D. beendete gerade seinen Roman. M., in Hemdsärmeln, ruhte sich auf dem Bett aus: ein dicker, gesund aussehender kleiner Mann in einem Anzug aus grauem Tuch mit Aufschlägen, die an den Rändern mit grauer Seidenlitze eingefaßt waren. Er hatte hellblaue Augen mit müden Ringen und krauses, lockiges dunkelbraunes Haar, das nur an den Schläfen grau wurde. Doch alles an ihm war gefällig und sogar gewählt.

»Setzen Sie sich! Setzen Sie sich!« sagte D. und schob einen Sessel heran. »Nehmen Sie einen Whisky?«

»Whisky!« rief ich.

»Vierundzwanzig Lire die Flasche – das ist ein Fund«, stöhnte D. Ich muß erwähnen, daß der Kurs damals fünfundvierzig Lire für ein Pfund stand.

»Oh, N.«, sagte M., »ich hab's Ihnen noch nicht erzählt: mir wurde eine Flasche Black and White von 1913 für achtundzwanzig Lire angeboten.«

»Haben Sie sie gekauft?«

»Nein. Sie sind an der Reihe.«

»Achtundzwanzig Lìre – mein lieber Junge!« rief D. und zog die Augenbrauen in die Höhe. »Um das zu tun, müßte ich Hunger leiden.«

»Ach wo«, sagte M. »Sie essen ja hier.«

»Ja, hier, wo ich verhungere. Ich verhungere bei dem Fraß – dem unerhörten Fraß, den die hier Essen nennen. Achtundzwanzig Lire kann ich nicht aufbringen, mein lieber Junge, nein, daraus wird nichts, auf Ehre.«

»Aber hören Sie mal, N., wir können jeder eine Flasche kaufen. Und Sie können die für zweiundzwanzig kaufen, und ich kaufe die für achtundzwanzig.«

So war es immer. M. gab nach und verwöhnte D. in jeder Hinsicht. Und D. war natürlich nicht dankbar. *Au contraire!* Und gelegentlich wurden dann M.s blaßblaue, etwas kleine runde Augen in dem Kakadu-Gesicht hart vor Entrüstung.

Das Zimmer war gräßlich. D. öffnete nie die Fenster: er hielt nichts von frischer Luft. Er glaubte, daß eine gewisse Menge Stickstoff (ich sollte vielmehr sagen: eine große Menge) gesund sei. Der sonderbare Geruch eines Schlafzimmers, in dem man schläft, arbeitet, wohnt und raucht und in dem Männer ihren Whisky trinken, war mir ganz neu. Aber es war mir einerlei. Wir waren dem Krieg entronnen.

Wir tranken unsere Whiskys vor dem Essen. M. war ziemlich gelb unter den Augen und leicht gereizt, sogar sein etwas dickes rosa Gesicht wurde gelblich.

»Hören Sie mal«, sagte D., »sagten Sie nicht, daß es zum Abendessen Truthahn gibt? Wie? Sind Sie in der Küche gewesen, um nachzusehen, was sie mit ihm anstellen?«

»Ja«, sagte M. empfindlich. »Ich habe sie gezwungen, ihn zum Braten vorzubereiten.«

»Mit Kastanien – mit Kastanien gefüllt?« fragte D.

»Sie haben's *behauptet*«, sagte M.

»Oh, gehen Sie doch hinunter und passen Sie auf, daß sie's tun! Wirklich, man muß auf sie achtgeben, man muß einfach! Machen die greulichsten Schnitzer, wenn man's nicht tut. Gehen Sie nur und schauen Sie nach, was sie anstellen!« D. setzte seine großartigste, ganz unwiderstehliche Manier ein.

»Es ist zu spät«, antwortete M. beharrlich und gereizt.

»Es ist *nie* zu spät. Sie müssen hinunterspringen und sie daran hindern, das Tier in alter Suppenbrühe zu kochen!«

sagte D. »Wenn Sie Unterstützung brauchen, holen Sie mich!«

M. ging. Er war ein großer Feinschmecker und wußte, wie man Speisen zubereitet. Doch seine Überfälle in der Küche erregten natürlich beträchtlichen Ärger, und er wurde unsicher. Er ging jedoch. Er kam wieder und berichtete, der Truthahn würde gebraten, aber ohne Kastanien.

»Was habe ich Ihnen gesagt! Was habe ich Ihnen gesagt!« rief D. »Die sind völlig ... Wenn man sie nicht beim Kragen festhält, während sie die Kastanien schälen, füllen sie den Truthahn mit alten Stiefeln, um sich die Mühe zu sparen. Sie hätten natürlich früher hinuntergehen müssen, M.«

Das Abendessen war immer spät, so daß aus dem einen Whisky meistens zwei Whiskys wurden. Dann gingen wir hinunter und waren trotz allem vergnügt. Das heißt, D. nörgelte stets am Essen herum. Sie hatten da einen unglückseligen Mann, der gleichzeitig Hoteldiener und Portier und Kellner war. Er brachte D. die große Platte, und D. stieß und schob die Portionen umher, knurrte den jungen Beppo wütend und sotto voce auf italienisch an und arbeitete sich in eine wilde Aufregung hinein. Dann rief M. den Kellner zu sich, suchte die besten Stücke von der Platte aus und gab sie D. und bediente danach sich selbst. Das Essen war nicht gut, aber bei D. war die Sache zur fixen Idee geworden. Mit dem Kellner sprang er schrecklich um. »Cos' è Zuppa? Grazie. No, niente per me. Nein! Nein! Quest' acqua sporca non bevo io. Das Schmutzwasser trinke ich nicht! Was ... was ist denn da drin? Ein alter Abwaschlappen? O heiliger Dio, ich bringe heute abend nichts mehr herunter ...«

Und er schrie laut nach mehr Brot – Brot war rationiert und sehr knapp, deshalb gab ihm M. aus lauter nervöser Bedrängnis sein eigenes Stück Brot, und D. warf den krumigen Teil auf den Fußboden, irgendwohin, und verlangte noch einen Liter Wein. Wir tranken den schweren dunkelroten Wein zu drei Lire den Liter. D. trank zwei Drittel, und M.

trank am wenigsten davon. Er liebte seine Spirituosen und machte sich nichts aus Wein. Bei Tisch waren wir laut und gar nicht scheu. Die alten dänischen Damen am andern Ende des Speisesaals verstanden angeblich kein Englisch, und auch nicht der ziemlich unbemittelte junge Duca mit Familie nahebei. Die Italiener hatten Lärm noch recht gern, und die junge Signorina mit dem aufgetürmten blonden Haar beäugte uns mit höchstem Interesse. Und wir machten weiter, fröhlich und laut: D. erzählte witzige Anekdoten und nörgelte aufgebracht und nur halb im Scherz wegen des Essens. Wir blieben sitzen, bis die meisten Leute fertig waren – dann gingen wir hinauf zu weiteren Whiskys, noch einen vielleicht, in M.s Zimmer.

Als ich am nächsten Morgen hinunterkam, wurde ich in M.s Zimmer gebeten. In seinem blauen, kimonoartigen Morgenrock mit breiter blauroter Bordüre glich er einem kleinen Bischof: das Blau war ein sanftes Mittelblau, der Stoff war matte Seide. So tänzelte er – noch nicht fertig angezogen – im Zimmer herum. Sein Zimmer war sehr sauber und aufgeräumt und von den Schönheitswässerchen leicht parfümiert. Auf seinem Frisiertisch standen viele Kristallflaschen mit Essenzen und andere mit silbernem Stöpsel und Salben und Puder und weiß der Himmel was noch. Ein sehr vornehmes kleines Gebetbuch lag neben seinem Bett, und auch ein Leben des heiligen Benedikt. Denn M. war römisch-katholisch – konvertiert. Alles, was er hatte, war kostspielig und anspruchsvoll: dicke, silberbeschlagene Lederkoffer standen an der Wand, ein Hosenspanner, alles ordentlich, und Haar- und Kleiderbürsten mit Rücken aus altem Elfenbein. Ich wunderte mich über ihn und seine Finessen und kleinen Wichtigtuereien. Für mich war er ein neuer Vogel.

Denn er war keineswegs so gewöhnlich, wie er aussah. D. gegenüber war er launisch und feinfühlig wie eine Frau und duldsam und beflissen. Und doch *war* er gewöhnlich, selbst sein Akzent war gewöhnlich, und D. verachtete ihn.

Und M. verachtete mich einigermaßen, weil ich kein Geld ausgab. Ich bezahlte ein Drittel vom Wein, den wir beim Essen tranken, und kaufte die dritte Flasche Whisky, die wir verbrauchten, solange M. dort war. Schließlich blieb er nur drei Tage. Aber für mich wollte ich nichts ausgeben. Ich hatte kein Geld, um es zu verplempern, denn ich wußte, daß ich leben mußte und daß meine Frau leben mußte.

»Oh«, sagte M., »aber das ist gerade die richtige Zeit, um Geld auszugeben: wenn man keins hat! Wenn man keins hat, warum dann versuchen, es zu sparen? Das ist mein ganzes Leben lang meine Philosophie gewesen; wenn man ohnehin kein Geld hat, kann man's ebensogut ausgeben. Aber wenn man gut dran ist, dann ist's Zeit, es zusammenzuhalten.« Und er stieß sein wunderliches kleines Lachen aus, das ziemlich piepsig klang. Genau das waren seine Worte.

»Richtig!« sagte D. »Ausgeben, wenn man nichts hat, mein Junge. Sogar *tüchtig* ausgeben!«

»Nein«, sagte ich. »Wenn ich irgend kann, möchte ich nie gänzlich mittellos dastehen, solange ich lebe. Ich mißtraue der Welt zu sehr.«

»Aber wenn man im Leben Angst vor der Welt hat«, sagte M., »wozu lebt man dann überhaupt? Dann kann man ebensogut tot sein.«

Ich glaube seine Worte fast wörtlich wiederzugeben. Er empfand eine gewisse Abneigung gegen mich und meine Anwesenheit. Und doch hatten wir es recht vergnüglich zusammen – meistens in dem einen oder andren ihrer Schlafzimmer, wo wir Whisky tranken und plauderten. Wir tranken eine Flasche am Tag, ich trank sehr wenig, da ich den Wein zum Mittag- und zum Abendessen vorzog, denn nach den Entbehrungen der Kriegszeit erschien er mir köstlich. D. pflegte am Abend den Rest des zweiten Liters mit hinaufzunehmen, den wir dann austranken, ehe der Kaffee kam.

Ich traf am Mittwoch oder Donnerstag in Florenz ein; ich glaube, es war am Donnerstag. M. sollte am Samstag nach

Rom fahren. Ich fragte D., wer M. sei. »Ach, man weiß nie, was er gerade treibt. Lange Zeit war er Impresario für Isadora Duncan und kennt daher alle Hauptstädte Europas: St. Petersburg, Moskau, Tiflis, Konstantinopel, Berlin, Paris – kennt sie so gut, wie Sie und ich Florenz kennen. Meistens hat er in dieser Richtung gearbeitet, beim Theater. Dann als Journalist. Er hat die *Roman Review* herausgegeben, bis der Krieg ihr den Hals umdrehte. Oh, er ist ein sehr vielseitiger Bursche.«

»Aber wieso kennen Sie ihn?« fragte ich.

»Ich habe ihn vor vielen Jahren in Capri kennengelernt und ihn dann völlig vergessen, bis plötzlich eines Tages in Rom jemand auf mich zukam und sagte: ›Sie sind doch N. D.?‹ Ich wußte nicht, wer er war. Aber er hatte mich nicht vergessen. Scheint irgendwie in mich verschossen zu sein. Um so besser für mich, ha ha, wenn's ihm *gefällt*, für mich herumzurennen. Ich werde ihn nicht dran hindern, wenn's ihm Spaß macht, mein lieber Junge. Nicht um alle Welt!«

Und so war es tatsächlich. M. machte kleine Besorgungen für D., zwang ihn, zum Schneider und zum Zahnarzt zu gehen und war fast wie sein Schutzengel.

»Hören Sie mal!« rief D. »Ich *kann nicht* zu dem verdammten Schneider gehen! Die Sache kann warten, ich kann einfach nicht!«

»Oh, doch! Sie müssen es begreifen, N.: wenn Sie's nicht tun, solange ich hier bin, tun Sie's nie. Ich habe für drei Uhr abgemacht.«

»Zum Teufel mit Ihnen! Immer wieder diese Abmachungen! Abmachungen! Ich kann das nicht ausstehen, sag ich Ihnen!«

D. tobte und wehrte sich, aber er ging.

»Ein fummeliger kleiner Bursche«, sagte er. »Jawohl, fummelt herum wie eine Frau. Fummelig! Verstehn Sie, fummelig! Ich kann sie nicht *ausstehen*, diese fummeligen kleinen ...«
Und D. erging sich in unanständigen Ausdrücken.

M. rannte also herum und brachte D.s Angelegenheiten in Ordnung, bezahlte seine kleinen Rechnungen und war so hilfsbereit und so aufgebracht und verärgert wegen der Undankbarkeit, mit der seine Hilfsbereitschaft aufgenommen wurde. Und D. verachtete ihn die ganze Zeit als einen kleinen Wichtigtuer und als untergeordneten Menschen. Und ich stand zwischen den beiden und staunte. Mir schien, daß M. mittags und vor dem Abendessen sehr reizbar und nervös zu werden pflegte – gelb um die Augen, und erschöpft. Er brauchte seinen Whisky. Er war müde, nachdem er für tausend Botengänge und Nachforschungen, die ich nie verstand, herumgerannt war. Seinen Morgenkaffee trank er stets in der Morgendämmerung, ging dann zur ersten Messe und tätigte schon vor acht Uhr morgens seine Geschäfte. Doch was für Geschäfte das waren, wußte ich immer noch nicht. Nur das mit der Messe, das wußte ich genau.

Jedenfalls war an jenem Sonntag sein Geburtstag, und D. wollte ihn nicht weglassen. M. hatte einmal gesagt, er wolle an seinem Geburtstag ein Essen geben, und das zu vergessen war ihm nicht gestattet. Mir schien es eher so, als wollte M. davon Abstand nehmen. Aber D. beharrte auf dem Essen.

»Sie dürfen nicht gehen, ehe Sie uns den Hasen spendiert haben, bilden Sie sich das ja nicht ein, mein Junge! Der Duft von dem Hasen steckt mir schon lange in der Nase, und ich muß meine Zähne in ihn reinschlagen, verdammt noch mal! Bilden Sie sich nur nicht ein, daß Sie gehen könnten, ohne uns den Hasen aufgetischt zu haben!«

Folglich mußte der arme M. sich aufopfern und einwilligen. Wir beredeten, was wir essen wollten. Es wurde beschlossen, der Hase müsse Trüffeln haben, dazu ein Gericht Champignons und Blumenkohl und Zabaglione – und ich habe vergessen, was sonst noch. Es sollte am Samstagabend stattfinden. Und am Sonntag wollte M. nach Rom fahren.

An jenem Samstag ging er frühmorgens beim ersten Tageslicht zum alten Markt, um den Hasen und die Champignons zu besorgen. Er ging selbst, weil er ein Connaisseur war.

Am Samstagnachmittag nahm mich D. mit, um ein Geburtstagsgeschenk zu kaufen.

»Ich muß ihm was kaufen, muß wohl, muß wohl«, sagte er verdrießlich. Er wollte nur fünf Lire ausgeben. Wir schlenderten über den Ponte Vecchio und schauten dort bei den Juwelierständen nach. Es war noch die Zeit, ehe die Touristen wieder auf der Bildfläche erschienen, und die Sachen waren noch ziemlich verstaubt und fast zu Vorkriegspreisen zu haben. Aber für fünf Lire sahen wir nichts, ausgenommen die kleinen Heiligen-Medaillen. D. wollte eine kaufen. Das schien mir unter aller Würde. Endlich, als wir den Mercato Nuovo entlanggingen, sahen wir kleine Schalen aus Volterra-Marmor, in einem natürlichen Bernsteingelb, für vier Lire.

»Oh, kaufen Sie so eine«, sagte ich zu D., »da kann er seine Nadeln oder Kragenknöpfe und andere Kleinigkeiten hineinlegen, wie er's gerade braucht.«

Wir gingen also hinein und kauften eine kleine Schale aus Volterra-Marmor.

M. schien ganz gerührt über das Geschenk zu sein und freute sich.

»Vielen, vielen Dank, N.!« sagte er. »Sie ist reizend! Genau das, was ich brauche!«

Das Essen war ein rechter Erfolg, und da wir in der Pension so kümmerlich ernährt wurden, schlugen wir uns voll mit Pilzen und Hasenbraten und Zabaglione und tranken uns voll mit dem guten roten Wein, der in seinem Strohflakon in der Silberschwinge auf dem Tisch stand. Ein Flakon faßt zweieinviertel Liter. Wir waren drei Personen, und wir tranken fast zwei Flakons. D. ließ den restlichen halben Liter vom Kellner abmessen und von der Rechnung absetzen. Aber ein gutes, gutes Essen war's, und die ganze Mahlzeit kostete ungefähr zwölf Lire pro Person.

Well, am nächsten Tag gab's nichts als Koffer und Reise-taschen in M.s Zimmer und die Mühsal des Aufbruchs mit dem Gepäck. Er fuhr mit dem Mitternachtszug nach Rom – erster Klasse.

»Ich reise stets erster Klasse«, sagte er, »und ich werde es immer so halten, solange ich die Fahrkarte bezahlen kann. Warum soll ich zweiter Klasse fahren? Es ist widerlich ge-nug, überhaupt zu reisen.«

»Mein lieber Junge, ich bin letztesmal dritter Klasse von Rom heraufgekommen«, sagte D. »Nicht so schlimm, nicht so schlimm. Verdammt ermüdende Reise ohnehin.«

Und dann war der kleine Außenseiter fort, und ich war ziemlich froh. Ich glaube nicht, daß er mich mochte. Aber eines Tages bei Tisch hatte er zu mir gesagt:

»Wie schön Ihr Haar ist – was für eine schöne Farbe! Womit färben Sie es?«

Ich lachte, weil ich glaubte, er meine es im Scherz. Aber nein, es war ihm ernst damit.

»Es hat überhaupt keine rechte Farbe«, sagte ich, »also kann ich's gar nicht färben.«

»Es ist eine schöne Farbe«, wiederholte er. Und ich ver-mute, er glaubte mir nicht, daß ich es nicht färbe. Es ver-blüffte mich, verblüfft mich immer noch.

Aber er war fort. D. zog mich in M.s Zimmer und forderte mich auf, nach unten zu ziehen – in das Zimmer, das er geräumt hatte. Ich zog es jedoch vor, oben zu bleiben.

M. war ein eifriger Katholik, der seine Religion leider ziemlich salbungsvoll auffaßte. Er war erst vor ein paar Jahren zur katholischen Kirche übergetreten. Aber er hatte einen Bischof zum Taufpaten und schien mit der höheren Geistlichkeit auf recht vertrautem Fuße zu stehen. Er war sehr erfreut und stolz darauf, daß er in dem berühmten alten Kloster südlich von Rom ein ständiger Gast sein durfte. Er sprach davon, ein Mönch zu werden, ein Mönch in jenem aristokratischen und vornehmen Orden. Doch er hatte mit

seinen katholischen Studien noch nicht einmal angefangen –
weder damit noch mit sonstigen Studien. Und D. sagte, er
hätte die Benediktiner nur deshalb gewählt, weil sie besser
lebten als jeder andre Orden.

Ich hatte aber zu M. gesagt, wenn meine Frau käme und
wir in den Süden reisten, würde ich gelegentlich gern das
Kloster besuchen, falls ich dürfte. »Natürlich«, sagte er,
»kommen Sie, wenn ich dort bin! Ich werde ungefähr in
einem Monat dort sein. Bitte kommen Sie! Ganz bestimmt!
Es ist ein wunderbarer Ort, ganz wunderbar! Er wird bestimmt großen Eindruck auf Sie machen. Bitte kommen Sie!
Bitte kommen Sie! Und ich werde Don Bernardo, der mein
bester Freund und der Gästepater ist, von Ihnen erzählen.
Falls Sie also hinzugehen wünschen, wenn ich nicht dasein
sollte, dann schreiben Sie an Don Bernardo. Aber kommen
Sie bitte, wenn ich da bin.«

Meine Frau und ich wollten in die Berge südlich von Rom
gehen und dort einige Monate bleiben. Dann wollte ich das
große, edle Kloster besuchen, das wie eine Festung, die einen
großen Steilhang krönt, auf einem abschüssigen Hügel über
der kleinen Stadt und der Ebene zwischen den Bergen steht.
Doch in den Bergen war es so eiskalt und verschneit, daß es
unerträglich war. Wir flohen wieder nach Süden, nach
Neapel und Capri. Im Vorbeifahren sah ich das dort oben
hingekauerte, weltberühmte Kloster, aber es war unmöglich,
ihm damals einen Besuch abzustatten.

Ich schrieb M. und erzählte ihm von unsrer Weiterreise.
In Capri erhielt ich seine Antwort. Sie hatte einen wehmütigen Beiklang, und ich weiß nicht, was mich auf den Gedanken brachte, daß er in einer mißlichen Lage steckte – in
finanziellen Schwierigkeiten vielleicht. Ich empfand es aber
deutlich, wie ein dringendes Bitten. Doch er sagte es nicht
direkt. Und er schrieb von einem teuren Hotel in Anzio, am
Meer, in der Nähe von Rom.

Ich hatte damals gerade voller Freude und unerwartet

zwanzig Pfund aus Amerika bekommen, ein Geschenk. Ich zauderte einige Zeit, weil ich unsicher war. Doch die merkwürdige Bitte klang aus dem Brief, auch wenn nichts darüber gesagt wurde. Und überdies fand ich, daß ich M. noch etwas für das Essen schuldete, und ich wollte ihm gar nichts schulden, da er mich ein wenig verachtete, weil ich haushälterisch war. Deshalb schickte ich ihm fünf Pfund, teils vielleicht aus Rache und teils, weil ich die seltsame Wehmut spürte, mit der er sich an mich wandte. Ich schrieb daher, ich irre mich vielleicht, wenn ich glaube, er sei knapp dran, aber wenn es so sei, solle er nicht beleidigt sein.

Es kommt mir selbst heute noch seltsam vor, daß er sich bittend an mich wandte. Und doch spürte ich es so stark. Er erwiderte: »Ihr Scheck hat mir das Leben gerettet. Seit ich Sie zuletzt sah, bin ich in einen Abgrund gestürzt. Aber das erzähle ich Ihnen, wenn ich Sie wiedersehe. In drei Tagen werde ich im Kloster sein. Kommen Sie – und kommen Sie allein!« Ich vergaß zu sagen, daß er ein ausgepichter Frauenhasser war.

Es war kurz nach Weihnachten. Ich dachte, Worte wie »Leben gerettet« und »in einen Abgrund gestürzt« seien einfach das amerikanische Äquivalent für »sehr, sehr«. Ich fragte mich, was, um Himmelswillen, wohl der Abgrund sein mochte, und meinte dann, er müsse entweder sein Geld oder alle Hoffnung verloren haben. Mir schien es, daß in diesem Brief wieder etwas von seinem alten, schwungvollen Selbstvertrauen zum Vorschein käme. Er war jetzt sehr freundlich, bat mich dringend, zum Kloster zu fahren, und behandelte mich mit einer Spur von sonderbarer Rücksicht und Fürsorge. Er besaß ein wunderliches Feingefühl, das zwischen Schwung und Gewöhnlichkeit schwankte. Er war ein gewöhnlicher kleiner Prolet. Und dann hatte er wiederum dieses merkwürdige Feingefühl und diese Rücksicht und Wehmut.

Ich verschob die Fahrt gen Norden. Ich erhielt einen zweiten Brief, in dem er mich drängte, und es schien mir, daß er ziemlich zuversichtlich auf mehr Geld hoffte. Ziemlich dreist sogar, als hätte er ein Recht darauf. Und deswegen wollte ich ihm kein Geld geben. Überdies (wie meine Frau sagte) – was für ein Recht hatte ich, das bißchen Geld wegzuschenken, das wir hatten, denn wenn wir alles ausgegeben hätten, säßen wir ohne Mittel im Süden Italiens. Und ich war immer fest entschlossen, nie alles bis auf den letzten Shilling auszugeben – auch wenn ich meine Ausgaben fast auf ein Nichts reduzieren müßte.

Ich war immer entschlossen, zwischen mir und der Welt ein paar Pfund zu behalten.

Ich schickte kein Geld. Aber ich wollte zu dem Kloster fahren und schrieb, ich würde für zwei Tage kommen. Ich erinnere mich noch immer daran, wie ich in der schwarzen Finsternis eines Januarmorgens aufstand, auf dem Spirituskocher ein wenig Kaffee aufbrühte und die Uhr mit dem großen Zifferblatt, die alte blaue Uhr auf dem Campanile in der Piazza in Capri, nicht aus den Augen ließ, um mich nicht zu verspäten. Das elektrische Licht auf der Piazza beleuchtete das Zifferblatt des Campanile. Und wir waren damals nur einen Steinwurf entfernt, hoch oben im Palazzo Ferraro, gegenüber vom buckligen Dach des kleinen Duomo. Ein seltsamer, dunkler Wintermorgen – hinter den Dächern das offene Meer, vom Seitenfenster aus gesehen, und die feine Linie der Lichter von Neapel, die weit in der Ferne flimmerten.

Zehn vor sechs ging ich die übelriechende Steintreppe des alten Palazzo hinab und auf die Straße. Ein paar Leute eilten schon straßauf zur Terrasse, die übers Meer auf die Bucht von Neapel blickt. Es war dunkel und kalt. Wir glitten mit der Seilbahn zur Küste hinunter, und dann wurden wir in kleinen Booten über das dunkle Meer zum Dampfer gerudert, der draußen lag und seine Lichter zeigte und tutete. Quer übers Meer nach Neapel dauerte es drei lange Stun-

den, in denen im Osten hinter Ischia langsam die Morgendämmerung anbrach und zu schöner Farbe errötete, während
unser Dampfer an der Halbinsel entlangtrödelte und in
Massa und Sorrento und Piano anlegte. Ich habe es immer
geliebt, mich über die Reling zu hängen und zu beobachten,
wie die Leute in Booten von den kleinen Orten an der Küste
kommen, die dort steil und schön aufragt. Ich liebe die Be-
wegungen dieser Wasser-Neapolitaner und die naive, ver-
trauensvolle Art, wie sie zu den Booten ein und aus klettern,
dazu ihre Sanftheit und ihre dunklen Augen. Doch wenn
der Dampfer die Halbinsel verläßt und am Vesuv vorbei nach
Neapel steuert, ist man schon müde und verfroren vom kalten, kalten Wind, der ganz Italien entlang schneidend von
den Schneegipfeln weht. Verfroren und – bis wir um zehn
Uhr oder zwanzig nach zehn in Neapel an der Mole an-
legen – zu einer steinernen Teilnahmslosigkeit reduziert.

Wir hatten uns ziemlich verspätet, und ich verpaßte den
Zug. Ich mußte bis um zwei Uhr warten. Und Neapel ist
eine hoffnungslose Stadt, wenn man dort drei Stunden verbringen soll. Immerhin, die Zeit vergeht. Ich erinnere mich,
daß ich in Gedanken nachrechnete, ob sie mir am Fahrkarten-
schalter das richtige Wechselgeld gegeben hatten. Sie hatten
es nicht getan – und ich hatte es nicht rechtzeitig nachgezählt.
In Gedanken daran stieg ich in den Zug nach Rom. Ich war
drei Minuten drin, als ich ein Signal hörte.

»Ist das hier der Zug nach Rom?« fragte ich einen Mit-
reisenden.

»Si.«

»Der Expreß?«

»Nein, es ist der Personenzug.«

»Wann fährt der ab?«

»Um zehn nach zwei.«

Ich sprang beinah durchs Fenster. Ich flog den Bahnsteig
entlang.

»Den Diretto!« rief ich einem Träger zu.

»Parte! Eccolo là!« sagte er und zeigte auf einen langen Zug, der sich unaufhaltsam in Bewegung setzte.

Ich flog eilenden Fußes über verschiedene Gleise und erreichte das Ende des fahrenden Zuges. Ich hatte ihn erwischt. Wenn ich ihn verpaßt hätte, wäre das Los vielleicht anders gefallen. So saß ich ungefähr drei Stunden still. Dann war ich angekommen.

Vom Bahnhof zum Kloster ist es eine lange Fahrt bergauf. Der Kutscher sprach mit mir. Es war klar, daß er für die Mönche nicht viel übrig hatte.

»Früher«, erzählte er, »wenn man da zum Kloster hinaufging, bekam man ein Glas Wein und einen Teller Makkaroni. Aber jetzt jagen sie einen von der Tür.«

»Wirklich?« sagte ich. »Das ist ja kaum zu glauben!«

»Sie jagen einen von der Tür!« schrie er.

Wir fuhren den wilden Hügelhang in vielen Kurven höher und höher hinan, zwischen Felsen und Bäumen, vorbei am alten Schloß, vorbei an der letzten Villa. Wir sahen niemanden. Der ganze Hügel gehörte dem Kloster. Im Zwielicht bogen wir endlich beim Eichenwald um die Ecke und sahen das Kloster, das wie ein riesiges viereckiges Festungsschloß aus dem sechzehnten Jahrhundert in nächster Nähe aufragte. Und dort war ja auch M., der gerade durch das riesige alte Tor trat und die Böschung hinab zu der Stelle eilte, wo der Wagen halten mußte. Er hatte nichts auf dem Kopf und schien mit seinen unternehmungslustigen, geschäftigen kleinen Schritten dort völlig zu Hause zu sein. Während ich vom Wagen herunterstieg, sah er mit weichen, freundschaftlichen Blicken zu mir auf.

»Ich freue mich so *sehr*, Sie zu sehen«, sagte er. »Ich bin so *froh*, daß Sie gekommen sind.«

Und er sah mir mit sehnsüchtiger, aufmerksamer Zärtlichkeit in die Augen – fast wie eine Frau, die ihres Geliebten nicht ganz sicher ist. Er besaß auf seine Art einen gewissen Charme: ein damit verbundener, sonderbar hochtrabender

Anstrich, mit dem er jetzt seinen Gast am Tor des großen Klosters willkommen hieß, das aus den Strebebögen im Felsen über uns aufragte, stand ihm recht gut an. Sein Gesicht war noch immer rötlich, die blauen Augen blickten blaßblau und scharf, aber an den Schläfen sah er grauer aus.

»Geben Sie mir Ihre Tasche!« sagte er. »Doch, bitte, und kommen Sie mit! Don Bernardo ist gerade beim Abendgottesdienst, aber nach einer Weile wird er sich zu uns gesellen. Und jetzt erzählen Sie mir, was es Neues gibt!«

»Einen Moment«, sagte ich. »Leihen Sie mir bitte fünf Lire, die ich dem Kutscher schulde – er kann nicht wechseln.«

»Natürlich, natürlich«, sagte er und gab mir die fünf Lire.

Ich hatte nichts Neues zu berichten und fragte daher ihn nach seinen Neuigkeiten. »Oh, ich habe auch keine«, sagte er. »Bin sehr knapp bei Kasse, und das ist natürlich *keine* Neuigkeit.« Und er stieß sein kleines Gelächter aus. »Ich bin so froh, hier zu sein«, fuhr er fort. »Der Frieden und der Lebensrhythmus sind so herrlich. Ich bin sicher, daß es Ihnen gefallen wird.«

Wir gingen die Böschung hinan, unter dem großen, tunnelartigen Eingangstor hindurch, und waren in dem grasbewachsenen Hof mit dem Gewölbegang auf den entlegenen Seiten und ein oder zwei Bäumen. Es war wie ein grasbewachsener Kreuzgang, in dem es noch geschäftig zuging. Schwarze Mönche standen plaudernd umher, ein alter Bauer trieb gerade zwei Schafe vom Klosterrasen weg, und ein alter Mönch flitzte in das kleine Postbüro, das ich am Schild mit dem Landeswappen über der Tür erkannte. Unter den hinteren Bögen tauchte ein alter Bauer auf, der eine Säge mit zwei Griffen trug.

Und dort war Don Bernardo, ein hochgewachsener Mönch in einer schwarzen, gut sitzenden Kutte; jung, hübsch und vornehm eilte er mit aufleuchtendem Lächeln zu uns. Er war ungefähr so alt wie ich, und sein Verhalten schien frisch und etwas schüchtern, als wäre er noch Student. Man glaubte, unter Mitstudenten im College zu sein.

Wir gingen die enge Treppe hinauf und durch den langen, alten, kahlen weißen Korridor, der sich hoch aufwölbte. Don Bernardo hatte sich die Schlüssel zu meinem Zimmer besorgt: zwei Schlüssel, den einen für den dunklen Vorflur und den andern fürs Schlafzimmer. Es war ein reizendes und elegantes Schlafzimmer mit einem Kupferstich von einer englischen Landschaft, und hinter dem Tüllvorhang war ein Balkon, der auf den Garten hinunterblickte – einen schmalen Streifen Land vor den Mauern –, und dahinter auf die Gruppe der Farmgebäude und die Eichenwälder und die bebauten Felder auf der Hügelkuppe, und noch weiter dahinter auf den Abgrund und das Tal der Menschenwelt und alle Berge, die in Italiens Ebenen stehen, als hätte Gott sie gerade fixfertig dort hingestellt. Die Sonne war schon untergegangen; der Schnee auf den Bergen war voll rosiger Glut, die Täler waren voller Schatten. Tief unten hörte man in der kalten Luft die rangierenden Züge, das Gerassel der Welt.

»Ist es nicht herrlich? Ach, es ist der herrlichste Fleck von der Welt!« sagte M. »Was könnte man sich Besseres wünschen, als hier oben seine Tage zu beschließen? Welcher Frieden, welche Schönheit in alle Ewigkeit!« Er brach ab und seufzte. Dann legte er seine Hand auf Don Bernardos Arm und lächelte ihm mit seiner sonderbaren, etwas wehmütig affektierten Zärtlichkeit zu, die ihn in meinen Augen zu einem so absonderlichen Geschöpf machte.

»Aber ich werde in den Orden eintreten! Sie lassen mich hier Mönch werden und einer der Ihren sein, nicht wahr, Don Bernardo?«

»Wir wollen sehen«, lächelte Don Bernardo. »Wenn Sie Ihre Studien begonnen haben.«

»Dafür brauche ich zwei Jahre«, sagte M. »Ich muß nach Rom ins Kolleg gehen. Wenn ich das Geld von den Honoraren bekommen habe . . .« Er plauderte weiter, wie ein Knabe, der sich eine neue Rolle ausdenkt.

»Aber ich glaube, Lawrence würde gern eine Tasse Tee

trinken«, sagte Don Bernardo. Er sprach Englisch, als wäre es seine Muttersprache. »Soll ich in der Küche Bescheid geben, daß Tee gemacht wird, oder sollen wir in Ihr Zimmer gehen?«

»Oh, gehen wir in mein Zimmer! Wie gedankenlos von mir! Verzeihen Sie bitte, ja?« sagte M. und legte mir sanft seine Hand auf den Arm. »Es tut mir wirklich furchtbar leid . . . Aber wenn wir vom Kloster sprechen, sind wir gleich so aufgeregt und entzückt. Kommen Sie nur! Kommen Sie nur! Auf meinem Spirituskocher habe ich im Nu Tee gemacht.«

Wir gingen in dem hohen, kahlen weißen Korridor weiter bis ans Ende. M. hatte ein geradezu prunkvolles Zimmer: in dem einen Teil ein Baldachin-Bett, vor dem Fenster aber seinen Schreibtisch mit Papieren und Photographien, und daneben ein Sofa und ein Tischchen, die zusammen ein kleines Wohnzimmer bildeten, während das Bett und die Toiletten-dinge, Salben und Fläschchen weiter weg im Schatten standen. Die Nacht war angebrochen. Vom Fenster aus sah man tief unten in der Ferne die übrige Welt, die flache Ebene wie einen Teich, einen tiefen Teich aus Finsternis mit flimmern-den kleinen Lichtern und dann ganzen Reihen und Büscheln von Licht, die vom Bahnhof herrührten.

Ich trank meinen Tee, M. hatte einen kleinen Drink, und Don Bernardo saß in seiner schwarzen Winterkutte da und plauderte mit uns. Allerdings sprach er nur sehr wenig. Aber er hörte zu und warf hin und wieder ein, zwei Worte ein, während wir sprachen und um den Tisch saßen, auf dem die elektrische Lampe mit dem grünen Schirm stand.

Das Kloster war so kalt wie das Grab. Es kauert dort oben auf dem Gipfel des Hügels und liegt nicht weit unter-halb der Schneegrenze. Jetzt – Ende Januar – hatte sich die ganze Sommerhitze aus den ungeheuren, wuchtigen Stein-mauern verflüchtigt, und sie sind zu umhüllenden Kälte-mauern geworden. Heizvorrichtungen gibt es nicht, nicht die geringste. Abgesehen vom Feuer in der Küche, das zum Kochen dient, ist kein andres Feuer da. Überall ist es tot, stumm und steinkalt.

Um sieben gingen wir zum Essen hinunter. In Capri war es tagsüber heiß, daher hatte ich nur einen alten dünnen Staubmantel mitgebracht. M. überredete mich deshalb, einen seiner Mäntel anzuziehen, einen großen Mantel aus dickem, glattem Tuch, der mit schwarzem Sealpelz abgefüttert war und einen Kragen aus seidigem Sealpelz hatte. Ich kann mich noch erinnern, wie sich der seidige Pelz anfühlte. Es war seltsam, wie besorgt M. mir in den Mantel half und ihn mir bis zum Hals hinauf zuknöpfte.

»Ja, es ist ein schöner Mantel. Natürlich!« sagte er. »Hoffentlich finden Sie ihn warm genug?«

»Er ist wundervoll«, sagte ich. »Ich fühle mich darin so warm wie ein Millionär.«

»Das freut mich aber!« lachte er.

»Stört es Sie denn nicht, daß ich Ihren großartigen Mantel trage?« fragte ich.

»Natürlich nicht! Natürlich nicht! Es freut mich so, wenn er Sie wärmt. Wir wollen doch hier im Kloster nicht erfrieren, wie? Das wäre eine Kasteiung, die wir nach Möglichkeit vermeiden wollen. Was? Finden Sie nicht auch? Ja, ich finde, mit der Kälte geht es hier fast zu weit. Den Mantel habe ich mir vor fünfzehn Jahren in New York machen lassen. Natürlich habe ich ihn in Italien« (er sagte It'ly) »niemals getragen, er ist so gut wie neu. Und es ist ein schöner Mantel, Tuch und Pelz von bester Qualität. Und der Schneider *auch*!« Er stimmte ein selbstgefälliges kleines Gelächter an. Er liebte es, den Eindruck hervorzurufen, daß er nur in den *besten* Geschäften kaufte, wohlverstanden, und nur in den besten Hotels wohnte und so weiter. Ich grinste mir eins in den Mantel hinein, denn ich verachte beste Hotels, beste Geschäfte und beste Mäntel. Wir gingen also – er in seinem grauen Mantel und ich in meinem Sealpelz-Millionärs-

Ungetüm – durch den halbdunklen Korridor zum Gäste-Refektorium. Es war ein kahler Raum mit einem langen weißen Tisch. M. und ich saßen gleich vornean. Weiter unten saß ein andrer Mann, vielleicht der Vater von einem jungen Studenten. Dem Kloster ist nämlich ein Kolleg angegliedert.

Wir saßen, in unsre Mäntel eingemummt, in dem eiskalten Raum. Ein Laienbruder mit einer vorgewölbten Stirn und starren Augen bediente uns. Er hätte leicht einem alten italienischen Gemälde entstiegen sein können. Einer von den anbetenden Bauern. Das Essen war reichlich, aber ach, auf der langen, kalten Reise von der Küche her war es kalt geworden. Und es war auf derbe Art zubereitet, auch wenn es recht gesund war. Der arme M. aß nicht viel, sondern knabberte nervös an seinem Brot. Ich ahnte, daß ihm die Mahlzeiten qualvoll waren. Er konnte das kalte Essen in dem eisigen, leeren Refektorium nicht ausstehen. Und sein schwindsüchtiges Getue kränkte die Laienbrüder. Ich sah, daß seine kleinen Manieriertheiten und sein ›überlegenes‹ Benehmen sowie sein langer Aufenthalt den alten klösterlichen Groll in ihnen hervorrief, der sich stumm, aber sehr hartnäckig und wirksam gegen ihn behauptete – jetzt genauso wie vor sechshundert Jahren. Wir hatten eine Karaffe mit gutem Rotwein – aber er machte sich nicht viel aus Wein. Er war froh, als er die Apfelsine schälen konnte, die es zum Nachtisch gab.

Nach dem Essen führte er mich hinunter, um die Kirche zu besichtigen: wie zwei Diebe krochen wir auf Fliesenböden durch das Dämmerdunkel der hohen, gefängniskalten Korridore. Steinkalt – eine Bezeichnung, die von Mönchen erfunden sein mußte. Die Mönche waren bei der Komplet, daher traten wir beide allein verstohlen in die hohe, schwere Fast-Finsternis der Kirche. M., der sich hier genausogut wie in den Großstädten auskannte, führte mich armes, verwundertes Weltkind am Arm durch die Schluchten des grabähnlichen Gewölbes. Er fand die Schalter fürs elektrische Licht in der Kirche und machte verstohlen für mich Licht, während wir weitergingen. Wir schauten auf den Lilienmarmor des großartigen Fußbodens, auf die Säulen, auf den Benvenuto-Cellini-Sarg, auf die wirklich wunderschönen Säulen und Tafeln aus buntem Marmor, lauter farbigem Marmor, gelb und grau und rosa und grün und lilienweiß, geadert und marmoriert und gesprenkelt: schöne, schöne Steine ... Und Benvenuto hatte Lapislazuli-Stücke benutzt, die so blau wie Kornblumen waren. Ja, ja, alles sehr reich und wunderbar.

Verstohlen gingen wir auf Zehenspitzen in der Kirche umher, von Altar zu Altar, und M. flüsterte mir seine Begeisterung ins Ohr. Jedesmal, wenn wir an einem Altar vorbeikamen, ob es nun der Hochaltar oder die Seitenkapellen waren, machte er eine wundervolle Kniebeuge, die er stundenlang geübt haben mußte: er beugte sich geschmeidig vor und sank nach unten, bis das eine seiner Knie die Fliesen berührte, dann erhob er sich wie eine Blume, die wächst und sich entfaltet, bis er wieder an meine Seite hüpfte und den Cicerone spielte. Er immer in seinem grauen Mantel, tuschelnd, und ich in dem dicken schwarzen Pelz, wie ein Millionär. So schlichen wir weiter bis zum Chor und musterten all die komischen fetten Babys im Chorgestühl, die sich zwischen Mönchsstuhl und Mönchsstuhl holzgeschnitzt auf ihrem kleinen Rücken wälzten – absonderliche kleine Dinger, die die psalmodierenden Mönche da zwischen sich hatten: diese blanken, polierten, dunkelbraunen, fetten Babys, alle verschieden und alle vergnügt und munter. Wir schauten uns alles in der Kirche an – und dann alles in dem alten Raum an der Seite, in welchem Chorhemden hängen und wo die Mönche sich die Hände waschen können.

Danach gingen wir in die Krypta hinunter, wo die modernen Mosaiken in wundervollen Farben erglühen und manchmal faszinierende, zauberhafte kleine Bäume und Vögel aufweisen. Doch es war eher wie eine Szene im Theater, wo

M. der Magier und ich in dem New Yorker Mantel eine Art
Parsifal war. Er schaltete das Licht an, das goldene Mosaik
glitzerte und wölbte sich, das blaue Mosaik funkelte, das
Allerheiligste glühte theatralisch, die steifen Mosaikfiguren
nahmen ringsherum ihre Stellung ein. Ich muß gestehen, daß
ich froh war, wieder in eine normale menschliche Behausung
zurückzukehren und, in meinen Mantel geschmiegt, auf einem
Sofa zu sitzen und die Photographien anzuschauen, die M.
mir zeigte, Fotografien von überallher in Europa. Dann
zeigte er mir eine wundervolle Fotografie, das Porträt
einer schönen Dame, fragte mich, was ich davon hielte, und
schien zu erwarten, daß ich vor soviel Schönheit nieder-
geschmettert wäre. Seine fast frömmlerische Erwartung
zwang mich, ihm die Wahrheit zu sagen: daß ich das Bild
ein klein bißchen billig und banal fand. Und dann sagte er
theatralisch:

»Es ist meine Mutter.«

Ich war verblüfft, weil die Dame so wenig irgendeiner
Mutter gleichsah, am allerwenigsten M.s Mutter. Ich begriff,
daß sie sein großes Glanzstück sein mußte und daß ich ins
Fettnäpfchen getreten war. Ich schwieg also. Dann – weil
ich glaubte, er würde gänzlich verstummen – sagte ich:

»Es gibt so wenig Porträts – wenn sie nicht von wirklich
großen Künstlern sind –, die nicht ein bißchen billig wirken.
Sie muß eine wunderschöne Frau gewesen sein.«

»Ja, das war sie«, erwiderte er schroff, und wir ließen
das Thema fallen.

Er verschloß seine sämtlichen Schubfächer *sehr* vorsichtig
und trug die Schlüssel an einer Kette. Er schien mir den
Eindruck zu erwecken, als hätte er sehr viele Geheimnisse,
vielleicht gefährliche, in den Schubfächern seines Schreib-
tisches eingeschlossen. Und ich frage mich immer, was für
Geheimnisse das sein können, die man so gut unter Schloß
und Riegel verwahren muß.

Don Bernardo klopfte an und trat ein. Wir setzten uns

rund um den Tisch und tranken einen komischen Likör, der mir nicht schmeckte. M. jammerte, die Flasche sei leer. Ich forderte ihn auf, eine neue zu bestellen und die Bezahlung mir zu überlassen. Daraufhin sagte er, er würde den Briefträger beauftragen, am nächsten Tag eine von der Stadt heraufzubringen. Don Bernardo nippte an seinem winzigen Glas, wie wir auch, und erzählte mir in Kürze seine Lebensgeschichte. Wir sprachen beinah bis Mitternacht über Politik. Dann schlüpfte ich aus dem schwarzen Mantel, und wir gingen zu Bett.

Am Morgen brachte mir ein dicker, lächelnder, netter Laienbruder heißes Wasser. Es war ein sonniger Tag. Ich blickte auf die Gehöfte und die braunen Felder hinab und auf den dürren Eichenwald auf dem Hügelkamm und die Felsen und Büsche, die ihn struppig einrahmten. Weiter hinten hoben sich die Berge mit ihrem Schnee blaugleißend im Sonnenschein und schienen ganz nah, aber jenseits von einem Abgrund. Alles war still und sonnig. Und der scharfe Zugriff der Vergangenheit – der grandiosen, wilden Vergangenheit des Mittelalters, als das Blut noch stark und nicht unterdrückt war und das Leben in Pracht und gräßlichem Elend prunkte –, schlug mich in Bann, bis ich es kaum noch ertragen konnte. Es war wirklich eine Qual für mich, in diesem Kloster zu sein und den alten Hof und die unten auf den Feldern arbeitenden Ochsen zu sehen, und schwarze Schweine, die das Unkraut durchwühlten, und einen Mönch zu sehen, der auf einem Geländer in der Sonne saß, und einen alten, alten Mann in Rohledersandalen mit krummen, weiß bandagierten Beinen, der langsam einen Esel zum Klostertor trieb – langsam, mit all der saumseligen Lässigkeit und Wildheit des Mittelalters –, und doch zu wissen, daß ich ich war, ein Kind der Gegenwart. Es war so seltsam, von M.s Fenster auf die Ebene hinabzublicken und die weiße Landstraße zu sehen, die schnurgerade an einem Berg entlangführte, der wie ein Zuckerhut dastand, und den in Windungen sich schlängelnden Fluß und die Eisenbahn, die mit blitzenden Linien einen langen schwarzen Bogen quer durch die Ebene und in die Hügel beschrieb. Und Züge zu sehen, die dampfend näher kamen und deren weißer Rauch durch die Luft flog. Den Bahnhof zu sehen, einem kleinen Hafen ähnlich, wo Güterwagen wie Schiffe in Reihen verankert in der schwarzen Bucht des Bahnhofs standen. Zu sehen, wie Züge auf dem Bahnhof hielten und Menschen winzig wie Fliegen hervorschwärmten. All das vom Kloster aus zu sehen, wo das Mittelalter in einer Art Todeskampf weiterlebt, wie Tithonus, und nicht sterben kann, war für meine Seele fast eine Vergewaltigung, schlug mir fast eine Wunde.

Sofort nach dem Kaffee gingen wir zur Messe hinunter. Sie wurde in einer kleinen Kapelle in der unterirdischen Krypta gelesen, weil es dort wärmer war. Die Mönche, ungefähr zwanzig, saßen in ihrem Gestühl, und ein Mönch zelebrierte am Altar. Es war ruhig und einfach, die Mönche sangen schön und gut, eine Orgel war nicht da. Es schien bald beendet zu sein. M. und ich saßen nah bei der Tür. Er war sehr andächtig und gewissenhaft in all seinem Aufstehen und Niederknien. Ich war ein Außenseiter. Aber es war erfreulich, nicht zu fromm. Man spürte, daß die Mönche in ihren Neigungen und Eifersüchteleien sehr menschlich waren. Sie glichen beinah einer Gruppe von Lehrern in einem Lehrerzimmer in Cambridge, einer Schar von Professoren an irgendeiner Hochschule. Aber während der Messe sangen sie natürlich ihre Responsorien. Nur ich konnte feststellen, daß einige den amtierenden Mönch fast mit Spott beobachteten – er war einer von der super-pedantischen Sorte, genau wie ein Universitätslehrer. Und manche dröhnten ihre Responsorien mit einem Fünkchen Trotz gegen einen Mönchsbruder hervor, der sich unbeliebt gemacht hatte. Es war menschlich und erinnerte ungemein an eine Universität. Wir gingen jeden Morgen zur Messe, aber zur Abendandacht gingen wir nicht.

Nach der Messe führte mich M. herum und zeigte mir alles in der ausgedehnten Klosteranlage. Wir gingen in den Bramante-Hof, ganz aus Stein, mit einem großen Brunnen in der Mitte, und ringsherum die Bogenkolonnaden, voller Sonnenschein, heiter und ganz Renaissance, ein klein bißchen überladen, aber doch so fröhlich und heiter, mit sonnigen, bleichen Steinen, die auf lebendige Menschen warteten, mit einer großen Freitreppe blasser Steinstufen, die sich zu den Türen der Kirche aufschwingt und auf Edelleute in scharlachroter Pluderhose und schlanken roten Beinen und auf Damen in Brokatgewändern und Pagen mit lockigen goldenen Haaren wartet. Dieser prächtige, sonnige, heitere Bramante-Hof aus lebensprühendem Stein! Jedoch leer. Leer und ohne Leben. Das heitere, rotbeinige Adelsvolk auf ewig tot. Und wenn doch einmal Wallfahrer kommen und hineinströmen, dann sind es scheußliche Kunstausflügler aus der Großstadt mit aller Vulgarität des Industriezeitalters.

Wir kletterten auf den kleinen Wachtturm, der jetzt ein Observatorium ist, und sahen den unsicheren und unrasierten Don Giovanni inmitten von all seinem Staub und seinen Instrumenten. M. war sehr zwanglos und freundlich und plapperte in seinem wunderlichen Italienisch, das so falsch war, wie ich noch nie Italienisch habe sprechen hören; sehr zwanglos und freundlich, und ein klein bißchen ehrerbietig zu den Mönchen, und doch, und doch – ziemlich gönnerhaft. Sein etwas herablassender und gönnerhafter Ton färbte sogar auf sein ehrerbietiges Verlangen ab, ins Kloster aufgenommen zu werden. Die Mönche waren ziemlich kurz angebunden zu ihm. Sicher werden ihre Sympathien und Antipathien durch das klösterliche Leben noch sehr verstärkt.

Wir standen zuoberst auf dem Turm und betrachteten die Welt tief unten: die Stadt, das Schloß, die weiße Landstraße, die schnurgerade aus den Bergen im Norden hervorkam, von Rom her, und sich in die Berge im Süden hineinbohrt, gen Neapel, die weite, weite Ebene durchquerend. Landstraßen,

Eisenbahn, Fluß und Bäche, eine Welt mit haarscharfen und lebendigen Einzelheiten, mit Bergen, die unversehens und jäh aufragen, wie die alten Maler sie malten. Ich glaube, es gibt keine andre Möglichkeit, die italienische Landschaft zu malen, als eben so: es begann mit Lorenzetti und endete mit dem sechzehnten Jahrhundert.

Wir betrachteten die alte Zelle unter dem Kloster, wo all die Frömmigkeit ihren Anfang nahm. Wir betrachteten die alte Bibliothek, die dem Staat gehört, und die kleinere Bibliothek, die noch immer dem Abt gehört. Ich war müde und fror, mir war übel unter all den Büchern und Buchverzierungen. Ich konnte nicht noch mehr ertragen. Ich spürte, daß ich hinaus mußte, in die Sonne, und die Welt unten sehen mußte und den Weg hinaus.

An jenem Abend sagte ich zu M.:

»Und was war das mit dem Abgrund?«

»Ach, wissen Sie, das war ein Scheck, den ich in Anzio ausgestellt hatte. In meiner Bank in New York hätte Geld sein sollen, um ihn zu decken. Aber anscheinend war das Geld, das mir Leute schuldeten, nie einbezahlt worden. Deshalb saß ich also in einer üblen Klemme: ein ungedeckter Scheck und überhaupt kein Geld in Italien. Ich mußte wirklich hierher ausreißen. Es ist ein großes Geheimnis, daß ich hier bin, und das muß es bleiben, bis ich die Angelegenheit geordnet habe. Natürlich habe ich gleich nach Amerika geschrieben. Aber ich stecke in einer sehr üblen Klemme, wie Sie sehen. Die fünf Lire, die ich Ihnen für den Kutscher gegeben habe, waren das letzte Geld, das ich in der Welt besaß, wirklich das allerletzte. Ich habe nicht einmal Geld, um mir eine Zigarette oder eine Briefmarke zu kaufen.« Und er lachte trällernd, als wäre es ein Witz. Aber im Grunde hielt er es nicht für einen Witz. Es war auch kein Witz.

Ich war mit zweihundert Lire in der Tasche hergekommen; ich wartete noch, etwas Geld auf der Bank zu wechseln. Von diesen zweihundert hatte ich hundert oder hundertfünfundzwanzig übrig. Hundert würde ich brauchen, um nach Hause zu fahren. Ich konnte M. nur die fünfundzwanzig Lire für die Flasche Likör geben. Er war ziemlich niedergeschlagen. Aber Geld wollte ich ihm diesmal nicht geben: weil er es erwartete.

Wir sprachen jedoch über seine Pläne und wie er etwas verdienen könne. Er erzählte mir, was er geschrieben hatte. Und ich überlegte mir, wo er in London etwas veröffentlichen könne, schrieb ein paar Briefe für ihn und sagte ihm, wohin er seine Manuskripte am besten schicken solle. Es bestand keine sehr große Hoffnung, denn seine kleineren journalistischen Arbeiten schienen mir sehr befangen und dünn. Er hatte auch einen Artikel über das Kloster, von dem ich glaubte, daß er ihn verkaufen könne, weil Fotografien dabei waren.

An jenem Abend zeigte er mir zum erstenmal sein Manuskript über die Fremdenlegion. Er hatte es ziemlich unordentlich getippt. Er hatte eine Schreibmaschine, aber er fand, er sollte jemanden haben, der für ihn tippte, da es ihm widerwärtig war und er es nur ungern tat. Ich las das Manuskript an jenem Abend, als ich zu Bett ging und als ich am nächsten Morgen wach war. Es schien mir nicht sehr gut zu sein – ungenau und weitschweifig, wo es nicht so hätte sein dürfen und wo es an klaren Einzelheiten und deutlich umrissenen Ereignissen mangelte. Und doch war etwas dran, das mich wünschen ließ, es ordentlich abgefaßt zu sehen. Wir sprachen also darüber und erörterten es sorgfältig, und er versprach widerwillig, es noch einmal in Angriff zu nehmen. Er war merkwürdig: er sprach immer von seiner Arbeit, er arbeitete sogar immer, doch nie machte er etwas korrekt.

Am Nachmittag machten wir einen Spaziergang durch den Wald und über das felsige Stück Heidemoor, das den größten Teil der Hügelkuppe bedeckt. Wir gingen zu der Klosterruine, die auf dem andern Vorsprung des Klosterhügels einsam und traurig zwischen Felsen und Heidekraut und Dornengestrüpp liegt. Es war sonnig und warm. Ein barfüßiger kleiner Junge hütete eine Kuh und drei Ziegen und ein Pony; ein barfüßiges kleines Mädchen hatte fünf Gänse zu beaufsichtigen. Wir kamen zum Kloster und schauten hinein. Der jenseitige Teil des Hofes war noch unversehrt, das Ganze war eine Art Farm, zwei Räume wurden von einem Bauern bewohnt. Wir kletterten in den Ruinen herum. Ein Geschöpf schrie – schrie und schrie und schrie mit einer seltsam unmenschlichen Ausdauer, hörte auf und schrie wieder. Wir lauschten und horchten auf das scharfe, durchdringende Gejammer. Fast hätte es ein Baby mit einer kräftigen Stimme sein können. Wir kraxelten umher und hielten Ausschau. Und endlich fanden wir vor einem kleinen, höhlenartigen Loch ein blindes schwarzes Hündchen, das unglücklich umherkroch und nicht gehen konnte und unaufhörlich jammerte. Wir steckten es wieder in den kleinen höhlenartigen Unterschlupf und gingen fort. Bis auf das jammernde Hündchen war die Ruine verlassen.

Doch auf dem Weg draußen war ein Mann, ein Bauer, der gerade mit einem Esel unter einer Last Reisig auf den Torbogen des Klosters zuhielt. Er war mager und schwarz und schmutzig. Er zog den Hut, und wir erzählten ihm von dem Hündchen. Er sagte, die Hundemutter sei mit seinem Sohn zu den Schafen gegangen. Ja, sie sei schon den ganzen Tag weg. Ja, sie würde am Abend zurückkommen. Nein, das Hündchen hätte den ganzen Tag noch nichts getrunken. Ja, das kleine Vieh jammere eben, aber die Mutter würde wieder zu ihm gehen.

Die Bauern um das Kloster waren noch alte Welt – mit ihren harten, knochigen kleinen Köpfen und tief gefurchten Gesichtern und gänzlich unausgefülltem Geist: sie riefen ihre Worte so hinaus, wie Kühe rufen, und lebten ihr Leben wie die Eidechsen im Felsgestein, gingen stumpf der Arbeit nach, die sie gerade an der Hand hatten, und dem gegenwärtigen Augenblick, waren abgeschnitten von aller Vergangenheit und Zukunft und hatten kein Ziel und kein Gefühl als einzig den uralten Lebenswillen, der eine Schildkröte im Frühling wieder zum Leben erwachen und ein Heupferdchen sogar im November in mondhellen Nächten fiedeln läßt. Nur diese Bauern fiedeln nicht viel. Die Fiedler gehen nach Amerika. Die harten, stillen, stetigen, nicht hoffenden Seelen sind es, die am alten Leben festhalten. Und doch treten sie beiseite, wenn man in den Korridoren des großen Klosters an ihnen vorbeigeht, sie drücken sich gegen die weißgetünchten Wände des stillen Gebäudes und lassen den Kopf sinken, wie wenn ein Mysterium vorbeiginge, höhere Wesen, die sie nicht zu genau anschauen dürfen. So auch dieser alte Bauer: er war nicht alt, aber voll tiefer Furchen wie ein knorriger Ast. Er stand noch da, den Hut in der Hand, während wir mit ihm sprachen, und antwortete mit kurzen, harten, fühllosen Antworten, wie ein Baum gesprochen hätte.

»Die Mönche halten ihre Bauern demütig«, sagte ich zu M.

»Natürlich«, sagte er. »Finden Sie nicht, daß sie recht daran tun? Finden Sie nicht, daß sie demütig sein sollen?« Und er plusterte sich auf wie ein kleiner Truthahn, der sich auf die Hinterbeine stellt.

»Oh«, sagte ich, »wenn es einen Anlaß zur Demut gibt, bin ich dafür.«

»Finden Sie, es gäbe keinen Anlaß?« rief er. »Nichts kann schlimmer sein als die Gleichheit, die über die Welt gekommen ist. Glauben Sie etwa selbst daran?«

»Nein«, sagte ich. »Ich glaube nicht an Gleichheit. Das Problem ist nur: wo liegt die Überlegenheit?«

»Oh«, krähte M. selbstgefällig, »die liegt in vielen Dingen! Sie liegt in der Herkunft und in der Erziehung und so weiter, vor allem aber im *Geist*. Natürlich meine ich nicht, daß die physischen Eigenschaften nicht charmant sind. Sie sind es, und niemand weiß sie mehr zu schätzen als ich. Einige dieser Bauern sind prachtvolle Geschöpfe, ganz prachtvoll. Aber das vergeht. Und der Geist bleibt.«

Ich antwortete nicht. M. war nicht der Mann, mit dem man in einem Gespräch weiterkam. Aber ich dachte im stillen, daß ich M.s Überlegenheit über den Bauern nicht akzeptieren könne. Wenn ich wirklich dauernd mit dem einen oder mit dem andern unter einem Dach leben müßte, würde ich den Bauern wählen. Wenn ich die Wahl hätte, würde ich den Bauern wählen. Nicht, weil der Bauer wundervoll und reich an mystischen Eigenschaften wäre. Nein, ich gebe nicht viel auf die wundervollen, mystischen Eigenschaften im Bauern. Ihr einziges großes Geheimnis ist das Geld, unwiderleglich. Nein, wenn ich den Bauern wähle, wäre es eher für das, was ihm fehlt, als für das, was er hat. Ihm fehlt die selbstgefällige Mentalität, auf die M. so stolz ist, ihm fehlt all der banale Plunder oberflächlichen Geredes und noch oberflächlicherer Gedanken, all der Dünkel unsres seichten Bewußtseins. Wegen seiner Geistlosigkeit hätte ich den Bauern gewählt – und wegen seines starken Blutstroms. M. ermüdete mich mit seiner Leichtigkeit und Bereitwilligkeit, sich ins Gespräch zu stürzen – und auch wegen der anstrengenden Art seiner Ausstrahlung. Als ob er keinen starken Blutstrom in sich hätte, ihn zu stützen, nur diese moderne, schmarotzerhafte Lymphe, die dauernd um Sympathie bettelt.

»Glauben Sie nicht von sich selbst, daß Sie jenem Bauern überlegen sind?« fragte er mich ziemlich ironisch. Er erwartete fast, daß ich nein sagen würde.

»Doch, das tue ich. Aber ich glaube, daß der größte Teil der Mittelklasse, die sogenannten gebildeten Leute, jenem Bauern untergeordnet sind«, erwiderte ich. »Das glaube ich wirklich.«

»Natürlich«, sagte M., ohne zu zögern. »Mit ihrer Heuchelei . . .« Er war mächtig gegen die Heuchelei, besonders die englische Sorte.

»Und wenn ich mich dem Bauern überlegen glaube, ist es nur deshalb, weil ich mich als die wachsende – oder als eine der wachsenden Spitzen eines Baumes empfinde, ihn aber als ein Stück vom harten, unveränderlichen Gewebe des Zweiges oder Stammes. Wir sind Teile des gleichen Baums; und es ist der gleiche Saft«, sagte ich.

»Ja, richtig! Sehr richtig!« rief M. »Natürlich. Die Kirche würde das gleiche Dogma lehren. Wir sind alle eins in Christo – aber zwischen unsern Seelen und unsern Pflichten gibt es große Unterschiede.«

Es ist furchtbar, wenn einem recht gegeben wird, vor allem von einem Mann wie M. Alles, was man sagt und meint, wird zu Asche.

»Ja«, fuhr ich nachdenklich fort. »Aber mir scheint es, daß die sogenannte Kultur und Erziehung, die sogenannten Führer und die führenden Klassen von heute nur Schmarotzer sind: wie ein großer Buschen schmarotzenden Bewußtseins, der zuoberst auf dem Baum des Lebens gedeiht und ihn anzapft. Das heutige Bewußtsein steigt nicht von den Wurzeln auf. Es schmarotzt in den Adern des Lebens. Und die mittleren und oberen Klassen sind einfach Schmarotzer auf dem Körper jenes Lebens, das in den unteren Klassen noch lebt.«

»Was?« rief M. beißend. »Glauben Sie an die demokratischen unteren Klassen?«

»Kein bißchen«, sagte ich.

»Das will ich auch hoffen«, rief er selbstzufrieden.

»Nein, ich glaube nicht, daß die unteren Klassen das Leben jemals wieder ganzmachen können, falls sie nicht wirklich demütig werden, wie jener alte Bauer, und sich den wahren Führern fügen. Jedoch nicht den großen Verneinern wie Lloyd George oder Lenin oder Briand.«

»Natürlich! Natürlich!« rief er. »Was wir wieder brauchen, ist eine machtvolle Kirche. Die Kirche hat einen Platz für alle.«

»Finden Sie nicht, daß die Kirche der Vergangenheit angehört?« fragte ich.

»Keineswegs – sonst wäre ich nicht hier. Nein«, sagte er lehrhaft, »die Kirche ist ewig. Sie stellt die Leute auf den ihnen gebührenden Platz, und das ist das erste, was nottut.«

Er hatte eine große Abneigung gegen die Frauen und äußerte sich sehr scharf über sie. Nicht wegen ihrer Sünden, sondern wegen ihrer Tugenden: ihrer Sparsamkeit, ihrer Menschenliebe, ihrer Ideale. Oh, wie er die Frauen verabscheute! Er war verheiratet gewesen, aber die Ehe ging nicht gut aus. Er litt noch immer darunter. Vielleicht hatte seine Frau ihn verachtet, und er war nicht *ganz* fähig gewesen, ihre Verachtung zu besiegen.

Er verabscheute die Frauen also und wünschte sich eine Männerwelt. »Da sprechen die Leute von Liebe zwischen Mann und Frau«, sagte er. »Aber das ist alles *Schwindel!* Die Frau nimmt einfach alles und gibt nichts und fühlt sich dabei unverletzlich. Sie wünscht weiter nichts, als dem Mann bei allem, was er tut, einen Strich durch die Rechnung zu machen. Nein, ich habe mein Leben in meinen *Freundschaften* gefunden. Körperliche Beziehungen sind natürlich sehr verlockend, und man bemüht sich, sie so anständig und so weiter zu halten, wie man nur kann. Doch man weiß, daß sie vorübergehen und enden. Aber geistige Freundschaften halten ewig.«

»Bei mir ist es das Gegenteil«, sagte ich. »Wenn keine tiefe Blutverbundenheit da ist, weiß ich, daß die geistige Freundschaft Mumpitz ist. Wenn ein echtes, tiefes Blut-Echo da ist, dann halte ich mich daran, selbst wenn ich alle Seelenverwandtschaften verraten muß, die ich je gemacht habe, oder alle dauerhafte seelische Liebesverbundenheit, die ich jemals empfunden habe.«

Er blickte mich an und machte ein langes Gesicht. Um die Augen sah er müde und gelb und nervös aus. Er betrachtete mich eine Zeitlang.

»Oh«, sagte er dann mit merkwürdigem, ziemlich kaltem Tonfall, »meine Erfahrung ist jedenfalls genau das Gegenteil davon gewesen.«

Wir schwiegen eine Weile.

»Und selbst wenn es Ihnen gelingt«, sagte ich, »all Ihre

Studien zu schaffen und ins Kloster einzutreten – glauben Sie dann zufrieden zu sein?«

»Wenn ich soviel Glück hätte – ganz gewiß«, sagte er. »Zweifeln Sie daran?«

»Ja«, sagte ich. »Ihrer Natur nach sind Sie weltlich – weltlicher als ich. Ich aber würde sterben, wenn ich hier oben bleiben müßte.«

»Warum?« fragte er neugierig.

»Oh, ich weiß nicht. Die Vergangenheit! Die Vergangenheit! Die schöne, wunderbare Vergangenheit scheint über mein Herz herzufallen, und das kann ich nicht ertragen.«

Er betrachtete mich genau.

»Wirklich?« sagte er beherzt. »So ist Ihnen also zumute? Aber finden Sie nicht, daß ein Leben hier oben dem da unten bei weitem vorzuziehen ist? Finden Sie nicht, daß die Vergangenheit der Zukunft bei weitem vorzuziehen ist – der Zukunft mit all ihrem *socialismo* und diesen *communisti* und so weiter?«

Wir saßen hoch über der Welt in der Nachmittagssonne auf dem wilden Hügelkamm. Jenseits von dem Ring bleicher, dürrer, aufrechter Disteln, die den öden Boden bevölkerten, und jenseits von den Felsblöcken lag die Klosterruine. Hinter uns ragten Felsen auf – der Gipfel. Links in der Ferne war der Wald, der den Blick auf das große Kloster verwehrte. Das hier war der Gipfel, die letzte sichere Stellung der alten Welt. Unten konnten wir die Ebene sehen, die gerade weiße Landstraße, gerade wie ein Gedanke, und die etwas biegsamere schwarze Bahnlinie mit dem Bahnhof. Dort schwärmten die *ferrovieri* wie Ameisen. Dort waren Demokratie, Industrieherrschaft, Sozialismus, die rote Fahne der Kommunisten und die rotweißgrüne Flagge der Faschisten. Das war eine andere Welt. Und was für eine bittere, was für eine unfruchtbare Welt! Unfruchtbar wie das schwarze Schlackengleis der Eisenbahn mit ihren beiden Stahlbändern.

Und hier oben, vor dem kleinen Ring bleicher, dürrer

Disteln sitzend, mit dem Rücken gegen einen warmen Fels-
block, waren wir im Mittelalter. Beide Welten waren mir
eine Qual. Doch hier auf dem Berggipfel war es am schlimmsten: Vergangenheit, Bitternis der nicht ganz toten Vergangenheit.

»Ich glaube, man muß durch das Leben da unten hindurch
– muß irgendwo darüber hinaus gelangen. Man kann nicht
zurückgehen«, sagte ich zu ihm.

»Nennen Sie denn das Kloster ein Rückwärtsgehen?«
fragte er. »Ich nicht! Der Frieden, die Ewigkeit, das Interesse
für Dinge, die wichtig sind. Ich halte es für das glücklichste
Los, das mir widerfahren könnte. Natürlich bedeutet es, körperliche Wünsche auszuschalten. Aber wenn man das getan
hat – also dann scheint es mir vollkommen zu sein.«

»Nein«, sagte ich. »Sie sind zu weltlich.«

»Aber das Kloster ist auch weltlich. Wir sind keine Trap-
pisten. Das Kloster ist ein Weltzentrum, eins von den aktiv-
sten.«

»Vielleicht. Aber diese unpersönliche Tätigkeit, wobei das
Blut unterdrückt wird und versauert – nein, es ist zu spät. Es
ist zu abstrakt – politisch vielleicht . . .«

»Ich bedaure es, daß Sie so denken«, sagte er und erhob
sich. »Ich tue es nicht.«

»Well«, sagte ich. »Niemals werden Sie hier Mönch sein,
M. Sie werden es sehen!«

»Sie glauben nicht, daß ich Mönch werde?« erwiderte er
und wandte sich mir zu. Und in seiner Stimme war ein An-
klang von Erleichterung. Das Mönchsleben muß ihm tatsächlich bedeutet haben, ins Gefängnis zu gehen.

»Sie haben keine Berufung«, sagte ich.

»Es mag den *Anschein* haben, aber ich hoffe sehr, daß ich
sie habe!«

»Sie haben sie nicht.«

»Also gut – wenn Sie so sicher sind«, lachte er und legte
die Hand auf meinen Arm.

Er schien so vieles zu verstehen, rund um die Fragen, die einen am tiefsten beunruhigen. Aber den Kern der Frage begriff er nie. Er hatte keine richtige Mitte, keinen richtigen Brennpunkt in sich. Und doch war er bei all den Fragen, von außen betrachtet, so klug und sensibel.

Wir gingen langsam zurück. Die Gipfel der italienischen Berge in der Abendsonne, das verlöschende Geflimmer der Ebene tief unten, indes der Sonnenschein nachließ und gelb wurde, der überaus starke mittelalterliche Geist, der noch immer hier auf der wilden Bergkuppe hing, all die Wunder der mittelalterlichen Vergangenheit, und dann die riesigen bemoosten Steine im winterlichen Wald, der einst ein heiliger Hain gewesen war, der uralte Pfad durch den Wald, der auf dem Gipfel von Tempel zu Tempel führte, lange bevor Christus geboren wurde, und dann die große Zyklopenmauer, an der man nach der Wegbiegung entlangkommt und die noch vor den heidnischen Tempeln errichtet wurde – all das überfiel mich an diesem Nachmittag mit solcher Gewalt, daß ich fast sprachlos war. Diese Hügelkuppe mußte dreitausend Jahre hindurch eine der allerheiligsten Stätten der Menschheit gewesen sein. Und die Menschen sterben, eine Generation nach der andern, Rassen sterben, aber der neue Kult schlägt seine Wurzeln in der alten heiligen Stätte, und der lebendige Fleck Erde stirbt sehr langsam. Doch schließlich stirbt auch er. Aber dieser lebendige Fleck ist noch nicht ganz tot. Das große Kloster, das dort hingekauert liegt, ist halb leer, aber auch noch nicht ganz tot. Und während die Sonne gelblich untergeht und die Kälte des Schnees in der Luft spürbar wird, wandern M. und ich weiter, heim ins Kloster. Und ich habe ein Gefühl, als wäre mir das Herz wieder einmal gebrochen: ich weiß nicht, warum. Und er spürt seine Angst vor dem Leben, die ihn verfolgt hat, und seine Angst vor sich selbst und deren Folgen, die ihn nie lange in Ruhe ließen. Und er schien dicht neben mir zu gehen, sehr dicht. Und keiner von uns hatte noch etwas zu sagen.

Don Bernardo hielt Ausschau nach uns, als wir unter dem Torbogen auftauchten, er war ohne Hut in der Abendkälte, und sein schwarzes Gewand bauschte sich füllig auf. Es waren Briefe für M. eingetroffen. Ein kleiner Scheck war für ihn aus Amerika gekommen – etwa fünfzig Dollar – von einer Zeitung im Mittelwesten, die einen seiner Artikel abgedruckt hatte. Darüber mußte er mit Don Bernardo sprechen.

Ich beschloß, am nächsten Tag abzureisen. Ich konnte nicht länger bleiben. M. war sehr enttäuscht und bat mich, noch zu bleiben. »Ich dachte, Sie würden mindestens eine Woche bleiben«, sagte er. »Bleiben Sie über Sonntag! O bitte!« Aber ich konnte nicht, ich wollte gehen. Ich konnte sehen, daß die Tage für ihn eine Qual waren – die langen, kalten Tage in dem riesigen, ruhigen Gebäude mit der seltsamen und ermüdenden Stille in der Luft und dem Gefühl von Vergangenheit, das auf einem lastete, und dem Gefühl von dem stummen, unterdrückten, ränkevollen Lebenskampf, der an dem heiligen Ort weiterging.

Es war ein bewölkter Morgen. Der große Don Anselmo hatte gerade den kleinen Don Lorenzo um die Mitte gepackt und über einen Busch geworfen, wie Jungen vor der Schule. Der Prior eilte gerade irgendwohin, seiner langen Nase folgend. Er sagte mir Lebewohl, liebenswürdig, warm und fröhlich, mit einem Hauch Wehmut bei seiner Taubheit. Von Don Bernardo schied ich mit aufrichtigem Bedauern.

M. begleitete mich den Hügel hinab – nicht auf der Fahrstraße, sondern den alten breiten, gepflasterten Weg hinab, der sich so wunderbar von der Kuppe des Hügels bis zum Talgrund hinunterschwingt. Es kommt mir vor, als sei er tausend Jahre alt. M. war still und freundlich. Wir trafen Don Vicenzo, der die Aufsicht über das Land und die Ernte hat: in seiner schwarzen Soutane kam er langsam, langsam bergauf und stapfte langsam in seinen dicken, schweren Stiefeln einher. Er las in einem kleinen Buch. Er grüßte uns, als wir an ihm vorbeigingen. Weiter unten zwischen Büschen hütete ein dralles Mädchen drei Merinoschafe. Ein Schaf kam auf seinen herrlichen schlanken Beinen näher, um mit der unersättlichen Neugier einer pecora an mir zu schnuppern. Seine Nase war seidig und elegant, als das Tier sie vorstreckte, um an mir zu schnuppern, und der sehnsüchtige, staunende, wißbegierige Ausdruck in seinen Augen ließ mich denken, daß das Lamm Gottes ein Schaf wie dieses hier gewesen sein mußte.

M. war unglücklich über meine Abreise. Nicht so sehr darüber, daß ich fortging, als darüber, daß er dort oben allein zurückblieb. Wir kamen an den Fuß des Hügels und auf die Straße zur Stadt. Deshalb gingen wir in einen kleinen Weinkeller, um ein Glas Wein zu trinken. M. plauderte ein wenig mit der jungen Frau. Er plauderte immer mit allen Leuten. Sie musterte uns scharf und fragte uns, ob wir vom Kloster seien. Wir bestätigten es. Als das Kloster erwähnt wurde, schien sich ein feindseliger Zug um ihre Nase zu schleichen. M. bezahlte für den Wein – eine Lira. Dann gingen wir auf die Straße hinaus, um uns zu trennen.

»Ich kann Ihnen nur zwanzig Lira geben«, sagte ich, »weil ich den Rest für meine Heimreise brauche.«

Aber er wollte sie nicht annehmen. Er sah mich wehmütig an. Dann ging ich zum Bahnhof hinunter, und er wandte sich um und ging bergauf. In der Stadt war Markt. Ochsen warteten in Gruppen, Frauen kochten auf einem Kohlenbecken unter den Bäumen eine Mahlzeit, und auf der Erde lagen überall Waren zum Verkauf ausgebreitet, und Säcke mit Bohnen und Korn standen offen da, um die Stämme der Maulbeerbäume gedrängt, und von den Wagen hingen die Deichseln auf den Boden. Die alten Bauern in ihren braunen, groben Friesröcken und Rohledersandalen besahen sich die Welt. Und wieder war es das Mittelalter.

Es begann jedoch zu regnen. Plötzlich strömte der Regen nur so hernieder, und mein Mantel wurde durch und durch naß, auch meine Hosenbeine. Der Zug von Rom hatte Verspätung, ich hoffte, nicht zuviel Verspätung, sonst würde ich das Schiff verpassen. Endlich kam er und war voll besetzt. Ich mußte im Gang stehen. Dann kam der Mann und rief aus, daß das Mittagessen serviert würde, und glücklicherweise bekam ich einen Platz und auch eine Mahlzeit. Während ich dort im Speisewagen zwischen dicken Neapolitanern saß, die ihre Makkaroni aßen, vor großen Glasscheiben, die vom Dunst undurchsichtig wurden und gegen die draußen der Regen peitschte, ließ ich mich forttragen, fort vom Kloster, fort von M., fort von allem.

In Neapel war wieder ein bißen Sonne, und ich hatte Zeit, zu Fuß zur Immacolatella zu gehen, wo der kleine Dampfer vor Anker lag. Dort auf dem Dampfer saß ich in dem bißchen Sonnenschein und fand, daß die Welt für mich wieder einmal zu Ende und daß mein Herz wieder gebrochen war. Der Dampfer schien sich seinen Weg zu bahnen – fort von der alten Welt, die in mir an einem Ende angelangt war.

Danach beschloß ich, nach Sizilien zu gehen. Im Februar, und nur wenige Tage nach meiner Rückkehr vom Kloster, war ich auf dem Dampfer nach Palermo und schaute im Morgenrot auf die wundervolle Küste Siziliens. Sizilien, das sich hoch erhob, ewig emporsteigend zu seinen edelsteinschönen Gipfeln, ganz golden im Morgenrot, und ewig bezaubernd, ewig wie unzugänglich schwebend, und doch so nah, so deutlich.

Mir unbekanntes Sizilien, amethystenschön im mittelmeerischen Morgenglanz: wie die Morgenröte unsres Tags, der Wundermorgen unsres Zeitalters.

Ich hatte verschiedene Briefe von M. erhalten. Er hatte mir geraten, nach Agrigent zu gehen. Doch als ich in Agrigent eintraf, war dort ein Streik der Bergarbeiter in den Schwefelgruben ausgebrochen, und sie warfen Steine. Daher wollte ich nicht in Agrigent wohnen. M. verabscheute Taormina – er war überall gewesen, hatte alles ausprobiert und stand, wie ich entdeckte, in den meisten Orten in nicht sehr gutem Ruf.

Er schrieb jedoch, daß er hoffe, es würde mir gefallen. Und später schickte er das Manuskript von der Fremdenlegion. Ich fand es gut und schrieb ihm das. In London wurde es den Verlegern angeboten, doch es wurde nicht angenommen.

Anfang April ging ich mit meiner Frau für ein paar Tage nach Syrakus: schöne, schöne Tage, violette Anemonen blüh-ten in den sizilianischen Feldern, Adonisröschen wuchsen blutrot auf den kleinen Felsenriffs, und das Korn stand grün und kräftig in den zauberhaften Malaria-Ebenen, und der Ätna, noch immer mit seiner Schneekrone, strömte jetzt nord-wärts. Die schöne, schöne Fahrt im Frühling von Catania nach Syrakus, rund um die Bläue des Meeres sich windend, wo hoher rosa Asphodill hinstarb und der gelbe Asphodill seine Seide wie eine Lilie entfaltete. Schönes, schönes Sizilien, Land der Morgenröte, Europens Morgenröte, wo Odysseus sein Schiff aus den Schatten in die Bläue stößt. Was auch in mir gestorben war, Sizilien war noch nicht gestorben, mor-genrotschönes Sizilien und die Ionische See.

Wir kamen zurück, und die Welt war schön: unser Haus über Mandelbäumen, und unten in der Bucht das Meer. Ka-labrien flimmerte in der Ferne, zur Linken, wie ein seine Farbe wechselnder Opal jenseits der blauen, strahlenden Meerenge und all der großen Bläue der schönen Morgenröte-See vor uns, wo sich die Sonne jeden Morgen mit einer Herr-lichkeit wie Trompetengeschmetter erhebt und wo ich in dieser Morgenröte, Tages- und Lebensmorgenröte wie be-sessen frohlocke – in der Morgenröte, die Griechenland ist, die ich bin.

Ja, und in diesen Gefühlsüberschwang kroch plötzlich die Schlange. Es war ein schöner Morgen, noch früh. Auf der Treppe der unteren Terrasse hörte ich ein Geräusch und ging nachsehen. Auf der Treppe stand M. und blickte mit furcht-samem Gesicht zu mir auf.

»Was?« rief ich. »Sie?«

»Ja«, erwiderte er. »Etwas Schreckliches ist passiert.«

Er wartete auf der Treppe, und ich ging hinunter. Ziemlich unwillig, denn ich verabscheue schreckliche Dinge und die Leute, denen sie zustoßen. Wir lehnten uns also über das mit Ranken bedeckte Geländer der Terrasse unter Girlanden rahmfarbener Bignoniablüten und blickten auf das hellblaue, ätherische Meer.

»Wann sind Sie zurückgekommen?« fragte er.

»Gestern abend.«

»Oh. Ich kam vorher. Die Contadini sagten, sie glaubten, daß Sie gestern abend zurückkämen. Ich bin seit ein paar Tagen hier.«

»Wo wohnen Sie?«

»Im San Domenico.«

Da das San Domenico hier das allerteuerste Hotel ist, glaubte ich, er müsse Geld haben. Aber ich wußte, daß er etwas von mir wollte. »Und bleiben Sie einige Zeit?«

Er wartete einen Augenblick und sah sich vorsichtig um.

»Ist Ihre Frau oben?« fragte er sotto voce.

»Ja, sie ist oben.«

»Ist jemand da, der uns hören kann?«

»Nein, nur die alte Grazia unten, und die kann ohnehin nichts verstehen.«

Stotternd begann er: »Dann lassen Sie sich erzählen, was mir passiert ist. Ich mußte aus dem Kloster fliehen. Don Bernardo erhielt einen Anruf aus der Stadt unten, daß die Carabinieri einen Americano suchten – meines Namens. Natürlich können Sie sich denken, wie mir da oben zumute war. Gräßlich. Ich mußte auf der Stelle fliehen. Ich packte nur zwei Hemden in eine Reisetasche und ging. Ich schlüpfte einen Pfad hinunter – eigentlich ist es gar kein Pfad, nur die Rückseite eines Hügels. Zehn Minuten nachdem Don Bernardo den Anruf erhalten hatte, rannte ich den Hügel hinab.«

»Aber warum werden Sie gesucht?« fragte ich betroffen.

»Ach«, stammelte er, »ich habe Ihnen doch von dem Scheck in Anzio erzählt, nicht wahr? Und es scheint, daß sich das

Hotel an die Polizei gewandt hat. Jedenfalls«, fuhr er hastig fort, »konnte ich mich nicht da oben verhaften lassen, nicht wahr? Das wäre für das Kloster furchtbar gewesen.«

»Wußten sie denn, daß Sie in Schwierigkeiten steckten?« fragte ich.

»Don Bernardo wußte, daß ich kein Geld hatte«, sagte er. »Natürlich mußte er es erfahren. Ja, er wußte, daß ich in *Schwierigkeiten* steckte. Aber natürlich wußte er nicht – hm – *alles.*« Bei dem Wort »alles« lachte er – ein komisches kleines Lachen, als wäre er ein klein bißchen stolz darauf: unartig und auch reumütig.

»Ja«, fuhr er fort, »davor habe ich am meisten Angst: daß sie im Kloster alles entdecken. Natürlich ist es schrecklich. Der Americano – hat monatelang dort gelebt, und alles so nett und –, well, Sie wissen ja, wie sie sind: sie glauben, jeder Amerikaner ist ein Millionär, wenn nicht ein Multimillionär. Und plötzlich werde ich von der Polizei gesucht! Natürlich ist es *schrecklich.* Alles andere – nur kein Skandal im Kloster! Eher alles andere! Oh, wie furchtbar war es! Ich kann Ihnen sagen, in jener Viertelstunde habe ich Wasser und Blut geschwitzt. Don Bernardo hat mir vom Geld des Klosters zweihundert Lire geliehen – was er gar nicht hätte tun dürfen. Und ich entkam über die Rückseite des Hügels, ging zum nächsten Bahnhof die Strecke aufwärts, nahm den nächsten Zug – den Personenzug – ein paar Stationen in Richtung Rom. Und dort stieg ich um und erreichte den Expreß nach Sizilien. Ich ging geradenwegs zu Ihnen. Natürlich war ich in Todesängsten: stellen Sie sich das vor: bis nach Neapel verbrachte ich den größten Teil der Zeit in der Toilette.« Er lachte sein verkrampftes kleines Lachen.

»In welcher Klasse sind Sie gefahren?«

»In der zweiten. Die ganze Nacht durch. Ich bin mehr tot als lebendig angekommen, denn seit zwei Tagen hatte ich nichts gegessen, nur ein paar Sandwiches, die ich mir auf dem Bahnsteig gekauft hatte.«

»Wann sind Sie also angekommen?«

»Am Samstagabend traf ich hier ein. Am Sonntagmorgen ging ich hierher, und mir wurde gesagt, daß Sie weg seien. Stellen Sie sich vor, was das für mich bedeutete! Ich stand Qualen aus, jede Minute stand ich natürlich Qualen aus. Stellen Sie sich das bloß vor!« Und er lachte sein kleines Lachen.

»Aber wieviel Geld haben Sie jetzt?«

»Oh, ich habe nur fünfundzwanzig Lire und ein paar Soldi.« Er lachte, als wäre es ein ziemlich unartiger Scherz.

»Aber«, sagte ich, »wenn Sie kein Geld haben, weshalb gehen Sie dann ins San Domenico? Wieviel müssen Sie dort bezahlen?«

»Fünfzig Lire pro Tag. Das ist natürlich verheerend . . .«

»Aber im Bristol braucht man nur fünfundzwanzig zu zahlen, und im Fichera nur zwanzig . . .«

»Ja, ich weiß«, sagte er. »Aber im Bristol habe ich mal gewohnt, und ich verabscheue das Hotel. So ein unverschämter Direktor! Und im Fichera konnte ich das Essen nicht anrühren.«

»Aber wer wird denn fürs San Domenico bezahlen?« fragte ich.

»Oh, ich dachte«, sagte er, »Sie kennen doch all meine Manuskripte? Und Sie finden sie ziemlich gut, nicht wahr? Well, da dachte ich, wenn ich sie Ihnen übertrage, und Sie machen damit, was Sie können, und bezahlen für mich, bis ich einen neuen Anfang finde – oder bis ich weggehen kann . . .«

Ich blickte übers Meer – das schöne blaue Morgenmeer und dahinter Griechenland. »Wohin wollen Sie gehen?« fragte ich.

»Nach Ägypten. Ich kenne einen Mann in Alexandrien, der Zeitungen besitzt. Ich bin sicher, daß er mir einen Posten als Redakteur oder so etwas Ähnliches gibt, wenn ich rüberkomme. Und natürlich trifft Geld ein. Ich habe an X. geschrieben, der mein *bester* Freund ist, in London. Er wird mir etwas schicken . . .«

»Und was erwarten Sie sonst noch?«

»Oh, mein Artikel über das Kloster wurde von *Land and Water* angenommen – dank Ihnen und Ihrer Güte natürlich. Ich dachte, wenn ich eine Zeitlang ganz still bei Ihnen bleibe und ein paar Sachen schreibe, die ich schreiben möchte, und ein bißchen Geld zusammenspare und dann nach Ägypten gehe . . .« Er blickte zu mir auf, als ließe er alle seine Tricks spielen. Mir war es sofort klar, daß ich ihn nicht bei mir im Haus haben wollte, und selbst wenn ich es gewollt hätte, hätte meine Frau es nicht gewollt.

»Sie haben es sehr schön hier, einfach herrlich«, sagte er. »Wenn es überhaupt Taormina sein muß, dann haben Sie natürlich den weitaus besten Platz gewählt. Ich liebe diese Seite so sehr viel mehr als die Ätna-Seite. Immer den Ätna vor Augen, und wie sich die Leute für ihn begeistern, das geht mir auf die Nerven. – Und ein *reizendes* Haus, wirklich *reizend*.«

Er blickte über die Loggia und auf die andere Terrasse.

»Gehört das alles Ihnen?« fragte er.

»Das Erdgeschoß benutzen wir nicht. – Treten Sie ein!«

Wir gingen in die Salotta.

»Oh, was für ein schönes Zimmer!« rief er. »Einfach prächtig! Reizend! Reizend! Bei weitem das schönste Haus in Taormina.«

»Nein«, sagte ich. »Als Haus ist es nicht besonders großartig, aber mir gefällt es. Es ist genau das, was ich brauche. Und ich liebe die Lage. Doch jetzt will ich meiner Frau sagen, daß Sie hier sind.«

»Oh?« sagte er und warf nervös den Kopf auf. »Ich habe ja Ihre Frau noch gar nicht kennengelernt.« Und er lachte wieder sein nervöses, unartiges, spaßhaftes Lachen.

Ich verließ ihn und ging in die Küche hinauf. Dort stand meine Frau und machte große Augen. Sie hatte gelauscht, um etwas vom Gespräch aufzufangen. Aber M. hatte seine Stimme zu sehr gedämpft.

»M.«, sagte ich leise. »Die Carabinieri wollten ihn im Kloster verhaften, deshalb ist er hierher geflohen und möchte, daß ich die Verantwortung für ihn übernehme.«

»Weswegen sollte er verhaftet werden?«

»Schulden, vermute ich. Möchtest du nach unten kommen und mit ihm sprechen?«

M. war natürlich sehr charmant zu meiner Frau. Er küßte ihr auf korrekte deutsche Art sehr ergeben die Hand und sprach mit einer Ehrerbietung, auf welche die Frauen unweigerlich hereinfallen.

»Was für ein wunderschönes Haus Sie hier haben«, sagte er und blickte durch die offene Tür des Zimmers aufs Meer hinaus. »Wie klug von Ihnen, so etwas zu entdecken!«

»Lawrence hat es gefunden!« sagte sie. »So, Sie stecken also in allerlei Schwierigkeiten?«

»Ja, ist es nicht schrecklich?« sagte er und lachte, als wäre es ein Witz – ein ziemlich schlechter Witz. »Im Kloster war mir furchtbar zumute. Es wäre so furchtbar für sie gewesen, wenn es einen Skandal gegeben hätte. Und das, nachdem ich dort so nett aufgenommen wurde – und so sehr als der Signor Americano – furchtbar, finden Sie nicht?« Er lachte wieder wie ein ungezogener Junge.

An jenem Vormittag hatten wir eine Einladung zum Mittagessen. Meine Frau war schon angezogen, deshalb ging ich auch, um mich zurechtzumachen. Dann sagten wir M., daß wir ausgehen müßten, und er begleitete uns ins Dorf. Ich gab ihm die hundert Lire, die ich in der Tasche hatte, und er fragte, ob er am Abend wiederkommen könnte. Ich bat ihn, am andern Morgen zu kommen.

»Es ist furchtbar gütig von Ihnen«, lächelte er einfältig. Mir war aber mittlerweile gar nicht gütig zumute.

»Er ist ganz nett«, sagte meine Frau. »Aber ein ziemlich unmögliches kleines Geschöpf. Und du wirst schon sehen: er wird dir lästig fallen. Warum liest du bloß so greuliche Leute auf?«

»Unsinn«, sagte ich. »Du kannst mir nicht vorwerfen, greuliche Leute aufzulesen. Er ist der erste. Und er ist nicht einmal so greulich.«

Am nächsten Morgen kam ein von Don Bernardo an mich adressierter Brief, der aber nur einen Brief an M. enthielt. Er benutzte also meine Anschrift. Punkt zehn Uhr erschien er: schlich sich ins Haus, als wollte er es vermeiden, aufzufallen.

Meine Frau wollte ihn nicht sehen, deshalb empfing ich ihn wieder auf der Terrasse.

»Ist es nicht herrlich hier?« rief er. »Oh, wie herrlich! Wenn ich nur meine Seelenruhe hätte! Natürlich schwitze ich jedesmal Wasser und Blut, wenn jemand zur Türe hereinkommt. Sie sind hier so wunderbar für sich allein.«

»Ja«, sagte ich. »Aber für Sie ist hier kein Platz, M. Es ist ohnehin kein Gastzimmer da. Sie sollten lieber daran denken, sich im Dorf etwas Billigeres zu besorgen.«

»Aber was kann ich schon bekommen?« platzte er los.

Es verschlug mir fast den Atem. Ich selber war nie auch nur in die Nähe des San-Domenico-Hotels gegangen. Ich wußte, daß ich es mir einfach nicht leisten konnte.

»Warum sind Sie überhaupt ins San Domenico gegangen?« fragte ich. »Das teuerste Hotel im ganzen Ort!«

»Oh, ich habe mal zwei Monate dort gewohnt, und sie kennen mich, und ich wußte, daß sie keine Fragen stellen würden. Ich wußte, daß sie keine Anzahlung oder dergleichen verlangen würden.«

»Kein Mensch träumt davon, eine Anzahlung zu verlangen«, sagte ich.

»Jedenfalls werde ich meine Mahlzeiten nicht dort einnehmen. Nur morgens den Kaffee. Bis jetzt hatte ich dort essen müssen, weil ich ausgehungert war und kein Geld hatte, um auswärts zu essen. Aber gestern habe ich zweimal in dem kleinen Restaurant gegessen – ein schauderhaftes Essen!«

»Und wieviel hat das gekostet?«

»Oh – vierzehn oder fünfzehn Lire – und dazu ein viertel Liter Wein – und so ein schäbiges Essen!«

Jetzt ärgerte ich mich, denn ich wußte, daß ich mir für einen Lira Brot und Käse gekauft und in meinem Zimmer gegessen hätte. Aber ich begriff auch, daß das moderne Glaubensbekenntnis lautet: wenn du schmarotzt, dann schmarotze gründlich, und außerdem, daß jedermann ein ›Recht zu leben‹ hat, und wenn er es fertigbringt, gut zu leben, einerlei auf wessen Kosten, dann Hut ab vor ihm. Das ist Geschwätz, wie man es in gedankenlosen Augenblicken hinnimmt; jetzt, wo es tatsächlich an mir ausprobiert werden sollte, paßte es mir ganz und gar nicht. »Und wer soll Ihre Rechnung im San Domenico bezahlen?« fragte ich.

»Ich dachte, Sie würden mir das Geld auf die Manuskripte vorschießen.«

»Es hat keinen Sinn, von Geld für die Manuskripte zu sprechen. Ich müßte es Ihnen schenken. Und es ist so, daß ich genau sechzig Pfund bei der Bank von England habe und hier etwa fünfzehnhundert Lire. Davon müssen meine Frau und ich leben. Wir geben in einer Woche nicht soviel aus wie Sie in drei Tagen im San Domenico. Es hat keinen Zweck zu glauben, daß ich Ihnen Geld auf die Manuskripte vorschieße. Ich kann es nicht. Wenn ich reich wäre, würde ich es Ihnen schenken. Aber ich habe kein Geld, und ich habe nie welches gehabt. Haben Sie niemand, an den Sie sich wenden könnten?«

»Ich warte auf Nachricht von X. Wenn ich ins Dorf zurückgehe, werde ich ihm telegraphieren«, erwiderte M. ein wenig enttäuscht. »Natürlich stehe ich Tag und Nacht Qualen aus, sonst würde ich mich nicht an Sie wenden. Ich weiß, daß es unangenehm für Sie ist –«, und er legte mir die Hand auf den Arm und blickte flehend zu mir auf. »Aber was kann ich tun?«

»Sie müssen aus dem San Domenico ausziehen«, sagte ich. »Das ist das nächste.«

»Ja«, sagte er, jetzt ein wenig pikiert. »Das weiß ich. Ich werde Pancrazio Melenga bitten, mir ein Zimmer in seinem Haus zu geben. Er kennt mich ganz gut, er ist ein furchtbar netter Bursche. Er würde *alles* für mich tun, *alles*! Ich war gestern nachmittag dort, als Sie vom Timeo zurückkehrten. Er war aus, deshalb habe ich seiner Frau Bescheid gesagt, die eine reizende kleine Person ist. Wenn er ein Zimmer übrig hat, wird er mir's geben, das weiß ich. Und er ist ein *groß-artiger* Koch, ein großartiger! Kocht bei weitem das beste Essen in Taormina.«

»Gut«, sagte ich. »Wenn Sie etwas mit Melenga abmachen, werde ich Ihre Hotelrechnung im San Domenico bezahlen, aber mehr kann ich nicht tun. Ich kann's einfach nicht.«

»Aber was soll ich denn tun?« brauste er auf.

»Weiß ich nicht«, sagte ich. »*Sie* müssen nachdenken.«

»Ich kam her und glaubte, Sie würden mir helfen«, sagte er. »Was soll ich denn tun, wenn Sie mir nicht helfen wollen? Ich wäre überhaupt nicht nach Taormina gekommen, wenn es nicht Ihretwegen gewesen wäre. Seien Sie nicht unfreundlich zu mir – sprechen Sie nicht so kalt mit mir –« Er legte mir die Hand auf den Arm und blickte mit Augen zu mir auf, in denen Tränen standen. Dann wandte er das Gesicht ab, von seinen Tränen überwältigt. Ich blickte weg, aufs Ionische Meer hinaus, und spürte, wie mein Blut zu Eis und wie das Meer schwarz wurde. Ich hasse solche Auftritte.

»Haben Sie telegraphiert?« fragte ich.

»Ja. Ich habe noch keine Antwort. Ich gab Ihre Adresse an – hoffentlich macht es Ihnen nichts aus?«

»Oh«, sagte ich, »Sie haben einen Brief von Don Ber-nardo!«

Er wurde blaß. Ich war zornig, weil er meine Adresse auf diese Art benutzt hatte.

»Im Kloster ist weiter nichts vorgefallen«, sagte er. »Von der Questura, vom Polizeirevier, wurde telefoniert, und Don Bernardo hat geantwortet, daß der Americano nach Rom abgereist sei. Natürlich hatte ich den Zug nach Rom genommen. Und Don Bernardo wollte ja auch, daß ich nach Rom ginge. Er hatte mir geraten, es zu tun. Ich habe ihm erst gesagt, daß ich hierher wollte, als ich schon hier war. Er meinte, ich hätte in Rom mehr Möglichkeiten, und natürlich hätte ich die gehabt. Ich würde bestimmt dort hingegangen sein, wenn es nicht *Ihretwegen* gewesen wäre . . .«

Ich wurde allmählich müde und zornig. Ich wollte ihm im Augenblick nicht mehr Geld geben. Ich versprach ihm, daß ich seine Rechnung bezahlen würde, wenn er das Hotel verließe, doch müsse er es sofort verlassen. Er ging, um etwas mit Melenga abzumachen. Er fragte, ob er am Nachmittag wiederkommen könne: ich sagte, ich ginge aus.

Trotzdem kam er, während ich weg war. Diesmal entdeckte ihn meine Frau auf der Treppe. Sie begann ihn natürlich zu verabscheuen. Sie stand daher unbeweglich auf der obersten Treppenstufe, und er stand zwei Stufen tiefer und küßte ihr in äußerster Unterwürfigkeit die Hand. Er flehte sie an, und als er zu ihr aufblickte, liefen ihm die Tränen übers Gesicht, und er zitterte vor Verzweiflung. Vor Widerwillen und Unbehagen überlief es sie eiskalt. Aber er ließ ein paar rührende deutsche Sätzchen hören, und ich weiß, daß er ihre Zurückhaltung überwand und daß sie ihm alles versprach, was er haben wollte. Doch das würde sie nie zugeben. Aber sie zitterte vor Widerwillen und Aufregung, als ich nach Hause kam – und sogar aus einem Machtgefühl heraus.

Das war der Grund, weshalb M. am nächsten Morgen unverschämter denn je war. Er hatte abgemacht, am nächsten Tag zu Melenga zu ziehen und zehn Lire täglich für sein Zimmer zu zahlen, die Mahlzeiten extra. Das war also wenigstens etwas. Er erzählte eine lange Geschichte, daß er jetzt seine Mahlzeiten nicht mehr im Hotel einnähme, sondern vorgäbe, er sei eingeladen, und statt dessen äße er in den kleinen Restaurants, wo das Essen so schlecht sei. Und jetzt hätte er nur noch fünfzehn Lire in der Tasche. Aber ich blieb kalt und gab ihm nichts mehr. Ich sagte ihm nur, daß ich ihm am nächsten Tag das Geld für die Rechnung geben würde.

Er hatte jetzt eine andre Bitte und eine neue Tonart.

»Würden Sie mir nicht noch einen einzigen Gefallen tun?« sagte er. »Oh, bitte! Tun Sie mir diesen einen Gefallen! Ich möchte, daß Sie für mich zum Kloster fahren und meine wichtigen Papiere und einige Kleider und meinen wichtigsten Schmuck holen. Ich habe hier eine Liste von den Sachen aufgestellt, und wo Sie alles in meinem Schreibtisch und in der Kommode finden können. Ich glaube nicht, daß Sie irgendwelche Schwierigkeiten haben werden. Don Bernardo hat die Schlüssel. Er wird alles für Sie aufschließen. Und ich bitte Sie *im Namen Gottes,* lassen Sie sonst niemanden die Sachen sehen. Nicht einmal Don Bernardo. Einerlei, was Sie tun, lassen Sie ihn ja nicht die Papiere und die Manuskripte sehen, die Sie mir bringen. Wenn er sie sieht, dann ist es für mich aus mit dem Kloster. Dann kann ich *nie* wieder dort hin. Dann bin ich in ihren Augen auf immer verloren. Wie die Dinge liegen – und obwohl Don Bernardo der beste Mensch von der Welt und mein lieber Freund ist – trotzdem – Sie wissen ja, wie die Leute sind, besonders Mönche. Ein bißchen neugierig, verstehen Sie, ein bißchen wißbegierig. Well, da müssen wir das beste hoffen, was das betrifft. Aber Sie tun mir den Gefallen, nicht wahr? Ich werde Ihnen ewig dankbar sein.«

Eine Reise zum Kloster bedeutete sechsundzwanzig schreckliche Stunden Fahrt in jeder Richtung – die ganze greuliche Reise durch Kalabrien und nach dem Norden. Es bedeutete, daß ich in die Angelegenheiten dieses Mannes verstrickt wurde. Es bedeutete, daß ich im Kloster als sein Komplize erschien. Es bedeutete, daß ich mit all seinen ›kompromittierenden‹ Papieren und Wertsachen reiste. Und die ganze Zeit wußte ich nicht, was für Unheil er eigentlich angerichtet hatte, und ich traute ihm nicht, keine Sekunde. Er wollte mir nichts darüber sagen, abgesehen von dem Scheck im Hotel in

Anzio. Ich wußte, daß es nicht alles war, keinesfalls. Deshalb traute ich ihm nicht. Und zu dem Gefühl äußersten Mißtrauens gesellte sich ein Gefühl der Verachtung und der Antipathie. Und schließlich hätte es mich mindestens zehn Pfund gekostet, die ich einfach nicht vergeuden wollte.

»Das möchte ich aber nicht«, sagte ich.

»Warum nicht?« fragte er scharf und wurde grün im Gesicht. Er hatte bestimmt damit gerechnet.

»Nein, ich möchte nicht.«

»Oh, aber ich kann nicht so hierbleiben, wie ich jetzt bin. Ich habe keine *Sachen.* Ich habe nichts anzuziehen. Ich muß meine Sachen aus dem Kloster haben. Was kann ich denn tun? Was kann ich denn tun? Ich bin zu Ihnen gekommen; wenn es nicht Ihretwegen gewesen wäre, wäre ich nach Rom gegangen. Ich kam zu Ihnen! O doch, Sie *gehen!* Sie *gehen,* nicht wahr? Sie gehen zum Kloster und holen meine Sachen!« Und wieder legte er mir die Hand auf den Arm, und aus seinen zu mir aufgewandten Augen rannen die Tränen. Ich wandte meinen Kopf ab. Niemals war mir das Ionische Meer so ekelerregend erschienen.

»Ich *will* nicht«, sagte ich.

»Doch, Sie *wollen!* Sie wollen! Sie *wollen* für mich zum Kloster fahren, nicht wahr? Alles andre hat keinen Zweck, wenn Sie das nicht wollen. Ich habe nichts anzuziehen. Ich habe meine Manuskripte nicht hier, an denen ich arbeiten muß. Ich kann nichts tun. Ich lebe hier in ständigem Angstschweiß. Ich versuche zu arbeiten, und ich kann mich nicht konzentrieren. Ich kann rein gar nichts tun. Es ist schrecklich. Ich habe keine Minute Ruhe, bis ich die Sachen aus dem Kloster habe, bis ich weiß, sie können nicht an meine persönlichen Papiere gehen. Sie wollen es für mich tun, nicht wahr? Sie wollen es, nicht wahr? Bitte, tun Sie es! Oh, bitte tun Sie es!« Und wieder Tränen.

Ich hatte das Herz voller Bitterkeit und verabscheute den Gedanken an die Reise hin und zurück – und mit so einem

Auftrag. Doch ich war nicht ganz sicher, ob ich es ablehnen sollte. Und er bettelte und kämpfte und versuchte, mich mit Tränen und Flehen und Vorwürfen weichzumachen, damit ich ihm den Willen tat. Und ich konnte es nicht ganz ablehnen. Aber ich konnte auch nicht zusagen.

Schließlich sagte ich:

»Ich möchte nicht gehen, das sage ich Ihnen. Ich verspreche nicht, daß ich gehe. Und ich sage nicht, daß ich nicht gehe. Vor morgen werde ich nichts sagen. Morgen werde ich es Ihnen sagen. Kommen Sie nicht ins Haus. Ich werde um zehn auf dem Corso sein.«

»Ich habe keine Minute gezweifelt, daß Sie es für mich tun würden«, sagte er. »Sonst wäre ich nie nach Taormina gekommen.« Als ob er mir eine Ehre erwiesen hätte, nach Taormina zu kommen, und als ob ich ihn im Stich gelassen hätte!

»Well«, sagte ich, »wenn Sie so einen Schlamassel anstellen, müssen Sie allein herausfinden. Ich verstehe nicht, weshalb Sie in so einem Schlamassel stecken!«

»Jeder kann einen Fehler begehen«, erwiderte er scharf, als müsse er mich zurechtweisen.

»Ja, *Fehler*!« sagte ich. »Wenn's ein Fehler wäre!«

Und dann ging er wieder weg, demütig, flehend – und doch konnte man die ganze schreckliche Unverschämtheit der Demütigen einfach nicht übersehen. Heute sind es die Demütigen, die Wehmütigen, die liebenden Seelen, die uns mit ihrer Barmherzigkeit begehrenden Unverschämtheit bedrängen. Diese aus Bedürfnis mitfühlenden Seelen beschließen einfach bei sich, daß man dazu da ist, ihnen ihren Willen zu tun.

Im Laufe des Tages beschloß ich, *nicht* zu gehen. Ohne es weiter zu begründen, wußte ich, daß ich *wirklich* nicht gehen wollte. Ich wollte einfach nicht. Also würde ich nicht gehen.

Am nächsten Morgen war es wieder heiß und schön. Ich machte mich auf den Weg zum Dorf. Doch da lauerte mir

M. bereits auf dem Pfad hinter dem Tal auf. Er trat vor, griff meine Hand und drückte sie herzlich. Ich machte kehrt, um auf dem Lande zu bleiben. Wir sprachen eine Minute darüber, daß er das Hotel aufgab – er ging am Nachmittag, er hatte die Rechnung verlangt. Doch er wartete auf die andere Antwort.

»Und ich habe beschlossen«, sagte ich, »daß ich nicht zum Kloster gehen werde.«

»Nicht?« Er blickte mich an. Ich sah, wie gelb er um die Augen war, und wie gelb unter der rötlichen Haut.

»Nein«, sagte ich.

Und das war endgültig. Er wußte es. Ein Weilchen gingen wir schweigend weiter. Ich bog zum Gartentor ein. Es war ein schöner, schöner Morgen, und die Sonne brannte. Schmetterlinge flatterten über den Rosmarinhecken und um ein paar kleine rote Mohnblüten; die jungen Reben blühten und rochen süß, sehr süß, das Korn stand hoch und grün, und zwischen dem wässerigen Grün des Weizens waren noch ein paar wilde rosenrote Gladiolen. M. ließ meine Weigerung gelten. Ich erwartete, daß er zornig wäre. Doch nein, er schien ruhiger, wehmütiger, und er schien mich fast drum zu lieben, daß ich mich geweigert hatte. Ich stand an einer Wegbiegung. Das Meer war himmlisch blau und hob sich über Reben und Olivenblättern, ein strahlendes, helles Lack-Blau, wie es nur das Ionische Meer haben kann. Tief unten am Bach wuschen die Frauen ihre Wäsche, und man konnte das Tschock-tschock-tschock hören, wenn das Leinen auf die Steine geschlagen wurde.

Ich empfand M. als eine unerträgliche Last und als einen Klumpen Dreck auf allem.

»Darf ich hinein?« fragte er mich.

»Nein«, sagte ich. »Gehen Sie nicht ins Haus! Meine Frau wünscht es nicht!«

Sogar das nahm er ohne Ärger hin und schien mich drum nur um so mehr zu lieben. Das war mir ein Rätsel. Ich sagte ihm, daß ich am Nachmittag bei der Bank am Corso einen Brief und einen Scheck für ihn hinterlegen würde.

Ich tat es und schrieb einen Scheck über ein paar Pfund aus, genug, um seine Rechnung zu bezahlen und etwa hundert Lire darüber hinaus übrig zu lassen, und im Brief sagte ich ihm, ich könne *nicht mehr* für ihn tun und wolle ihn nicht mehr sehen.

Und damit hatte ich für ein Weilchen Ruhe. Doch ich spürte, daß er im Dorf herumlungerte und wartete. Ich hatte ihm vorschnell gesagt, daß ich mit ihm zum Tee in die Villa eines der hier wohnenden Engländer gehen würde, den ich nicht kannte. Ach, M. beharrte auf dem Versprechen! Als ich nach Hause ging, bettelte er mich wieder an. Er war ziemlich unverschämt. Was nützten ihm schon die paar Pfund, sagte er, die ich ihm gegeben hätte? Er hätte nur noch hundertfünfzig Lire übrig. Was nützten die schon? Ich sah ein, daß es wirklich keine Lösung war, und sagte nichts. Dann sprach er von seinen Plänen, nach Ägypten zu gehen. Der Fahrpreis betrug fünfunddreißig Pfund, wie er festgestellt hatte. Und woher sollten die fünfunddreißig Pfund kommen? Nicht von mir.

Ich verbrachte eine Woche damit, ihm aus dem Wege zu gehen, und fragte mich, was der arme Teufel wohl mache, war aber *entschlossen*, daß er nicht bei mir schmarotzen solle. Hätte ich ihm fünfzig Pfund geben und ihn nach Ägypten schicken können, damit er bei jemand anders schmarotze, hätte ich es getan. So etwas nennen wir dann Barmherzigkeit. Aber ich konnte es nicht.

Meine Frau tobte und rief: »Was hast du bloß gemacht? Wir werden ihn unser Leben lang auf dem Hals haben. Wir können ihn nicht verhungern lassen. Es ist eine Schande, eine Schande, daß er sich so an uns hängt!«

»Ja«, sagte ich. »Er muß verhungern oder arbeiten oder sonst etwas tun. Ich bin nicht der liebe Gott, der für ihn verantwortlich ist.«

M. war entschlossen, seinen Status als Gentleman nicht einzubüßen. Irgendwie war mir das sympathisch. Er würde nie zerlumpt herumlaufen. So sind die modernen Halunken. Äußerlich wird er nicht verkommen. Gewisse Normen eines Gentleman wird er aufrechterhalten: er wird gut gekleidet sein, er wird verschwenderisch mit geliehenem Geld umgehen, er wird sich in den kleinen Belangen des täglichen Lebens soweit wie möglich ehrenhaft verhalten. Well, gut und recht. Bis zu einem gewissen Grade war ich einverstanden. Wenn er selbst einen Ausweg finden konnte, war's mir recht. Ich aber, ich war nicht der Ausweg für ihn.

Zehn Tage vergingen. Es war heiß, und ich lief im Pyjama und einem großen alten Strohhut auf der Terrasse herum, als plötzlich ein hübscher Sizilianer, ein Mann in den besten Jahren und in seinem besten schwarzen Anzug mich anlächelte und den Hut zog. Ob er mit mir sprechen könne. Ich warf meinen Strohhut auf die Seite, und wir gingen in die Salotta. Er reichte mir einen Brief.

»Il Signor M. mi ha dato questa lettera per Lei!« begann er, und ich wußte, was kommen würde. Melenga war früher als Kellner in guten Hotels gewesen, er hatte Geld gespart und sich ein schönes Haus gebaut, das er an Fremde vermietete. Er war ein hübscher Bursche, und jetzt besonders, weil er zornig war. Ich mußte M.s Brief aus dem Gedächtnis wiederholen: »Lieber Lawrence, würden Sie mir noch einen Gefallen tun? *Land and Water* hatte mir für den Artikel über das Kloster einen Scheck über sieben Guineas geschickt, und Don Bernardo hat ihn unter Melengas Namen an mich weitergeleitet. Aber leider hat er sich geirrt und Orazio statt Pancrazio geschrieben, daher wollte die Post den Brief nicht aushändigen und hat ihn ins Kloster zurückgehen lassen. Heute früh hat mich Melenga beleidigt, und ich kann keine Minute mehr in seinem Haus bleiben. Würden Sie so gut sein und mir die sieben Guineas vorschießen, dann werde ich Taormina sofort verlassen und nach Malta gehen.«

Ich fragte Melenga, was geschehen sei, und las ihm den Brief vor. In seinem Zorn sah er hübsch aus; er hob die Augenbrauen und lächelte plötzlich:

»Ma senta, Signore! Signor M. ist zehn Tage lang in meinem Haus gewesen und hat gut gelebt und gut gegessen und gut getrunken, und ich habe keinen einzigen Penny von seinem Geld zu sehen bekommen. Ich gehe morgens los und kaufe alle die Sachen ein, alles, was er haben will, und meine Frau kocht es, und er ist sehr zufrieden, er hätte nie im Leben so gut gegessen, und alles ist großartig, großartig. Und nie bezahlt er einen Penny. Nicht einen Penny. Sagt bloß, daß er Geld erwartet – aus England, aus Amerika, aus Indien. Aber das Geld kommt nie. Und ich bin ein armer Mann, Signore, ich muß meine Frau und die Kinder ernähren. Ich habe schon dreihundert Lire für diesen Signor M. ausgegeben und nie einen Penny davon wiedergesehen. Und er sagt, das Geld kommt, das Geld kommt – aber wann? Er sagt nie, daß er kein Geld hat. Er sagt, daß er es erwartet. Morgen – immer morgen. Es wird heute abend kommen, es wird morgen kommen. Das macht mich wütend. Bis ich schließlich heute früh gesagt habe, ich würde nichts einkaufen und er würde nicht mal einen Tropfen Kaffee in meinem Haus bekommen, bis er dafür bezahlt. Es ist mir unangenehm, Signore, so etwas zu sagen. Ich kenne Signor M. seit vielen Jahren, er hat immer Geld gehabt und ist immer so nett gewesen, molto bravo, und auch freigebig mit seinem Geld. Und meine Frau, poverina, weint und sagt, wenn der Mann kein Geld hat, muß er doch essen. Aber er sagt nicht, daß er kein Geld hat. Er sagt immer, es kommt, es kommt, heute, morgen, heute, morgen. E non viene mai niente. Und das macht mich rasend, Signore. Und deshalb habe ich ihm das heute früh gesagt. Und er sagte, er würde nicht in meinem Haus bleiben, ich hätte ihn beleidigt, und er schickt mich mit diesem Brief zu Ihnen, Signore, und sagt, Sie würden ihm das Geld schicken. Ecco come!«

Zwischen seiner Wut lächelte er mich an. Eins begriff ich jedoch: er würde sein Geld nicht einbüßen, M. hin oder her.

»Ist es wahr, daß ein Brief kam, den die Post nicht aushändigen wollte?« fragte ich ihn.

»Si, Signore, è vero. Er kam gestern, an mich adressiert. Und warum, Signore, warum kommen seine Briefe unter meinem Namen? Warum? Falls er nicht etwas getan hat . . .«

Er blickte mich fragend an. Mir war, als sei ich schon in anrüchige Geschichten verstrickt. »Ja«, sagte ich, »da stimmt etwas nicht. Aber ich weiß nicht genau, was. Ich fragte ihn nicht danach, weil ich nichts von diesen Geschichten wissen will. Es ist besser, wenn man nichts weiß.«

»Già! Già! Molto meglio, Signore! Es muß etwas gewesen sein. Etwas muß passiert sein, so daß er aus dem Kloster fliehen mußte. Und es wird mit der Polizei zu tun haben!«

»Ja, das glaube ich auch«, sagte ich. »Mit Geld und mit der Polizei. Wahrscheinlich Schulden. Ich frage ihn nicht. Er ist nur ein Bekannter von mir, kein Freund.«

»Sicher ist es eine Geschichte mit der Polizei«, sagte er und schnitt eine Grimasse. »Wenn nicht, warum benutzt er dann meinen Namen? Warum kommen seine Briefe nicht unter seinem eigenen Namen her? Glauben Sie, Signore, daß er kein Geld hat? Glauben Sie, daß das Geld kommen wird?«

»Ich bin sicher, daß er kein Geld hat«, sagte ich. »Ob ihm jemand etwas schicken wird, das weiß ich nicht.«

Der Mann betrachtete mich aufmerksam.

»Er hat nichts?« fragte er.

»Nein. Augenblicklich hat er nichts.«

Daraufhin platzte Pancrazio auf dem Sofa los:

»Allora! Schön, schön! Warum kommt er dann in mein Haus, warum kommt er und nimmt in meinem Haus ein Zimmer und bittet mich, Essen zu kaufen, gutes Essen, wie für einen Gentleman, der zahlen kann, und eine Flasche Wein und alles – wenn er kein Geld hat? Wenn er kein

Geld hat, warum kommt er dann nach Taormina? Seit vielen Jahren ist er schon in Italien, seit zehn Jahren, fünfzehn Jahren, und er hat kein Geld. Woher hat er früher sein Geld gehabt? Woher?«

»Von dem, was er geschrieben hat, nehme ich an.«

»Und warum bekommt er denn jetzt kein Geld für das, was er geschrieben hat? Er schreibt. Er schreibt, er arbeitet, er sagt, es ist für die großen Zeitungen.«

»Es ist schwierig, Arbeiten zu verkaufen.«

»He! Warum lebt er dann nicht von dem, was er früher verdient hat? Er hat keinen Soldo. Er hat keinen Penny. Aber wieso? Wie hat er seine Rechnung im San Domenico bezahlt?«

»Das Geld dafür habe ich ihm leihen müssen. Er hatte wirklich keinen Penny.«

»Sie? Sie? Und dabei ist er all die Jahre in Italien gewesen. Wie kommt es, daß er niemand hat, den er um hundert oder zweihundert Lire bitten kann? Warum geht er zu Ihnen? Warum? Warum hat er niemand in Rom, in Florenz oder sonstwo?«

»Das frage ich mich auch.«

»Siccuro! All die Jahre ist er hier gewesen. Und warum spricht er kein gutes Italienisch? Nach all den Jahren spricht er noch immer so verkehrt, es ist kein Italienisch, es ist ein häßlicher Mischmasch. Warum? Warum? Er gilt als ein Signore, ein gebildeter Mann. Und er kommt und stiehlt mir das Brot aus dem Mund. Und ich habe Frau und Kind, ich bin ein armer Mann, ich habe selber nichts zu essen, wenn alles zu einem mezzo-signore wie ihm geht. Nichts! Er schuldet mir jetzt dreihundert Lire. Aber er darf mein Haus nicht verlassen, er darf Taormina nicht verlassen, bis er bezahlt hat. Ich gehe zur Prefettura, ich gehe zur Questura, zur Polizei! Ich lasse mich nicht von so einem mezzo-signore beschwindeln. Was will er machen? Wenn er kein Geld hat, was will er machen?«

»Er will nach Ägypten gehen, sagt er, wo er etwas verdienen kann«, antwortete ich kurz. Aber ich hatte einen
bitteren Geschmack im Mund. Daß der Mann M. einen
mezzo-signore nannte, einen Halb-Gentleman, war so richtig. Und gleichzeitig war es so grausam und so grob. Und
Melenga – ich saß in meinem Pyjama und in Sandalen
da –, Melenga würde mich wahrscheinlich auch einen mezzo-
signore oder sogar einen quarto-signore nennen. Er war ein
Sizilianer, der fand, daß er um sein Geld geprellt wurde,
und das sagt alles.

»Nach Ägypten! Und wer zahlt ihm die Überfahrt? Wer
gibt ihm das Geld? Aber zuerst muß er mich bezahlen! Mich
muß er zuerst bezahlen!«

»Er schreibt«, sagte ich, »daß in dem Brief, der ins Kloster
zurückgeschickt wurde, ein Scheck über sieben Pfund steckte –
etwa sechshundert Lire –, und er bittet mich, ihm das Geld
zu geben, und wenn der Brief wieder herkommt, soll ich den
Scheck haben, der darin steckt.«

Melenga betrachtete mich.

»Sechshundert Lire . . .« sagte er.

»Ja.«

»Also gut. Wenn er mich bezahlt, kann er bleiben . . .«,
sagte er; beinah hätte er hinzugefügt: »bis er die sechshundert Lire verbraucht hat«. Doch er sprach es nicht aus.

»Aber soll ich das Geld geben? Bin ich sicher, daß es
wahr ist, was er sagt?« fragte ich.

»Ich glaube, es ist wahr. Ich glaube, es ist wahr«, sagte
er. »Der Brief ist tatsächlich gekommen.«

Ich dachte ein Weilchen nach.

»Zuerst«, sagte ich, »will ich ihm schreiben und ihn fragen,
ob es wahr ist, und ihn bitten, mir eine Garantie zu geben.«

»Sehr gut«, sagte Melenga.

Ich schrieb an M. und sagte, wenn er mir versichern könne,
daß das, was er wegen der sieben Guineas geschrieben hätte,
der Wahrheit entspräche, und wenn er mir einen Brief für

den Redakteur von *Land and Water* geben könne, daß der Scheck mir ausbezahlt werden solle, dann würde ich die sieben Guineas schicken.

In einer halben Stunde war Melenga wieder da. Er brachte einen Brief, der so begann:

»Lieber Lawrence, ich bin, scheint es, von einer Atmosphäre voller Mißtrauen umgeben. Zuerst heute früh Melenga, und jetzt Sie!« Genauso lauteten die einleitenden Worte. Er fuhr fort und sagte, natürlich entspräche es der Wahrheit, und er fügte einen Brief an den Redakteur bei, in dem es hieß, die sieben Guineas sollten an mich geschickt werden. Er bat mich, ihm bitte das Geld zu schicken, da er nicht noch eine Nacht in Melengas Haus bleiben könne, sondern nach Catania gehen wolle, wo er durch den Verkauf einiger Schmucksachen zu etwas Geld zu kommen hoffe und sich wieder um eine Überfahrt nach Ägypten bemühen wolle. Er sei schon einmal in Catania gewesen – er sei *dritter Klasse* gefahren! –, habe aber kein Frachtschiff gefunden, das ihn nach Alexandria mitnehmen wollte. Jetzt wolle er nach Malta gehen. Seine Sachen aus dem Kloster seien nach Syrakus geschickt worden.

Ich schrieb ihm, daß ich hoffe, er würde wohlbehalten ausreisen können, und fügte den Scheck bei.

»Der ist für sechshundert Lire«, sagte Melenga.

»Ja«, sagte ich.

»Eh, va bene! Wenn er die dreihundert Lire zahlt, kann er für dreißig Lire täglich in meinem Haus bleiben.«

»Er sagt, er wolle keine Nacht mehr in Ihrem Haus bleiben.«

»Ma! Das wollen wir sehen! Wenn er gern bleiben will? Er ist immer ein bravo signore gewesen. Ich habe ihn immer sehr gern gehabt. Wenn er bleiben will und mir täglich dreißig Lire zahlen will ...«

Der Mann lächelte mich ziemlich einfältig an.

»Ich fürchte, er ist beleidigt«, sagte ich.

»Eh, va bene! Ma senta, Signore. Als er früher mal hier war – Sie wissen doch, daß ich mein Haus vermiete. Und Sie wissen, daß die englische Signorina im Sommer weggeht. Gut also. Sagt M., er schreibt an eine Zeitung, er besitzt eine Zeitung, ich weiß nicht was, in Rom. Er wird eine Anzeige einrücken, eine Anzeige für meine Villa. Dann werde ich jemand bekommen, den ich aufnehmen kann. Gut also. Und er gibt die Anzeige auf. Er hat mir die Zeitung geschickt, und ich habe sie gesehen. Aber niemand ist gekommen und hat meine Villa gemietet. Va bene. Doch nach einem Jahr, das heißt, im Januar, kam eine Rechnung über zweiundzwanzig Lire, die ich dafür bezahlen sollte. Ja, ich mußte die zweiundzwanzig Lire bezahlen – für nichts – für die Anzeige, die Signore M. in die Zeitung gesetzt hat.«

»Bah!« sagte ich.

Er drückte mir die Hand und ging. Am nächsten Tag lief er mir auf der Straße nach und erzählte mir, daß M. am Abend vorher nach Catania gefahren sei. Und tatsächlich brachte mir die Post einen Dankesbrief aus Catania. M. war nie unmanierlich, und man konnte ihn nie einfach als Gauner abstempeln. Das war er nicht. Er war einer dieser modernen Schmarotzer, die einfach auf ihr Recht pochen, zu leben und gut zu leben, und das Bezahlen überlassen sie irgend jemand, der es kann oder will oder muß. Das Ende ist unvermeidlich Betrug.

Auch aus Rom kam ein Brief, der an mich adressiert war. Ich öffnete ihn gedankenlos. Er war für M. von einem italienischen Anwalt, der ihm schrieb, eine Nachfrage wegen der Vorladung gegen M. sei gemacht worden, und es sei wegen *qualche affaro di truffa*, eine Betrugsaffäre; der Anwalt habe es gesehen, er habe auch die andere Partei gesehen, aber nichts könne getan werden. Er bedaure und so weiter und so weiter. Ich schickte den Brief nach Syrakus an M. und hoffte zu Gott, daß es damit erledigt sei. Oh, ich konnte wieder frei atmen, seit er weg war.

Aber nein. Eine Freundin, die bei uns wohnte, wollte sehr gern nach Malta gehen. Von Taormina ist es eine Fahrt von etwa achtzehn Stunden, und angenehmer als nach Neapel. Deshalb lud uns unsre Freundin ein, den Ausflug mit ihr zusammen zu machen, als ihre Gäste. Das war ganz vergnüglich. Ich schätzte, daß M., der seit ungefähr einer Woche weg war, inzwischen ohne weiteres in Malta eingetroffen war. Aus Syrakus hatte ich einen freundlichen Brief von ihm erhalten, in dem er mir für den Brief dankte, den ich nachgeschickt hatte, und mir einen Schuldschein für die verschiedenen Summen beifügte, die er bekommen hatte.

Wir saßen also an einem heißen, heißen Donnerstag in einem Zug, der nach Süden fuhr, eine viereinhalbstündige Reise nach Syrakus. Und M. versank in Vergangenheit. Falls wir ihn nicht sehen würden! Aber nein, das war unmöglich! Nach der ganzen unseligen Affäre waren wir in Ferienstimmung.

In Syrakus lief der Zug in den Bahnhof ein. Ein Kerl kletterte auf das Trittbrett: ob wir nach Malta wollten? Das könnten wir nicht. Die Dampfer streikten, wir könnten nicht fahren. Wann würde der Dampfer abfahren? Wer weiß. Vielleicht morgen.

Wir stiegen niedergeschlagen aus. Was sollten wir tun? Da stand der Expreß, im Begriff, wieder nach Norden zu fahren. Wir könnten am Abend wieder zu Hause sein. Aber nein, das wäre ein zu großes Fiasko. Wir ließen den Zug fahren und schlenderten in die Stadt, ins Grand Hotel, ein altes italienisches Hotel gegenüber vom Hafen. Es ist ein ziemlich trübseliges Hotel – mit vielen Blutflecken auf den Schlafzimmerwänden – von zerquetschten Moskitos! Oh, die widerlichen Moskitos!

Es war jedoch nicht zu ändern. Der Hafen von Syrakus ist auch faszinierend: all die kleinen sizilianischen Schiffe mit den auf den Bug gemalten schrägen Augen, die den Weg erspähen, und ein Kohlenschiff aus Cardiff und ein amerikanischer Dampfer und zwei aus Skandinavien, das war alles. Doch im Hafen lagen zwei Torpedoboote, und es war wie eine festa, eine seltsame, lausige festa.

Wunderschön war der runde Hafen, in den die Athener Schiffe einliefen. Und wunderschön dahinter die lange, wellige Silhouette der langen, plattgipfligen Tafelland-Berge, die sich an der südlichen Küste hinzogen und so anders als das spitze, zackige, zusammengedrängt wirkende, gipfelreiche Nordsizilien waren. Die Sonne versank hinter der schönen, welligen Silhouette, das Hafenwasser war golden und rot, die Leute lustwandelten in dichten Scharen unter den Granatapfel- und Hibiskusbäumen. Araber in weißem Burnus und dicke Türken in roten und schwarzen, langen Alpaka-Röcken schlenderten auch umher und warteten – auf den Dampfer.

Am nächsten Tag war es sehr heiß. Wir gingen zum Konsul und zur Dampferagentur. Es bestand berechtigte Hoffnung, daß das Biest von einem Dampfer tatsächlich am Abend in See stechen würde. Wir blieben also und wanderten rund um die Inselstadt, die kompakte Altstadt, und saßen in der Kirche und betrachteten die großartigen griechischen Säulen, die in die Wände eingebettet waren.

Als ich zum Lunch ging, sagte mir der Portier, es sei eine Mitteilung für mich da. Unmöglich! rief ich. Aber er brachte mir einen Brief. Ja. M.! Er wohnte in dem andern Hotel an der Hafenfront. »Lieber Lawrence, ich habe Sie heute vormittag gesehen, als Sie zu dritt die Via Nazionale entlanggingen, aber Sie wollten mich nicht sehen. Ich habe meine Visen erhalten, und alles ist bereit. Der Streik der Dampfer hat mich hier aufgehalten. Ich schwitze Wasser und Blut. Ich habe eine letzte Bitte an Sie. Können Sie mir neunzig Lire leihen, damit ich den Rest meiner Hotelrechnung begleichen kann? Wenn ich sie nicht bekommen kann, bin ich verloren. Ich hatte gehofft, Sie im Hotel anzutreffen, aber der Portier sagte, Sie seien ausgegangen. Ich bin in der Casa Politi und stehe von Stunde zu Stunde Qualen aus. Wenn Sie so gütig

sein würden, Ihre Großzügigkeit bis auf dieses letzte Dar-
lehen auszudehnen, wäre ich Ihnen natürlich ewig dankbar.
Ich kann es zurückzahlen, sowie ich in Malta bin . . .«

Well, das war ein Schlag! Das schlimmste war, daß er
glaubte, ich hätte ihn geschnitten – etwas, das ich nie getan
haben würde. Und siehe da, nach dem Mittagessen ging ich
durch die entsetzliche Sonne der Hafenfront von Syrakus,
einer ungeheuren und gewalttätigen Sonne, zur Casa Politi.
Der Portier erkannte mich und blickte mich fragend an. M.
war ausgegangen, und ich sagte, ich würde um vier Uhr wieder vorbeikommen.

Zufällig waren wir um vier Uhr noch in der Stadt und
aßen Eis, daher kam ich erst um halb fünf in sein Hotel. Er
war ausgegangen, um mich zu suchen. Deshalb hinterließ ich
eine Mitteilung, daß ich ihn in der Via Nazionale nicht gesehen hätte, daß ich zweimal in seinem Hotel gewesen sei und
daß ich am Abend im Grand Hotel anzutreffen wäre.

Als wir um sieben ins Hotel kamen, saß M. in der Halle `
– Elend und Geduld in Person. Er nahm meine Hand in
beide Hände und verbeugte sich vor den Damen, die nur
nickten und nach oben gingen. Er und ich setzten uns ins
leere Foyer. Dann erzählte er mir von den Schwierigkeiten,
die er hinter sich hatte – wie sein Gepäck eingetroffen sei und
die Bahn achtzehn Lire pro Tag für die Aufbewahrung von
ihm verlangt habe, wie er wegen der Hotelrechnung immer
weiter im Hotel habe warten müssen, wie er versucht habe,
seine Schmucksachen zu verkaufen, und sich heute von seinen
Opal-Manschettenknöpfen getrennt habe – so daß er jetzt nur
noch siebzig statt der neunzig Lire brauche. Ich gab ihm eine
Hunderter-Note, und er blickte mir in die Augen; in seinen
Augen standen Tränen, und er sagte, er schwitze Wasser und
Blut.

Der Dampfer fuhr also an jenem Abend. Er sollte um zehn
Uhr abfahren. Wir gingen nach dem Abendessen an Bord.
Wir fuhren zweiter Klasse. Und das gleiche tat diesmal auch

M. Die Überfahrt dauert nur acht Stunden, und obwohl er soviel Wasser und Blut geschwitzt hatte, wollte er doch nicht dritter Klasse fahren. Irgendwie bewunderte ich ihn, weil er so an seinen Grundsätzen festhielt. Ich wäre dritter Klasse gefahren, aus Schamgefühl, das Geld von jemand anders auszugeben. Solcher Schwäche überließ er sich nicht. Er wußte, daß man, soweit die Welt urteilt, ein erstklassiger Gentleman ist, wenn man eine Fahrkarte erster Klasse hat, und wenn man dritter Klasse fährt, ist man überhaupt kein Gentleman. Es schickte sich für ihn, ein Gentleman zu sein. Ich konnte ihm seinen Standpunkt nachfühlen, aber die Damen waren empört. Und ich hatte ihn und sein Gentleman-Gebaren reichlich satt.

Es machte mir viel Spaß, mich über die Reling zu lehnen und die Leute zu beobachten, die an Bord kamen: zuerst gingen sie mit ihrem Gepäck in das kleine Zollhaus, dann schlurften sie die Gangway hinauf an Deck. Die langen Araber in ihren geisterhaft weißen, wollenen Gewändern schleppten ihre Säcke hinauf: sie fuhren nach Tripolis weiter. Der dicke Türke in seinem Fes und seinem langen schwarzen Alpaka-Rock mit den weißen Hosen darunter kam strahlend zur zweiten Klasse hinauf. Im Zollhaus gab es einen großen Krawall, dann kam, vor Wut geradezu wie ein Käfer rennend, ein kleiner Malteser oder Grieche, dem ein langer, hohlwangiger Bursche folgte: beides schäbig aussehende Schurken, die in Schurkereien aufgewachsen waren. Sie fuchtelten herum und warfen fast ihre Arme ins Meer und redeten weiter unten an Deck mit dem dicken Türken, der ihnen ernst zuhörte. Dann stürzten sie sich auf jemand anders. Natürlich platzten wir vor Neugier. Gott sei Dank hörte ich ein paar Leute italienisch sprechen. Wie es schien, hatten die beiden schäbigen Gesellen versucht, Silbermünzen in kleinen Säcken und Rollen aus dem Lande zu schmuggeln. Sie wurden ertappt. Aber sie erklärten, sie hätten ein Recht, es mitzunehmen, da es ausländische Währung sei, englische Zweishilling-

72

und Zweieinhalbshilling-Stücke und südamerikanische Dollar und spanisches Geld. Doch die Zollbeamten behielten alles zurück. Der kleine aufgebrachte Käfer von einem Mann rannte zwischen Schiff und Zollstation hin und her und wieder vom Zollhaus zum Schiff, voller Angst, er müsse ohne sein Geld fahren, und voller Angst, das Schiff würde ohne ihn abfahren.

Fünf Minuten vor zehn kam M.; sehr elegant: in seinem kleinen grauen Mantel und dem grauen, aufgeschlagenen Hut, ging er sehr elegant und gerade und vornehm einher, hinter ihm ein Träger mit einem Karren voll Gepäck. Sie gingen zum Zoll: M. mit seinen grauen Wildlederschuhen trat rasch und elegant ein, wie der feinste Gentleman auf Erden, und mit seinen grauen Wildlederhandschuhen öffnete er sein Gepäck für die zollamtliche Untersuchung. Wir konnten von Bord aus bis in den kleinen Zollschuppen blicken.

Ja, er war durchgekommen. Flott und elegant und großartig, wie der feinste kleine Gentleman auf Erden, und etwas ausschreitend, weil er spät dran war, überquerte er den kleinen, mit Platten belegten Hafendamm und kam die Gangway herauf, so hochmütig, wie man nur sein kann. Die Carabinieri standen am Fuß der Gangway und alberten miteinander herum. Der kleine Gentleman ging, die Nase in der Luft, an ihnen vorbei, und kam schnell an Bord, gefolgt von seinem Träger, und verschwand im Nu. Nach etwa fünf Minuten tauchte der Träger wieder auf – ein rothaariger Bursche, ich kannte ihn, er grüßte mich sogar von unten, der Kerl. M. aber hielt sich versteckt.

Bei jeder ungewöhnlichen Bewegung zitterte ich um ihn. Unten auf dem Hafendamm standen der englische Konsul mit seiner Bulldogge und verschiedene elegante junge Offiziere mit gelben Aufschlägen auf ihren Uniformen, die mit eleganten jungen italienischen Damen in schwarzen Hüten mit steifen Reiherfedern und bauschigen Pelzen sprachen, und Scharen von Hotelburschen und Trägern und Zuschauern. Dann kam – tramp-tramp-tramp – eine Abteilung Soldaten mit rotem Fes und in beutelnden grauen Hosen an. Statt an Bord zu gehen, kampierten sie auf dem Hafendamm. Ich fragte mich, ob sie alle wegen des armen M. gekommen waren. Aber offenbar nicht.

So verging die Zeit, bis es fast Mitternacht war, als einer der eleganten jungen Leutnants die Namen der Soldaten aufzurufen begann, und die Soldaten antworteten, und einer nach dem andern zogen sie mit ihrer Ausrüstung an Bord. Sie waren nun also auch an Bord, auf der Fahrt nach Afrika.

Jetzt wurde etwas ausgerufen, und die Besucher begannen das Schiff zu verlassen. Barfüßige Soldaten und ein Junge liefen herbei, um die Gangway wegzuziehen. Der letzte Besucher oder Beamte trat mit einem Bündel an Dokumenten von der Gangway herunter. Die Leute am Ufer begannen ihre Taschentücher zu schwenken. Die Soldaten mit ihrem roten Fes beugten sich wie lauter Blumentöpfe über die untere Reling. Es wurde Lebewohl gerufen. Das Schiff schwand in den Hafen hinein, die Leute am Ufer schienen unter den Lampen in der dunklen Nacht kleiner zu werden, ohne daß man wußte, weshalb.

So glitten wir aus dem Hafen, vorbei an den glitzernden Lichtern von Ortygia, vorbei an den beiden Leuchttürmen, und ins offene Meer hinaus. Die Geräusche eines Schiffes auf offenem Meer! Es war eine ruhige Nacht mit Sternen, nur ein bißchen frostig. Und das Schiff zog schäumend durchs Wasser. Plötzlich – wie ein Geist – tauchte M. in unserer Nähe auf, lehnte sich über die Reling und blickte auf die Lichter von Syrakus zurück, das schon einsam und klein in der tiefen Dunkelheit versank. Ich ging zu ihm.

»Well«, sagte er mit seinem kleinen, hämischen Lachen, »leb wohl, Italien!«

»Kein trauriger Abschied, wie?« sagte ich. `

»Nein, diesmal nicht, weiß Gott!« sagte er. »Aber wie furchtbar lang es gedauert hat, bis wir endlich abgefahren sind! Für mich wahrhaftig eine brutta mezz'ora. Oh, ich beginne weiß Gott, seit ich das Kloster verlassen habe, zum erstenmal freier zu atmen. Wie furchtbar ist es gewesen! Aber in Malta wird natürlich alles gutgehen für mich. Don Bernardo hat an seine Freunde dort geschrieben. Sie werden alles bereithalten, was ich brauche, und ich kann Ihnen das Geld zurückgeben, das Sie mir so freundlich geliehen haben.«

Wir sprachen einige Zeit miteinander und lehnten uns über die innere Reling des Oberdecks.

»Oh«, sagte er, »das ist Kommandant So-und-so von der britischen Flotte. Er ist in Malta stationiert. Ich habe im Hotel seine Bekanntschaft gemacht. Ich hoffe, daß wir in Malta Freunde werden. Ich hoffe, daß sich eine Gelegenheit bietet, Sie mit ihm bekannt zu machen. Well, ich vermute, Sie wollen wieder zu Ihren Damen gehen. Dann also auf Wiedersehen! Oh, wenn es erst morgen früh wäre! Noch nie habe ich mich so sehr danach gesehnt, im britischen Empire zu sein!« Er lachte und stolzierte von dannen.

Nach wenigen Minuten sahen wir Drei, als wir uns über die Reling des Oberdecks in der zweiten Klasse lehnten, unsern kleinen Freund in voller Größe auf dem Erster-Klasse-Deck, wo er eine Zigarre rauchte und in einer Manier, die völlig Fahrkarte Erster Klasse war, mit dem oben erwähnten Kommandanten plauderte. Er machte den Kommandanten auf uns aufmerksam, und wir spürten, daß die Erster-Klasse-Passagiere mit liebenswürdigem Interesse auf uns Zweiter-Klasse-Passagiere heruntersahen. Die beiden Damen gingen hinter einen Haufen Segeltuch und lachten, und ich versteckte mein Gesicht unter der Hutkrempe, um zu grinsen und Ausschau zu halten. Breiter als jeder Erster-Klasse-Passagier lehnte sich unser kleiner Freund über die Reling Erster Klasse und paffte seine Zigarre. So *dégagé* und so wohlerzogen konnte er sein. Nur ich allein bemerkte, daß er ein wenig zusammenschrumpfte, als die Schiffsoffiziere in die Nähe kamen.

Als wir schlafen gingen, stand er noch immer auf dem Erster-Klasse-Deck. Am Morgen ging ich bald nach Tagesanbruch hinauf. Es war ein schöner Mittelmeer-Morgen: die Sonne erhob sich in einem herrlich goldenen Rausch, und die See war so blau, so feenhaft blau, wie es das Mittelmeer im Sommer sein kann. Wir kamen ganz nah an einer blaßgelben Felseninsel mit ein paar Weingärten vorbei, die zauberhaft aus der eiligen blauen See aufstieg. Die Felsen waren fast so blaß wie Butter, die Inseln waren wie goldene Schatten, die mitten im Meer einsam in all der Bläue dahintrieben.

M. trat neben mich.

»Ist es nicht herrlich? Es ist so schön!« sagte er. »Ich liebe es, diesen Inseln in der ersten Morgenfrühe zu nahen.« Seine Sicherheit und die leichte Affektiertheit und den gönnerhaften Ton, der mir zuerst an ihm aufgefallen war, hatte er beinah wiedererlangt. »In zwei Stunden bin ich frei! Stellen Sie sich das vor! Oh, was für ein herrliches Gefühl!« Ich betrachtete ihn im Morgenlicht. Durch seine Erlebnisse des vergangenen Monats war sein Gesicht ziemlich mitgenommen, es sah älter und matter aus. Jetzt, wo die Aufregung sich dem Ende näherte, begann sich die Müdigkeit zu zeigen. Er war gelblich um die Augen, und das Weiße in seinen runden, ziemlich unverschämten blauen Augen war verfärbt.

Malta kam näher. Wir sahen den weißen Saum der See auf den gelben Felsen und eine weiße Straße, die sich den gelben felsigen Hügelhang hinaufschlängelte. Ich dachte an den heiligen Paulus, der hierhergeweht sein und die Insel von dieser Seite aus erreicht haben mußte. Dann sahen wir – prächtig über dem Mittelmeer – das übereinandergetürmte Gefunkel der viereckigen Häuserfacetten von Valetta und in dem schönen, abgeriegelten Hafen einen Wirrwarr von Booten und Kriegsschiffen und Wachttürmen.

Wir mußten hinuntergehen und die Pässe prüfen lassen. Die Beamten saßen im langen Salon. Es war ein greuliches Geschiebe und Gequetsche der Passagiere Erster und Zweiter

Klasse. M. war vor mir. Ich sah den amerikanischen Adler auf seinem Paß. Ja, er war gut durchgerutscht. Wieder einmal war er frei. Als er ging, drehte er sich um und bedachte mich und den Kommandanten, der genau hinter mir war, mit einem herablassenden, liebenswürdigen Kopfnicken.

Das Schiff ging im Hafen von Valetta vor Anker. Ich sah M., wie er jetzt ganz stattlich und lebhaft einen Träger mit seinem Gepäck ins Boot dirigierte. Die großen Felsen erhoben sich über uns, gelb und behauen, von Menschenhand geradegemeißelt. Oben darauf standen all die Häuser. Wir gelangten schließlich in ein Boot und wurden an Land gerudert. Es war seltsam, auf britischem Boden zu stehen und Englisch zu hören. Wir bekamen einen Wagen und fuhren die steile Hauptstraße durch den Felseneinschnitt zur Stadt hinauf. Dort saßen wir im Freien auf dem großen Platz und tranken Kaffee. Eine Militärkapelle zog vorbei und spielte prächtig in den strahlenden, hellen Morgen hinein. Die Malteser lungerten herum und beobachteten alles. Prächtig die Kapelle und die Soldaten! Man spürte den Glanz des britischen Empire, mochte die Welt sagen, was sie wollte. Doch ach, je länger man blieb, desto mehr spürte man sogar in Malta, daß der alte Löwe dumm und freundlich geworden war. Dumm und freundlich, aus lauter freundlicher Altersschwäche.

Wir wohnten im Hotel Great Britain. Natürlich konnte man nicht vierundzwanzig Stunden in Valetta sein, ohne M. zu begegnen. Da war er in der Strada Reale und stolzierte in einem eleganten weißen Leinenanzug mit weißer Pikeekrawatte einher. Aber ach, er hatte keine weißen Schuhe: sie waren verlorengegangen oder gestohlen worden. Zu seinem sommerlichen Staat mußte er schwarze Schuhe tragen.

Er wohnte in einem kleinen Hotel etwas weiter unsre Straße hinab, und er bat mich, ihn zu besuchen, er bat mich, zum Mittagessen zu ihm zu kommen. Ich versprach es und ging. Wir gingen in sein Hotelzimmer, und er bestellte noch mehr Mineralwasser.

»Wie wunderbar ist es, hier zu sein!« rief er freudestrahlend. »Gefällt es Ihnen nicht riesig? Und oh, wie wunderbar, einen Whisky-Soda zu trinken! Sagen Sie, wieviel!«

Er beendete eine Flasche Black and White und öffnete eine neue. Der Kellner, ein gut aussehender junger Malteser, erschien mit zwei Syphons. M. spielte ausgesprochen den Signore ihm gegenüber, und gleichzeitig tat er sehr vertraulich: wie ich mir vorstelle, daß ein reicher Römer der Kaufmannsschicht zu seinem Lieblingssklaven gewesen sein mochte. Wir bekamen ein sehr nettes Mittagessen und eine Flasche französischen Wein. Und M. war der charmante und aufmerksame Gastgeber.

Nach dem Mittagessen sprachen wir wieder von den Manuskripten und den Verlegern, und wie er Geld verdienen könne. Ich schrieb ein, zwei Briefe für ihn. Er war besorgt, etwas einzufädeln. Und doch war die Mühe der Vorbereitungen fast zuviel für seine Nerven. Sein Gesicht sah eingefallen und alt aus, aber nicht wie das eines alten Mannes, sondern wie das eines alten Jungen, und er war wirklich sehr gereizt.

Was mich betraf, hatte ich Malta bald satt und wäre gern nach drei Tagen wieder abgereist. Aber der Streik der Dampfer war noch nicht beendet, wir mußten warten. M. behauptete, sich ungeheuer gut zu unterhalten: er machte jeden Tag Ausflüge – zur St. Paul's Bay und zu den anderen Inseln. Er hatte auch verschiedene Freunde und Bekannte gefunden. Besonders zwei junge Männer, Malteser, die Don Bernardos Freunde waren. Er machte mich mit den beiden jungen Leuten bekannt: der eine war Gabriel Mazzaiba und der andre Salonia. Sie hatten kleine Geschäfte auf der Werft unten. Salonia forderte M. auf, in einem Auto rund um die Insel zu fahren, und M. redete mir zu, mitzukommen. Was ich auch tat. Und an einem Samstagnachmittag sausten wir also in einem Wagen auf der schrecklichen Insel herum, zuerst zu einer fürchterlichen, steinigen Bucht, dürr, baumlos, öde, eine Art Steinwüste am Meer mit trübseligen Villen und einer schmutzigen Schrotteisen-Strandpromenade; dann ins Innere auf langen und staubigen Straßen durch eine knochentrockne, knochenkahle, häßliche Landschaft. Allerdings stand reifes Korn da, aber es war alles von der gleichen Farbe wie die staubgelbe, knochenkahle Insel. Malta ist nichts als lauter bleicher, weicher, gelblicher Felsen, genau wie Putzziegel: er zerfällt zu unergründlichem Staub. Und die Insel ist nackt wie ein Leichnam, ohne Bäume, sogar ohne Büsche: eine fürchterliche Landschaft, beackert und müde, von altersgrauer Müdigkeit, und hier und da ein paar alte, müde Häuser.

Wir fuhren zu der alten Hauptstadt in der Mitte der Insel, und die ist interessant. Die Stadt liegt auf einem steilen Hügel inmitten von lauter Öde und blickt in der Ferne auf Valetta und aufs Meer. Die Häuser sind alle blaßgelb und hoch und still, wie verlassen. Eine Kathedrale ist auch da und ein Festungs-Ausguck auf die in der Sonne lodernde, von der Sonne ausgedörrte, trostlose Insel. Dann sausten wir in ein anderes Dorf und bestiegen eine Kuppelkirche, die wie eine dicke Blase aus der Ebene aufragt, und rundherum Häuser und dahinter Kornfelder und Staub, der keinen Glanz besitzt, sondern schal und müde ist, wie Knochenstaub, und manchmal Dornenhecken und ein paar zinnartige Feigen-kakteen. In der Dämmerung kamen wir über St. Paul's Bay zurück nach Valetta.

Die jungen Leute waren sehr erfreuliche, sehr patriotische Malteser, und sehr katholisch. Wir sprachen über Politik und tausenderlei Dinge. M. war leicht gönnerhaft und erschien den beiden Maltesern zweifellos als ein eleganter, weitge-reister und wunderbarer Gentleman. Da sie noch nie ein Ge-hölz gesehen hatten, dachten sie, wie wunderbar ein Wald sein müsse, und M. erzählte ihnen von Rußland und Deutsch-land.

Doch ich war froh, die knochentrockene, häßliche Insel verlassen zu können. M. bat mich, noch länger zu bleiben; aber nicht um alle Welt. Er richtete sich vertrauensvoll ein, erlernte die Malteser Sprache und bemühte sich, die Insel gründlich kennenzulernen. Er wollte hier festen Fuß fassen. Mazzaiba war überaus freundlich zu ihm und half ihm auf jede erdenkliche Weise. In Rabato, dem Vorort der alten Stadt, in einer ruhigen, einsamen, kleinen gelben Straße, fand er für M. ein winziges Haus mit zwei Zimmern und einem winzigen Garten. Es würde fünf Pfund im Jahr kosten. Mazzaiba lieh ihm die Möbel, und als ich abreiste, war M. emsig dabei, zwischen Rabato und Valetta hin und her zu hüpfen, sein kleines Heim wohnlich zu machen und sich daran zu erfreuen. Er war auch sehr maltesisch eingestellt und ziemlich antibritisch, wie es anscheinend unerläßlich ist, wenn man kein Brite ist und sich in einem Teil des britischen Empires befindet. M. war durch und durch der amerikanische Gentleman.

Well, und ich war dankbar, wieder zu Hause zu sein und zu wissen, daß er auf der scheußlichen kleinen Insel gut und sicher aufgehoben war. Er schrieb mir Briefe, erzählte, wie sehr es ihm alles gefiele, wie er in der Morgendämmerung ans Meer ginge – ein Weg von fünf oder sechs Meilen – und den ganzen Tag draußen bliebe, Maltesisch lerne und für die Zeitungen schriebe. Das Leben war faszinierend, der Sommer war kochend heiß, und die Malteser waren äußerst anziehend, besonders wenn sie wußten, daß man kein Brite war. Sehr hübsche Burschen wären es auch, und sie machten alles, was man wollte. Hätte ich nicht Lust, herüberzukommen und einen Monat zu bleiben? Ich antwortete nicht – ich fand, daß ich genug gehabt hatte. Dann kam eine Postkarte von M.: »Ich habe keinen Brief von Ihnen bekommen, überhaupt keine Nachrichten. Ich fürchte, daß Sie krank sind, und ich bin sehr besorgt. Schreiben Sie doch!« Aber nein, ich wollte nicht schreiben.

Während der Monate August und September und noch den halben Oktober waren wir in den Norden gereist. Ich vergaß meinen kleinen Freund und hoffte, er sei gänzlich aus meinem Leben verschwunden. Aber ich hatte ein fatales, bedrückendes Gefühl, als sei er noch *nicht* restlos verschwunden.

Anfang November erhielt ich einen Brief von Don Bernardo: ob ich wüßte, daß M. in Malta Selbstmord begangen hatte? Darauf folgte, von Salonia geschickt, eine schäbige Malteser Zeitung mit einer angekreuzten Notiz: »Selbstmord eines Amerikaners in Rabato. Gestern wurde der Amerikaner M. M., ein kräftiger Mann auf der Höhe des Lebens, in seinem Haus in Rabato tot im Bett aufgefunden. Neben dem Bett stand eine Flasche, die Gift enthielt. Der Verstorbene hat sich offenbar das Leben genommen, indem er Zyankali einnahm. Mr. M. wohnte seit einigen Monaten auf der Insel und studierte die Sprache und die Verhältnisse in der Absicht, ein Buch zu schreiben. Wie es heißt, waren finanzielle Schwierigkeiten die Ursache des beklagenswerten Ereignisses.«

Dann schrieb mir Mazzaiba, fragte mich, was ich über M. wisse, und sagte, der Verstorbene hätte Geld von ihm geliehen, das er, Mazzaiba, gerne zurückbekommen würde. Ich antwortete umgehend und erhielt den folgenden Brief von Salonia: »Valetta, den 20. November 1920. Mein lieber Mr. Lawrence, vor einiger Zeit schickte ich Ihnen unsern *Daily Malta Chronicle*, der einen Bericht über den Tod von M. brachte. Hoffentlich haben Sie ihn erhalten? Weil die darin aufgeführten Tatsachen sehr allgemein und nicht ganz korrekt waren, betrachten Sie bitte die zweite Hälfte meines Briefes als eine korrekte Schilderung.

Vorgestern erhielt Mazzaiba Ihren Brief, den er mir zu lesen gab. Wie Sie sich denken können, waren wir über den Inhalt sehr erstaunt. Mazzaiba wird Ihnen in einigen Tagen schreiben, in der Zwischenzeit erbot ich mich, Ihnen die Einzelheiten zu berichten, um die Sie gebeten haben.

Mazzaiba und ich haben vom ersten Tage an, da wir ihn in Ihrer Gesellschaft im Hotel Great Britain trafen [das ist

nicht ganz richtig: sie verkehrten schon vor dem Autoaus-
flug, als ich die beiden Malteser zum erstenmal sah, sehr
freundschaftlich mit M.], alles in unsrer Macht Stehende getan, um M.s Aufenthalt hier so sorgenfrei und angenehm
wie nur möglich zu gestalten. Seitdem lebte er in einer ge-
drückten Stimmung, und obwohl wir ihm moralisch und fi-
nanziell halfen, so sehr wir konnten, vertraute er uns nie
seine Probleme an. Bis auf den heutigen Tag können wir
nicht umhin, seine Reise hierher und seinen Aufenthalt in
Malta als eine ungeheure, in Geheimnisse gehüllte Farce zu
betrachten (um es milde auszudrücken, wie er uns zurück-
ließ), eine schmerzliche Erfahrung, von keinem von uns ange-
strebt, und einen Anlaß zu Kummer, der durch nichts als
unser eigenes persönliches Pflichtgefühl gegenüber einem
Fremden kompensiert wird.

Mazzaiba erzählte mir aus reinem Respekt nichts von
seinen Verbindlichkeiten gegenüber M. – bis ungefähr vor
einem Monat, als er es auf streng vertrauliche und private
Art tat, und zwar nur, um mich zu warnen, weil er (und
auch mit Recht) glaubte, daß M. sich das nächstemal an mich
um Geldmittel wenden würde; denn Mazzaiba hatte ihm
bereits ungefähr fünfundfünfzig Pfund gegeben und wollte
sich keinesfalls noch stärker festlegen. Natürlich hielten wir
M. stets für einen einwandfreien Gentleman. Selbstverständ-
lich war ihm der Gedanke verhaßt, daß wir oder sonst jemand in Malta ihn in einem andern Licht sehen könnten. Er
bat uns nie direkt, obwohl Mazzaiba und später ich selbst
stets schnell genug begriffen, was er andeutete, und ihm sofort entgegenkamen.

In diesem Stadium ersann er, um die Situation zu retten,
einen Plan, daß wir drei die geschäftlichen Möglichkeiten
in Marokko ausbeuten sollten. Der Plan war schon beinah
verwirklicht, alles war bereit, ich sollte mit ihm nach Marokko gehen und Mazzaiba sollte hier die Leitung der Geschäfte übernehmen und die Transaktionen durchführen, die

wir drüben anbahnen würden. Glücklicherweise mußte der Plan wegen fehlender Geldmittel fallengelassen werden, und damit endete er Gott sei Dank nach sehr viel Mühe, die ich gehabt hatte, um ihn vorzubereiten.

Im vergangenen Juli benachrichtigte ihn die Polizei unsern Gesetzen entsprechend, daß er entweder eine Garantie erbringen oder eine Geldsumme deponieren müsse, weil er sonst bei Ablauf seiner dreimonatigen Aufenthaltsgenehmigung gezwungen würde, Malta zu verlassen. Geld hatte er nicht, daher bat er Mazzaiba, Bürgschaft für ihn zu leisten. Das konnte Mazzaiba nicht, weil er bereits Bürge für seine ausländischen Vettern war, die damals hier waren. Mazzaiba (nicht M.) bat mich darum, und ich willigte ein, im Glauben, daß die Verantwortung einfach moralisch sei und nur der Ordnung halber verlangt würde.

Als Mazzaiba, wie weiter oben geschildert, mir erzählte, daß M. ihm fünfundfünfzig Pfund schulde und daß er dem Kaufmann und andern Geschäften in Notabile (der alten Stadt, Rabato ist deren Vorort) über zehn Pfund schulde, fand ich, daß ich lieber in meiner Garantie nachsehen solle, ob ich für irgendwelche Schulden, die er hier gemacht hatte, direkt verantwortlich sei. Die Worte der Erklärung, die ich indossiert hatte, lauteten, daß »ich hiermit feierlich verspreche, den Bewohnern dieser Inseln nicht zur Last zu fallen«, und weil ich fand, daß unbezahlte Schulden mehr oder weniger eine Belastung seien, beschloß ich, meine Garantie zurückzuziehen, was ich auch am dreiundzwanzigsten ult. tat. Der Grund, den ich bei der Polizei angab, war, daß er über seine Verhältnisse lebe und daß ich nicht im Sinn habe, irgendwelche finanzielle Verantwortung zu übernehmen. Am gleichen Tag schrieb ich ihm nach Notabile hinauf und sagte ihm, daß ich aus familiären Gründen gezwungen sei, die Garantie zurückzunehmen. Er faßte meinen Brief im angedeuteten Sinne auf und war in keiner Weise über mein Vorgehen beleidigt.

M., der auf seine findige Art wußte, daß er einen andern
Bürgen nur unter großen Schwierigkeiten würde auftreiben
können, schrieb sofort an die Polizei und sagte, er habe von
Mr. Salonia gehört, daß er (S.) seine Garantie zurückgezogen
habe, doch da er (M.) die Insel in ungefähr drei Wochen verlassen würde (immer noch in der Absicht, die Möglichkeiten
in Marokko auszubeuten), bat er den Kommissar, ihm eine
Gnadenfrist zuzugestehen, ohne eine neue Garantie zu verlangen. Er bat mich tatsächlich, ihm auf einem einlaufenden
Trampschiff eine billige Überfahrt nach Gibraltar zu besorgen. Die Polizei beantwortete seinen Brief überhaupt nicht,
zweifellos, weil sie schon alles vorbereitet und gut geplant
hatten. Er war beunruhigt, weil er keine Bestätigung erhielt,
und da er genau wußte, was ihm in den Händen der italienischen Polizei bevorstand, bereitete er sich auf den letzten
Akt des Dramas vor.

Wir hatten ihn drei oder vier Tage nicht gesehen, als er
am Mittwoch, den dritten ds., vormittags zu Mazzaiba ins
Büro kam. Er blieb einige Zeit dort, sprach über allgemeine
Dinge und schien etwas erregter als gewöhnlich. Mittags ging
er allein in die Stadt hinauf, da Mazzaiba nach Singlea ging.
Ich war am Vormittag nicht bei ihnen; jedoch am Nachmittag
um halb fünf, als ich mit Mazzaiba in seinem Büro sprach,
kam M. wieder und sah sehr erregt aus, und weil es Ge-
schäftsschluß war, gingen wir zu dritt in die Stadt hinauf
und ließen ihn dort in der Gesellschaft eines Freundes.

Am Donnerstagmorgen, den vierten ds., trafen ihn ungefähr um zehn Uhr zwei Geheimpolizisten in einer Straße in
Notabile. Einer von ihnen trat ganz zwanglos auf ihn zu und
sagte ihm sehr höflich, daß der Polizei-Inspektor ihn wegen
einer Garantie oder dergleichen zu sehen wünsche und daß er
mit ihnen zum Polizeirevier gehen solle. Das war nur ein
Vorwand, da die Detektive einen Haftbefehl bei sich hatten,
ihn wegen Betrugs in einem Hotel in Rom zu verhaften, denn
auf Ersuchen der italienischen Polizei sollte er ausgeliefert

werden. M. erwiderte, er wolle sich umziehen, weil er seine Sandalen trüge, und dann sogleich mit ihnen gehen. Sie begleiteten ihn zu seinem Haus in der Strada S. Pietro Nr. 1 und ließen ihn eintreten. Er verschloß die Tür hinter sich und ließ sie draußen stehen.

Ein paar Minuten drauf öffnete er sein Schlafzimmerfenster und ließ einen an Don Bernardo adressierten Brief fallen, bat einen Straßenjungen, den Brief einzuwerfen, und schloß sofort wieder das Fenster. Einer von den Detektiven hob den Brief auf, und wir wissen bis zum heutigen Tage nicht, ob er überhaupt befördert wurde. Einige Zeit verging, und er kam nicht heraus. Die Detektive waren mittlerweile sehr unruhig geworden, und da ein dritter Polizist hinzugekommen war, beschlossen sie, die Tür aufzubrechen. Weil die Tür nicht nachgab, besorgten sie sich eine Leiter und stiegen über das Dach hinein; sie fanden M. in seinem Schlafzimmer auf dem Bett ausgestreckt und im Sterben liegend, da er sich vergiftet hatte. Ein Glas Wasser stand daneben.

Sofort wurde ein Priester geholt, der gerade noch Zeit hatte, ihm die Letzte Ölung zu spenden, ehe er um elf Uhr fünfundvierzig starb.

Um acht Uhr morgens am folgenden Tag wurde seine Leiche zur Untersuchung im Floriana Civil Hospital aufgenommen, und dort wurde der Tod durch Vergiftung mit Zyankali bestätigt. Sein Alter wurde mit vierundvierzig Jahren angegeben, und er wurde an seinem Geburtstag, dem siebenten November, auf Kosten *seiner Freunde in Malta* begraben.

Nachtrag: Inhalt vom Brief an Don Bernardo:

›Ich überlasse es Ihnen und Gabriel Mazzaiba, meine Angelegenheiten zu ordnen. Ich kann nicht länger leben. Beten Sie für mich!‹

Dokument, auf seinem Schreibtisch gefunden:

›Im Falle meines unerwarteten Ablebens benachrichtige man den amerikanischen Konsul.

Ich wünsche ein Begräbnis erster Klasse, meine Frau wird es bezahlen.

Meine persönlichen kleinen Sachen sollen meiner Frau übergeben werden. (Adresse).

Mein bester Freund hier, Gabriel Mazzaiba, soll benachrichtigt werden.

Mein literarischer Nachlaßverwalter ist N. D. (Adresse). All meine Manuskripte und Bücher sind für N. D. bestimmt. Ich vermache N. D. mein literarisches Eigentum, ihm soll die Hälfte der Einkünfte daraus zufallen. Mit der andern Hälfte sollen meine Schulden bezahlt werden.

Die Möbel gehören Coleiro in Floriana.

Die silbernen Löffel und so weiter gehören Gabriel Mazzaiba (Adresse).‹

Der amerikanische Konsul hat all seine persönlichen Sachen in Gewahrsam genommen. Ich bin überzeugt, daß er Ihnen gerne weitere Einzelheiten mitteilen wird, falls Sie sie benötigen. Übrigens weigerte sich seine Frau, die Begräbniskosten zu bezahlen, doch fünf seiner Freunde in Malta übernahmen es, ihm ein anständiges Begräbnis zuteil werden zu lassen. Die Trauergäste waren: der Konsul, der Vizekonsul, Mr. A., ein amerikanischer Staatsangehöriger, Gabriel Mazzaiba und ich.

Bitte richten Sie Mrs. Lawrence unsre ergebensten und hochachtungsvollsten Empfehlungen aus und empfangen Sie bitte gleichfalls unsre herzlichsten Grüße, mein lieber Mr. Lawrence, während wir Sie gleichzeitig um jede Auskunft bitten, die Sie uns in bezug auf den verstorbenen M. übermitteln wollen. Mit vorzüglicher Hochachtung und so weiter . . .«

(Mrs. M. hat etwa zwei Monate nach dem Tode ihres Mannes die Begräbniskosten durch den amerikanischen Konsul zurückerstattet.)

Als ich den Brief gelesen hatte, schien die Welt stehenzubleiben. Ich wußte, daß ich in meinem innersten Herzen gesagt hatte: ›Ja, er muß sterben, wenn er sich nicht selbst heraushelfen kann.‹ Doch trotzdem *begriff* ich jetzt, was es für ihn bedeutet haben mußte, ein Gejagter und Verzweifelter zu sein: alles schien stehenzubleiben! Ich hätte, indem ich die Hälfte meines Geldes hergab, ihm das Leben retten können.

Jetzt, nachdem ein Jahr vergangen ist, stehe ich zu meiner Entscheidung. Ich hätte ihm trotzdem nicht das Leben retten wollen. Ich achte ihn dafür, daß er starb, als er in die Enge getrieben war. Und aus diesem Grunde fühle ich mich noch mit ihm verbunden: ich muß mich jetzt entlasten, um sein Buch veröffentlichen zu lassen und ihm seinen Platz zuzuordnen und ihn genauso darzustellen, wie er war, soweit ich ihn kannte.

Was ich ihm am meisten übelnehme, ist die Tatsache, daß er das Vertrauen, die Güte und die Großzügigkeit von ahnungslosen Leuten wie Mazzaiba mißbrauchte. Er wollte es vielleicht nicht. Aber er tat es. Und Mazzaiba blieb zurück: betrogen, bedrängt und in Verlegenheit gestürzt: im besten Teil seines Wesens muß er sich gefoppt fühlen. Was gibt es Schlimmeres? Was soll man Fremden gegenüber empfinden, nachdem man M. kennengelernt hat? Es ist dieser Judas-Verrat, um Mitgefühl und Großzügigkeit zu bitten, das Gegebene zu nehmen und dann zu sagen: »Tut mir leid, aber einen Fehler kann jeder begehen.« Es ist dieser Verrat mit einem Kuß, der mich doch sagen läßt: »Er hätte eher sterben sollen.« Nein, ich würde nicht helfen, ihn am Leben zu erhalten, nicht, wenn ich wieder die Wahl hätte. Ich würde ihn in den Tod gehen lassen. Er sollte und mußte sterben, und das sollen alle seinesgleichen, und sie werden es auch. Es gibt so viele küssende Judasse. Er war kein Verbrecher: er hatte offenbar die besten Absichten, aber jedesmal war er ein Judas, der das gute Gefühl, das er zu wecken versuchte und weckte, für jede Handvoll Silberlinge verriet, die er bekommen konnte. Ein kleiner liebender Vampir!

Gestern kam sein Manuskript über die Fremdenlegion aus Malta. Es ist genau zwei Jahre her, seit ich es das erstemal im Kloster gelesen habe. Damals war ich ergriffen und ziemlich entsetzt. Jetzt erheitert es mich eher, denn vor meinem geistigen Auge steht die Gestalt M.s in roten Hosen und dem blauen Rock mit den aufgeklappten Rockschößen, wenn er wie ein entrüsteter kleiner Täuberich über den Kasernenhof und in die Kantine von Bel-Abbès schwänzelt. Er ist so entrüstet, so rechtschaffen und moralisch entrüstet und so komisch. Alle Schrecken der Wirklichkeit verblassen vor der Entrüstung, seiner billigen kleinen Entrüstung.

Oh, M. ist ein Oberheuchler! Wie laut schimpft er über die *Boches*! Wie groß ist seine Begeisterung für die reine, die ideale Sache der Alliierten! Genauso lange, wie er in Afrika ist und wie es seinem Vorteil dient. Wie er die deutschen Legionäre wegen ihrer deutschen Sympathien verachtet: sogar Graf von R. sympathisiert heimlich mit den Deutschen. »Blut ist dicker als Wasser«, erklärt unser glattzüngiger Held. Nicht jedes, Gott sei Dank! Offensichtlich nicht sein eigenes. Denn laut jeder Darlegung war er dem Blut nach ein reiner Deutscher, väterlicher- und mütterlicherseits, und er hatte sogar Hohenzollernblut! Rein deutsch. Sogar seine Sprache, seine *Muttersprache* war Deutsch und nicht Englisch. Und dann will der kleine Bastard . . .!

Aber vielleicht geschieht etwas mit dem Blut, wenn es nach Amerika verpflanzt wird.

Und dann, sobald er erst einmal in Valbonne ist, sieh an, was für ein Umschwung! Wo bleibt jetzt das heilige Frankreich und die heilige Sache der Alliierten? Wo bleibt die Inbrunst unsres Helden? Jetzt ist es *schlimmer* als in Bel-Abbès! Ja, sogar weit weniger menschlich, auf scheußlichere Art kalt. Durch echte Empörung wird man dazu gedrängt, sich zu fragen, ob er wirklich ein Spion war, ein deutscher Spion, den Deutschland abgestoßen hatte, weil er nichts taugte.

Der kleine *Gentleman*! Der Teufel hole seine weißblütige Vornehmtuerei! Die Legionäre müssen Gentlemen gewesen sein, daß sie ihn nicht tagtäglich mit einem Fußtritt in den Abort und zurück beförderten.

»Sie sind Journalist?« fragte der Oberst.

»Nein, ich bin Literat«, antwortete M. frech.

»Ist das mehr?« fragte der Oberst.

Oh, ich würde etwas drum geben, hätte ich es gesehen und gehört! Der *Literat*! Well, hoffentlich wird dieses Buch seinen Ruhm als Literat begründen. Ich hoffe, daß sein Lektor (falls das Buch einen bekommt) nichts an den köstlich stolpernden Sätzen und den amüsanten französischen Fehlern ändert. Der *Literat*! Der unmögliche kleine Täuberich!

Doch der Teil, der in Bel-Abbès spielt, ist lebendig und interessant. Er sollte nur von Leuten gelesen werden, die es vertragen können. Abstoßend, ekelerregend – ach, es ist nicht abstoßender und ekelerregender als die Wirklichkeit. M. war selber nahe genug dran, ein Schurke und Dieb und Fälscher und so weiter zu werden, die ganze liebliche Reihe von Ausdrücken, die er ihnen an den Kopf wirft! – um seine Umgebung richtig einschätzen zu können. Er war selber ein solcher Lügner, daß er nicht auf sie hereinfiel. Aber seine Vorstellung von sich als Gentleman, der den Schein wahren muß, verlieh ihm einen Standpunkt, von dem aus er die andern sah. Das Buch ist in seiner Art ein echtes Werk. Aber es wäre mir verhaßt, würde es (falls veröffentlicht), für bare Münze genommen – mit M. als der vergeistigten Taube zwischen all den Lustgeiern! Zuerst wollen wir der vergeistigten Taube etwas Salz auf den Schwanz streuen. Ich zog es vor, ihn niemals zu fragen, was er in Bel-Abbès tatsächlich an Lastern beging.

Ja, ja, er singt eine andre Tonart, sowie er mitten zwischen die Alliierten verpflanzt wird, wo niemals ein Deutscher in der Nähe ist. Da verzieht sich die Pracht aus seiner Entrüstung. Er zieht sie zusammen mit den roten Hosen aus.

Jetzt ist er bloß noch ein erbärmliches kleines Wurm in drekkigen Manchesterhosen. Dort ist kein Laster, seine Entrüstung effektvoll zu färben – frommer kleiner Lügner der! Dort ist nur Erbärmlichkeit und mechanischer, leidenschaftsloser, farbloser, greulicher Schlamm. Wenn man es alles bei Lichte besieht, ist Schlamm – kalter, scheußlicher, fauliger, saugender Schlamm bis zum Gürtel hinauf – das endgültige Symbol des Großen Krieges. Hört euch einige von den entsetzten jungen Soldaten an! Sie wagen es noch kaum, davon zu sprechen.

Der Teil über Valbonne ist im Grunde schlimmer als der über Bel-Abbès. Leidenschaftslos, steril, durch und durch eisig und ekelerregend hoffnungslos. Die grausige Leere und der langsame Sog des Schlamms stets am Rande des Abgrunds.

Und jetzt ist M. selber untergegangen. Und er wäre auch in gemeinem Schlamm und Staub untergegangen, wenn nicht noch in ein paar Herzen das Blut warm und wund und gütig geschlagen hätte. M. hatte in Malta bei Mazzaiba etwas wegen Geld ›angedeutet‹, und Mazzaiba gab es ihm, weil er ihn für einen Menschen in Not hielt. Er hielt ihn für einen Gentleman, und liebenswert, und glaubte ihn in Schwierigkeit. Und Mazzaiba (es ist nicht sein wirklicher Name, aber er ist da, wirklich genug) empfindet noch immer Kummer um M. So tiefen Kummer, daß er jetzt die Überreste aus dem öffentlichen Grab in Malta holen und ihn in seiner eigenen Grabstätte, dem Familiengrab der Mazzaibas, begraben ließ, damit sie nicht verloren wären. Wenn es nach mir gegangen wäre, hätte ich gesagt, je eher sie sich mit dem allgemeinen Staub vermischen, um so besser. Aber man freut sich, echte Güte und Zartheit zu sehen, selbst wenn sie für die Knochen des selbstsüchtigen kleinen Schufts von M. vergeudet wurden. Er verachtete ›körperliche Freundschaften‹ – doch verzichtete er nicht darauf. Warum also sollte jemand seinen Körper aus einem öffentlichen Grab retten?

Aber da haben wir es eben: seine Gabe, Zuneigung und eine gewisse Zärtlichkeit in den Herzen anderer für sich selbst zu wecken. Und daraus schlug er Gewinn. Man sieht es überall im Buch von der Fremdenlegion, wie sein Trick funktionierte. Der Himmel mag wissen, mit wieviel warmer Freundlichkeit und Freigebigkeit er im Verlauf seiner ungefähr vierzig Lebensjahre überschüttet wurde! Und der selbstsüchtige kleine Schuft nahm sich alles, wie ein gieriger Junge sich Kuchen von einer Schale stibitzt, rasch, um das beste aus der Gelegenheit herauszuholen, solange er konnte. Und war der Kuchen einmal gegessen, dann *Buona sera!* Dann klopfte er sich seinen kleinen Wanst und fühlte sich als Tugendbold. Ein rein körperliches Gefühl, wohlverstanden! Er hatte eine Art, ›körperlich‹ zu sagen – eine verächtliche amerikanische Betonung –, die mich jedesmal reizte, ihm einen Tritt zu geben.

Nicht etwa, daß er geizig war, solange er etwas hatte. Nein, er pflegte reichlich zu geben, sogar ein bißchen protzig, und immer mit dem Gefühl, daß er ein großzügiger Gentleman war. Ach, die Großzügigkeit und die Vornehmheit, mit der er sich brüstete! Ecco! Und er gab ein reichliches Trinkgeld – mit einem liebreizenden kleinen Lächeln., Aber im innersten Herzen dachte er nur immer an sich selbst, wenn er so etwas tat. Spielte seine Rolle als Gentleman, der furchtbar *nett* zu allen war: solange sie nett zu ihm waren oder solange es zu seinem Vorteil war. Reinste persönliche Nächstenliebe!

Je nun, der arme Teufel ist tot: was um so besser ist. Er hatte seine Plus-Punkte: den Mut zu seinen eigenen Scheußlichkeiten, seine Schlagfertigkeit und sein Gespür gegenüber gewissen Dingen in seiner Umgebung. Ich ziehe ihn, was für ein Schuft er auch war, den gewöhnlichen hochachtbaren Kreaturen vor. Er nahm Risiken auf sich – er *mußte* ja Risiken mit der Polizei auf sich nehmen. Und anstatt ihnen in die Hände zu fallen, vergiftete er sich lieber. Das mag ich an ihm. Und ich mag ihn auch wegen der gerissenen und flinken Art, wie er jede seiner Chancen benutzte, um aus dem viehischen Heer zu entkommen. Dafür bewundere ich ihn: ein mutiger, ganz auf sich angewiesener kleiner Teufel, der sein Risiko auf sich nahm und wie eine tüchtige Ratte entschlossen war, sich nicht fangen zu lassen. Ich verzeihe ihm nicht, daß er aus der Freigebigkeit andrer seinen Vorteil zog und dadurch Gift ins Herz warmblütigen Vertrauens träufelte. Aber schließlich bin ich doch froh, daß Mazzaiba seine Knochen aus dem öffentlichen Grab gerettet hat. Ich hätte es nicht selbst getan, weil ich ihm seine ›körperlichen‹ Unverschämtheiten und seine Schmarotzerhaftigkeit nicht verzeihe. Aber ich bin froh, daß Mazzaiba es getan hat. Und ich will meinerseits der Welt sein Buch von der Fremdenlegion vorlegen, falls ich es kann. Soll er seinen Platz im Bewußtsein der Welt haben!

Soll er seinen Platz haben, soll er gehört werden! Er machte widerliche Erfahrungen, sah ihnen ins Gesicht, hielt ihnen stand und bewahrte sich trotzdem seine Männlichkeit. Denn Männlichkeit ist eine seltene Eigenschaft, man findet sie in menschlichen Ratten ebenso wie in heißblütigen Männern. M. trug das menschliche Bewußtsein durch Umstände, die für mich zuviel gewesen wären. Ich wäre lieber gestorben, als daß ich mich so hätte demütigen lassen: ich hätte es nie ertragen können. Ich weiß, daß andre Männer im Krieg Schlimmeres durchgemacht haben. Aber schließlich sind Greuel, genau wie Schmerzen, ihr eigenes Betäubungsmittel. Die Menschen verlieren ihr normales Bewußtsein und durchleben eine Art Delirium. Die Stelle bei Stendhal, die Dos Passos vor seinen *Three Soldiers* zitiert, ist erschreckend wahr. Es gibt gewisse Dinge, die so bitter, so gräßlich sind, daß die Zeitgenossen sie einfach nicht kennenlernen, nicht ins Auge fassen können. So ist es mit vielen Geschehnissen aus dem letzten Krieg. Er war so widerlich, und die Menschheit in Europa geriet plötzlich in einen so unmenschlichen Graus, daß wir *niemals* restlos begreifen werden, was es war. Wir können es einfach nicht ertragen. Wir haben nicht die Seelenstärke, um es ins Auge zu fassen.

Und doch kann die Menschheit zu guter Letzt nur siegen durch Erkennen. Seit der Mensch Bewußtsein und Selbstbewußtsein erwarb, ist es das menschliche Los, daß wir nur Schritt für Schritt durch Erkenntnis vorwärtsgehen können, durch volle, bittere, bewußte Erkenntnis. Das trifft zu auf all die großen Schrecken und Qualen und Ängste des Lebens: auf Sex und Krieg und sogar auf Verbrechen. Wenn Flaubert in seiner Geschichte (es ist so lange her, seit ich sie las) seinen Heiligen den Aussätzigen küssen und den furchtbaren, aussätzigen Körper nackend an seinen eigenen Körper drücken läßt – ist es das, was wir schließlich tun müssen. Es ist das große Gebot: *Erkenne dich selbst!* Wir müssen erkennen, was Sex ist, mögen die Empfindsamen sich winden, soviel sie wollen. Wir müssen die größten und verheerendsten Leidenschaften erkennen, mögen die Puritaner, so sehr sie wollen, nach Verschleierung meckern. Und wir müssen die verbrecherischen Neigungen der Menschheit erkennen und den großen Verbrechen der Menschheit gegen die Seele offen ins Gesicht blicken. Wir müssen diesen furchtbaren Aussätzigen in unsre nackte Wärme einhüllen, weil das Leben und das pochende Blut und die gläubige Seele größer noch als der Aussatz sind. Erkenntnis, wahre Erkenntnis, ist wie eine Impfung. Sie verhütet das Weiterschwären der widerlichen moralischen Krankheit.

Und so ist es mit dem Krieg. Während des Krieges verfiel die Menschheit in Europa in einen abscheulichen Haß der lebendigen Seele. Es läßt sich nicht abstreiten. Wir alle fielen. Laßt uns nicht versuchen, uns herauszuwinden! Wir verfielen in die abscheuliche Schlechtigkeit, die menschliche Seele zu hassen; wir hatten eiternde Pocken des Geistes. Es war schändlich, schändlich, schändlich, in jedem Land und in jedem von uns. Manche versuchten, Widerstand zu leisten, und manche nicht. Aber wir ertranken alle in Schande. Eitrige Pocken eines bösartigen Geistes, bösartig gegen die innerste Seele, die in unserem Blut pulsiert.

Wir haben es noch nicht hinter uns. Die Pockenwunden rinnen noch im Geist der Menschheit. Und diesen verdorbenen Geist müssen wir an unser Herz drücken. Eine andre Möglichkeit gibt es nicht. Nehmen wir den verdorbenen, widerlichen Geist der Menschheit, der voll ist von eitrig rinnenden Kriegswunden, an unser Herz und reinigen wir ihn dort. Nicht mit blinder Liebe wollen wir ihn reinigen: o nein, das würde nicht helfen. Sondern mit bitterer und schmerzlicher Erkenntnis. Wir müssen die Krankheit in unser Bewußtsein aufnehmen und wie einen Virus durch unsre Seele gehen lassen. Wir müssen erkennen. Und dann können wir uns darüber erheben.

M. ging, wo ich nie gehen kann. Er trug das menschliche Bewußtsein ungebrochen durch Umstände, die ich nicht hätte ertragen können. Es ist kein Heldentum, in den Tod zu eilen. Es ist heutzutage eine Feigheit, ein Martyrium auf sich zu nehmen. Das ist das Gefühl, das man am Schluß von Dos Passos' Buch hat. Sich gänzlich einfangen lassen? Niemals! Mir ist M. lieber. Er arbeitete sich aus der Sache heraus, die er verabscheute, verachtete und fürchtete. Er bekämpfte sie um seines Geistes und um seiner Freiheit willen. Er kämpfte mit offenen Augen. Er ging hindurch. Die andern waren öffentliche Helden, sie errangen Orden. Aber der einsame, erschrockene Mut des auf sich gestellten Geistes, der die Zähne zusammenbeißt und den Greueln ins Gesicht blickt und ihnen nicht unterliegen *will*, sondern sich einen Weg durch sie hindurch bahnt, weil er weiß, daß er über sie hinaus muß: das ist der kostbarste Mut. Und diesen Mut hatte M., und der Mann in Dos Passos Buch hatte ihn nicht ganz so. Und obwohl sich M. also vergiftete und ich nicht wünschen kann, daß er sich nicht vergiftet hätte, und obwohl, soweit es das warme Leben betrifft, ich ihm nicht vergeben kann, bin ich doch, soweit es den ewigen und unbesiegbaren Geist des Menschen betrifft, bei ihm durch alle Ewigkeit. Ich bin ihm dankbar: er hat für mich Grenzen der menschlichen Erfahrung herausgearbeitet, die ich für mich allein nicht hätte herausarbeiten können. Der *menschliche* Verräter war er. Aber er war kein Verräter am Geist. Im großen Geist menschlichen Bewußtseins war er ein Held, klein, zitternd und heldenhaft, ein seltsamer, zitternder kleiner Stern.

Selbst die Toten bitten nur um *Gerechtigkeit:* nicht um Lob oder Entsühnung. Wer wagt es, die Toten mit Entschuldigungen für ihr Leben zu demütigen? Ich hoffe, daß ich M. Gerechtigkeit widerfahren lasse, und ich hoffe, daß sein rastloser Geist befriedet sein möge. Ich versuche nicht zu vergeben. Das lebendige Blut kennt kein Vergeben. Nur der hochmütige Geist leistet es sich, Vergebung zu spenden. Aber Gerechtigkeit ist ein heiliges menschliches Recht. Der hochmütige Geist erhebt Anspruch, über der Gerechtigkeit zu stehen. Aber ich bin ein Mensch, nicht ein Geist, und Menschen mit Blut, das pocht und pocht und pocht, können auf die Dauer nur leben, wenn sie gerecht sind, können nur in Frieden sterben, wenn sie Gerechtigkeit haben. Vergebung spendet den wimmernden Toten keine Ruhe. Nur tiefe, wahre Gerechtigkeit.

Da ist also M.s Manuskript – wie eine Landkarte der tiefer gelegenen Orte menschlichen Tuns. Da ist der Krieg: schändlich, schändlich, unaussprechlich schändlich. So schändlich, wie M. es sagt. Seien wir uns darüber im klaren.

Es ist die einzige Hilfe: zu erkennen, gänzlich, und sich dann darüber klar sein. Der Krieg war schändlich. Solange ich ein Mensch bin, soll ein solcher Krieg sich nie wieder ereignen. Er soll es nicht, und er soll es nicht. Aller moderne Militarismus ist schändlich. Er muß weg. Ein Mensch bin ich, also über den Maschinen stehend, und darum soll er weg auf immer, weil ich ihn schändlich, schändlich fand, zu schändlich, um ihn je wieder zu erleben. Die Kanonen sollen weg. Nie wieder sollen Schützengräben ausgehoben werden. Sie sollen es nicht, denn ich bin ein Mensch, und solche Dinge liegen in der Macht des Menschen, der sie brechen und machen kann.

Ich habe es gesagt, und solange Blut in meinen Adern pulst, meine ich es so. Blut pulst in den Adern vieler Menschen, die es ebenso ernst meinen wie ich.

Vielleicht *muß* der Mensch kämpfen. Mars, der große Kriegsgott, wird ewig ein Gott bleiben. Nun gut. Wenn ihr also kämpfen müßt, sollt ihr kämpfen, und ohne Maschinen, ohne Maschinen. Kämpft, wenn ihr wollt, wie die Römer kämpften, mit Schwert und Speer, oder wie die Indianer mit Bogen und Pfeilen und Messern und Kriegsbemalung. Aber niemals wieder sollt ihr mit den widerlichen, gemeinen, furchtbaren, ungeheuerlichen Kriegsmaschinen kämpfen, die der Mensch für den letzten Krieg erfand. Ihr sollt es nicht. Die teuflischen Mechanismen sind von Menschen erfunden worden, und ich bin ein Mensch. Deshalb sind es meine. Und ich zerschmettere sie ins Nicht-Sein. Mit allen Mitteln, die mir zur Verfügung stehen, ausgenommen mit dem Mittel dieser Maschinen, zerschmettere ich sie ins Nicht-Sein. Ich führe Krieg! Ich, ein Mensch, führe Krieg! – gegen diese widerlichen Maschinen und Erfindungen, welche die Menschen hervorgezaubert haben. Menschen haben sie hervorgezaubert. Ich, ein Mensch, will sie wieder wegzaubern. Werde ich's tun? Ich will ja! Ich bin nicht ein Mensch – ich bin viele, ich bin die meisten!

Soviel über den Krieg. Soviel über M.s Manuskript. Mag es gelesen werden! Nicht, was darin steht, wird Schaden anrichten, sondern billige Sentimentalität und Heuchelei. Nehmt die Bitterkeit und reinigt das Blut!

Aber sollte man es glauben: der kleine Schuft M. verbrauchte während seiner vier Monate in Malta über hundert Pfund geliehenen Gelds, wo doch seine Ausgaben, wie er sich vor mir rühmte, nicht mehr als ein Pfund wöchentlich hätten sein müssen, nachdem er sich in dem kleinen Haus in Notabile eingerichtet hatte. Das heißt, er verbrauchte mindestens siebzig Pfund zuviel. Der Himmel mag wissen, was er damit getan hat – abgesehen von Schlemmereien. Und diese hundert

Pfund müßten in Malta zurückgezahlt werden. Was nie der Fall sein wird, wenn nicht dieses Manuskript sie hereinholt. Zahl die letzten Schulden des kleinen Gentlemans – wenn auch keine andern.

Er mußte ein Gentleman sein. Ich begriff das erst nach seinem Tode. Ich habe nie vermutet, daß er königliches Blut besaß. Aber so ist es eben, man weiß nie, wo es auftauchen kann. Er war der Enkel eines Kaisers. Seine Mutter war die illegitime Tochter eines deutschen Kaisers: D. sagt, eine Tochter Kaiser Wilhelms des Ersten, und Don Bernardo sagt, Kaiser Friedrichs des Dritten, der der Vater des jetzigen Exkaisers war. Sie wurde am einunddreißigsten Oktober 1845 in Berlin geboren, und ihr Porträt von Paul hängt jetzt in Rom in einer Galerie. Anscheinend war ihr in Berlin eine Ungerechtigkeit angetan worden, denn sie scheint dort zuerst zu der höchsten Gesellschaft gehört und bei Hofe verkehrt zu haben. Vielleicht wurde sie von Wilhelm dem Zweiten auf diskrete Art gesellschaftlich in Bann getan, folglich M.s Haß auf jenen Monarchen. Sie liegt im protestantischen Friedhof in Rom begraben, wo sie 1912 starb: auf ihrem Grabmal stehen die Worte *Filia Regis*. M. vergötterte sie, und sie ihn. Einen Teil seiner Schwächen kann er *bestimmt* der Tatsache zuschreiben, daß er ein einziger Sohn war, ein vergötterter Sohn, in dessen Adern die Mutter sich nur königliches Blut vorstellte. Und sie muß ihn für so schön gehalten haben, die Arme! Aber nun sind sie beide tot. Laßt uns gerecht sein und ihnen Lethe wünschen.

M. wurde am siebenten November 1876 in New York geboren – so heißt es wenigstens in seinem Paß. Im Jahre 1902 trat er in England zum Katholizismus über. Sein Vater war Mr. L. M., der M.s Mutter im Jahre 1867 geheiratet hatte.

Der arme M. hatte also Hohenzollernblut in seinen Adern und war ein naher Verwandter des Exkaisers Wilhelm. Das entschuldigt ihn immerhin zu einem großen Teil: wegen der grausamen Illusion einer verpaßten Gelegenheit, die er infolgedessen gehabt haben muß. Zu mir hat er nie ein Wort darüber verlauten lassen. Doch anscheinend wird es im Kloster anerkannt, im großen Kloster, das die meisten europäischen Geheimnisse von irgendwelcher politischen Bedeutung kennt. Und was mich betrifft, so glaube ich, daß es wahr ist. Denn wenn er auch ein Schuft und ein verräterischer kleiner Teufel war, so hatte er doch unbestreitbar seine Qualitäten, wie Mut und gute Erziehung. Er ertrotzte sich seinen Weg durch die Erlebnisse in der Fremdenlegion: königliche Nerven schleppten sich durch die Kloake, ohne nachzugeben. Aber ach, was für königliches Blut? Wie das meiste andre Blut war es während unsrer geistigen Ära allmählich weiß geworden. Nervenbündel! Und weißliches, leicht versauertes Blut! Und kein Herz voll Erbarmen und Freundschaft. Almosen nur – »mehr als befreundet, weniger als Freund.«

Also, M.: Ich grüße dich in der Ewigkeit. Aber hier, im Herzblut, hast du Gift und Leid nachgelassen – um deine eigene romantische Sprache zu gebrauchen.

Autobiographische Skizze I

David Herbert Lawrence – geboren 11. September 1885 in Eastwood, Nottingham, einer kleinen Bergwerksstadt in den Midlands – Vater Grubenarbeiter, kaum des Lesens und Schreibens mächtig – Mutter bürgerlich, das gebildete Element im Haus (siehe *Sons and Lovers*, der erste Teil ist rein autobiographisch) – das vierte von fünf Kindern – zwei ältere Brüder, dann eine Schwester, dann D. H., dann noch eine Schwester – immer von zarter Gesundheit, aber zäher Konstitution – besuchte die Grundschule und war genau wie jedes andre Kind von Grubenarbeitern – gewann mit zwölf Jahren ein Stipendium für die Nottingham High School, galt damals als das beste Externat in England, ausgesprochen bürgerliche Schule – dort ganz glücklich, aber die Jungen mit Stipendium bildeten eine Gruppe für sich – D. H. freundete sich mit ein paar Bürgerlichen an, aber es waren komische Käuze – er zog sich instinktiv von der Bourgeoisie, der üblichen Sorte, zurück – verließ die Schule mit sechzehn Jahren – hatte eine schwere Krankheit – lernte Miriam und ihre Familie kennen, die auf einer Farm lebte und die eigentlich erst sein kritisches und schöpferisches Bewußtsein weckte (siehe *Sons and Lovers*) – unterrichtete in einer Grundschule voll derber, wilder Bergarbeiterjungen: Gehalt im ersten Jahr fünf Pfund – im zweiten Jahr zehn Pfund – im dritten Jahr fünfzehn Pfund – (vom siebzehnten bis einundzwanzigsten Lebensjahr). – Die nächsten zwei Jahre an der Universität Nottingham, zuerst ganz glücklich, dann furchtbar angeödet. – Wieder das gleiche Gefühl von Langeweile gegenüber der Mittelschicht, wieder zurückgeschreckt, statt sich ihnen zu nähern und dadurch in der Welt voranzukommen. – Nahm Kurse fürs B. A., gab es aber wieder auf; schrieb während der Vorlesungen kleine Gedichte und Teile von *The White Pea-*

cock. Diese schrieb er für Miriam, das Mädchen von der Farm, die auch Lehrerin wurde. Sie fand alles großartig – sonst wäre er wohl nie zum Schreiben gekommen – seine eigene Familie bewußt ›natürlich‹, hielt Beschäftigungen wie das Schreiben für ›affektiert‹. Deshalb schrieb er zu Hause nur heimlich. Mutter fand ein Kapitel aus *The White Peacock* – las es kritisch und amüsierte sich. »Aber, mein Junge, woher willst du wissen, daß es so war? Du weißt nicht . . .« – Sie fand, man müsse es wissen – und sie hoffte, daß ihr Sohn, der ›gescheit‹ war, eines Tages ein Professor oder ein Geistlicher oder sogar ein kleiner Mr. Gladstone würde. Das wäre ›in der Welt vorankommen‹ – auf der Leiter. Geniale Höhenflüge waren Unsinn – man mußte gescheit sein und in der Welt vorankommen, Stufe um Stufe. – D. H. dagegen zog sich von der Welt zurück, haßte ihre Führer und weigerte sich, voranzukommen. Er hatte richtige Bourgeoisie-Tanten mit Bibliothek und Salon in ihrem Haus – doch das gefiel ihm auch nicht –, er zog das kräftige Leben in einer Bergarbeiter-küche vor – und erst recht das Klappern von genagelten Stiefeln in der kleinen Küche in Miriams Farm. Miriam war sogar noch ärmer als er – aber sie liebte Gedichte und Ge-danken und die Höhenflüge der Phantasie über alles. Des-halb schrieb er für sie – noch immer ohne den leisesten Ge-danken, ein Schriftsteller zu werden –, hielt sich für nichts andres als einen Lehrer – und das Unterrichten war ihm meistens verhaßt. Schrieb *The White Peacock* mit Unter-brechungen zwischen dem neunzehnten und vierundzwanzig-sten Jahr. Das meiste war sechs- oder siebenmal geschrieben worden.

Mit dreiundzwanzig Jahren verließ er Nottingham Col-lege und ging zum erstenmal nach London, um an einer Knabenschule in Croydon für neunzig Pfund jährlich zu unterrichten. Bereits heftige körperliche Unzufriedenheit Miriam gegenüber. Miriam las alles, was er geschrieben hatte – sie allein. Zu seiner Mutter, die er am liebsten von allen

Menschen hatte, sprach er nie über seine schriftstellerischen Arbeiten. Es wäre eine Art Prahlerei oder Angabe gewesen. Miriam war es, die seine Gedichte an Ford Maddox Hueffer schickte, der gerade *The English Review* übernommen hatte. Damals war D. H. vierundzwanzig Jahre alt. Hueffer nahm die Gedichte an, schrieb an Lawrence und war äußerst liebenswürdig und freundlich. Er bewog Heinemann, das Manuskript von *The White Peacock* anzunehmen, ein zerzauster und ungefüger Packen, und lud den Lehrer zum Lunch ein – machte ihn mit Edward Garnett bekannt – und Garnett wurde ein großzügiger und wahrer Freund. Hueffer und Garnett führten D. H. in die literarische Welt ein. Garnett bewog Duckworth, den ersten Gedichtband *Love Poems and Others* zu akzeptieren. Als Lawrence fünfundzwanzig Jahre alt war, erschien *The White Peacock*. Aber vor dem Tag der Veröffentlichung starb seine Mutter – sie hatte das Vorausexemplar noch gerade angeschaut, hatte es in der Hand gehalten . . .

Der Tod seiner Mutter löschte alles aus – die Veröffentlichung von Büchern, oder in Zeitschriften veröffentlichte Geschichten. Es war der große Zusammenbruch und das Ende seiner Jugend. Er kehrte nach Croydon in den verhaßten Lehrerberuf zurück – mit den fünfzig Pfund für *The White Peacock* konnte er den Arzt seiner Mutter und die übrigen Unkosten bezahlen.

Dann folgte ein müdes und bitteres Jahr – er brach mit Miriam und erkrankte wieder lebensgefährlich an Lungenentzündung. Erholte sich nur langsam. Verdiente etwas Geld mit Erzählungen; Austin Harrison, der *The English Review* übernommen hatte, war ein zuverlässiger Gönner, und Garnett und Hueffer waren treue Förderer. Verließ England plötzlich im Mai 1912 mit seiner späteren Frau deutscher Abstammung, Tochter des Barons Friedrich von Richthofen. Sie gingen nach Metz, dann nach Bayern, dann nach Italien – die neue Phase hatte begonnen. Er war siebenundzwanzig – seine

Jugend hatte er hinter sich – zwischen ihm und ihr entstand eine große Lücke.

War den größten Teil der Zeit zwischen 1912 und 1914 in Italien und Deutschland. Während des Krieges in England – sehr stark isoliert. Im Jahre 1915 wurde *The Rainbow* als unmoralisch verboten – und das Gefühl des Losgelöstseins von der bürgerlichen Welt war fast vollständig. Er interessierte sich nicht für sie; es verlangte ihn nicht danach, mit ihr übereinzustimmen. Das Verbot von *The Rainbow* hatte jedenfalls bewiesen, daß das unmöglich war. Von da an schob er jeden Gedanken an ›Erfolg‹, an Erfolg beim britischen Publikum, von sich und hielt sich abseits.

Verließ England 1919 und reiste nach Italien – hatte zwei Jahre lang ein Haus in Taormina auf Sizilien. Im Jahre 1920 wurde in Amerika *Women in Love* veröffentlicht, der Roman, den zu veröffentlichen sich jeder Verleger vier Jahre lang geweigert hatte – wegen des *Rainbow*-Skandals. In Taormina schrieb er *The Lost Girl, Sea and Sardinia* und das meiste von *Aaron's Rod*. 1922 fuhr er von Neapel nach Ceylon und lebte eine Weile in Kandy – dann eine Zeitlang in Australien – jedesmal mietete er ein Haus und ließ sich dort nieder. Dann zu Schiff von Sydney nach San Francisco und weiter nach Taos in New Mexico, wo er sich mit seiner Frau in der Nähe des Indianer-Pueblos niederließ. Im nächsten Jahr erwarb er hoch oben in den Rocky Mountains eine kleine Farm mit dem Blick gen Westen, nach Arizona. Hier und im alten Mexico, wo er ungefähr ein Jahr lang umherreiste und wohnte, blieb er bis 1926 – schrieb *St. Mawr* in New Mexico und die endgültige Fassung von *The Plumed Serpent* unten in Oaxaca im alten Mexiko.

1926 ging er nach England – konnte aber das Klima nicht vertragen. Hat die nächsten beiden Jahre in einer Villa bei Florenz gewohnt, wo *Lady Chatterley's Lover* geschrieben wurde.

Adolf

Als wir Kinder waren, arbeitete unser Vater oft in der Nachtschicht. Und als es Frühling wurde, pflegte er schwarz und müde nach Hause zu kommen, wenn wir gerade im Nachthemd nach unten gekommen waren. Da standen sich Nacht und Morgen leibhaftig gegenüber, und das Zusammentreffen war nicht immer glücklich. Vielleicht war es meinem Vater schmerzlich, uns so heiter den Tag beginnen zu sehen, in den er sich schmutzig und müde hineinschleppte. Es paßte ihm nicht, am Frühlingsmorgen bei Sonnenschein zu Bett zu gehen.

Doch manchmal war er glücklich, weil er im ersten Tageslicht einen langen Weg durch die betauten Felder zurückgelegt hatte. Er liebte den lichten Morgen mit seiner kristallenen Weite nach der Nacht unten in der Grube. Er beobachtete jeden Vogel, jede Bewegung im zitternden Gras, beantwortete das Flöten der Kiebitze und zwitscherte den Zaunkönigen zu. Wenn er gekonnt hätte, würde auch er in einer Sprache, die nicht menschlich war, gezwitschert und geflötet haben. Dinge, die nicht menschlich waren, hatte er am liebsten.

An einem sonnigen Morgen saßen wir alle bei Tisch, als wir seinen schweren, schlurfenden Schritt den Weg heraufkommen hörten. Wir wurden unsicher. Seine Anwesenheit hatte immer etwas Verwirrendes, Hemmendes an sich. Dunkel glitt er am Fenster vorbei, und wir hörten, wie er in die Spülküche ging und seine Blechflasche abstellte. Doch dann trat er gleich in die Küche. Wir spürten sofort, daß er etwas zu erzählen hatte. Keiner sprach. Eine Sekunde lang blickten wir ihm ins schwarze Gesicht.

»Gebt mir was zu trinken!« sagte er.

Meine Mutter goß ihm schleunigst seinen Tee ein. Er

schüttete sich etwas davon in die Untertasse. Doch anstatt zu trinken, stellte er plötzlich etwas auf den Tisch – mitten zwischen die Tassen. Ein winziges braunes Kaninchen, kaum eine Handvoll, saß vor dem Brotlaib, als wäre es fabriziert.

»Ein Kaninchen! Ein Junges! Wer hat's dir gegeben, Vater?«

Er aber lachte geheimnisvoll, und seine gelblichgrünen Augen blickten beiseite. Er zog sich die Jacke aus, und wir stürzten uns auf das Kaninchen.

»Ist es lebendig? Kann man sein Herz fühlen?«

Mein Vater kam zurück und ließ sich schwer in seinen Lehnstuhl fallen. Er zog die Untertasse zu sich hin und stülpte, über seinen Tee pustend, die roten Lippen unter dem schwarzen Schnurrbart hervor.

»Wo hast du's her, Vater?«

»Ich hab's aufgehoben«, sagte er und wischte sich mit dem nackten Unterarm über Mund und Bart.

»Wo?«

»Es ist ein wildes Kaninchen«, sagte meine Mutter rasch.

»Ja, es ist ein wildes.«

»Warum hast du's dann mitgenommen?« rief meine Mutter.

»Oh, wir wollen's doch haben!« riefen wir einstimmig.

»Ja, das kann ich mir denken, daß ihr's haben wollt«, erwiderte meine Mutter. Doch ihre Stimme ging im Getöse unsrer Fragen unter.

Mein Vater hatte auf dem Feldweg eine tote Kaninchenmutter mit drei toten Kleinen gefunden – das hier lebte, doch es rührte sich nicht.

»Aber wieso waren sie tot, Daddy?«

»Kann ich dir nicht sagen, mein Kind. Ich nehm an, daß sie was gefressen hatten.«

»Warum hast du's bloß hergebracht?« erklang die mißbilligende Stimme meiner Mutter. »Du weißt doch, was draus wird!«

Mein Vater gab keine Antwort, wir aber protestierten laut.

»Er mußte es herbringen! Es ist nicht groß genug, um allein zu leben! Es würde sterben!« schrien wir.

»Ja, und *hier* wird es auch sterben! Und dann gibt's *wieder* Geschrei!«

Meine Mutter widersetzte sich der Tragödie toter Lieblingstiere. Uns sank das Herz.

»Es stirbt nicht, nicht wahr, Vater? Warum soll es sterben? Es wird nicht sterben!«

»Ich glaub's auch nicht«, sagte mein Vater.

»Du weißt genau, daß es eingehen wird. Wir haben's doch oft genug erlebt«, sagte meine Mutter.

»Sie gehen nicht immer ein«, erwiderte mein Vater empfindlich.

Aber meine Mutter erinnerte ihn an andre wilde Tierchen, die er mitgebracht hatte und die geschmollt und sich geweigert hatten zu leben, was dann in unsrer absurden Familie Tränenfluten und Kummer verursacht hatte.

Kummer befiel uns. Das kleine Kaninchen saß mit großen, dunklen Augen in unserm Schoß und rührte sich nicht. Wir brachten ihm Milch, warme Milch, und hielten sie ihm an die Nase. Es saß so still, als wäre es ganz weit weg, als hätte es sich in einen tiefen Bau zurückgezogen, verborgen und gleichgültig. Wir benäßten sein Schnäuzchen und den Bart mit Milchtropfen. Es ließ sich nichts anmerken, es schüttelte nicht einmal die weißen Tropfen ab. Jemand begann ein paar heimliche Tränen zu verdrücken.

»Habe ich's nicht gleich gesagt?« rief meine Mutter. »Nehmt es und setzt es draußen auf die Wiese!«

Ihr Befehl wurde nicht ausgeführt. Sie trieb uns an, uns für die Schule zurechtzumachen. Dort saß das Kaninchen. Es war wie eine winzige dunkle Wolke. Als wir es beobachteten, erloschen die Gefühle in unsern Herzen. Es hatte keinen Sinn, es zu lieben und seinetwegen zu bangen. Seine

Gefühlchen wurden belauert. Sie mußten überlistet werden. Liebe und Zuneigung waren ein Übergriff. Das kleine wilde Geschöpf – es würde in seiner Haft noch stummer und bedrängter werden, wenn wir ihm mit Liebe nahten. Wir durften es nicht lieben. Um seines Lebens willen mußten wir es nicht beachten.

Ich erließ also Befehle an meine Schwester und an meine Mutter. Das Kaninchen durfte nicht angeredet, ja nicht einmal angeschaut werden. Ich wickelte es in ein Stück Flanell, setzte es in eine dunkle Ecke im kalten Wohnzimmer und stellte ihm eine Untertasse mit Milch vor die Nase. Meiner Mutter wurde untersagt, das Wohnzimmer zu betreten, solange wir in der Schule waren.

»Als ob ich mich um euern Unsinn kümmern würde!« rief sie beleidigt. Doch ich war nicht ganz sicher, ob sie sich ins Wohnzimmer getraute.

Als wir uns mittags nach der Schule ins Vorderzimmer stahlen, sahen wir das Kaninchen still und reglos im Flanell sitzen. Seltsames graubraunes, behindertes Leben – noch lebend. Es war ein schmerzliches Problem für uns.

»Warum will es seine Milch nicht trinken, Mutter?« flüsterten wir. Unser Vater schlief.

»Dem dummen kleinen Ding ist es lieber, zu schmollen statt zu leben.« Ein tiefes Problem! Es ist ihm lieber, zu schmollen statt zu leben! Wir legten ihm junge Löwenzahnblätter vor die Nase. Die Sphinx konnte nicht gleichgültiger sein. Aber sein Auge glänzte.

Um die Teestunde war es jedoch aus seinem Flanell heraus ein paar Zoll weitergehoppelt, und dort saß es nun, nicht eingehüllt, eine kompakte kleine Wolke brauner Stummheit, mit starrem Schnurrbart. Nur seine Flanke zitterte leicht von Leben.

Die Dunkelheit kam; mein Vater ging zur Arbeit. Das Kaninchen rührte sich noch immer nicht. Dumpfe Verzweiflung befiel die Schwestern, Tränen drohten vor dem Schlafengehen. Die Wolke von Mutters Ärger verdichtete sich, während sie über Vaters Gedankenlosigkeit murrte.

Das Kaninchen wurde wiederum in das alte Grubenhemd eingehüllt. Doch jetzt wurde es in die Spülküche getragen und unter die kupferne Feuerstelle gesetzt, damit es sich wie in einem Bau fühlen konnte. Die Untertassen wurden hier und dort auf den Fußboden gestellt, vier oder fünf, damit das kleine Geschöpf, wenn es zufällig doch hinaushoppeln sollte, unweigerlich auf Nahrung stoßen mußte. Danach wurde meiner Mutter gestattet, aus der Spülküche zu holen, was sie brauchte, und dann wurde ihr verboten, die Tür zu öffnen.

Als der Morgen anbrach und es hell wurde, ging ich hinunter. Ich öffnete die Tür zur Spülküche und hörte ein leises Schurren. Dann sah ich überall auf dem Fußboden Milchspritzer und in den Untertassen winzige Kaninchenkötel. Und da war der Schurke: die Spitzen seiner Ohren schauten hinter einem Paar Stiefel hervor.

Ich lugte es verstohlen an. Mit blanken Augen und mißtrauisch saß es da, zuckte mit der Nase und sah mich an, ohne mich anzusehen.

Es lebte – und wie sehr! Doch noch immer hüteten wir uns davor, gegen sein Zutrauen zu verstoßen.

»Vater!« Mein Vater blieb angewurzelt an der Tür stehen. »Vater, das Kaninchen lebt!«

»Na, bombensicher lebt das«, sagte mein Vater.

»Paß auf, wenn du reinkommst!«

Und gegen Abend war das kleine Geschöpf zahm, ganz zahm. Es wurde Adolf getauft. Wir waren entzückt von ihm. Richtig lieben konnten wir es nicht, weil es ein Wildtier – und von Anfang bis zu Ende ohne Liebe war. Aber es war ein Quell reinsten Entzückens.

Wir fanden, Adolf sei zu klein, um in einem Ställchen zu leben – er mußte auf freiem Fuß bleiben. Meine Mutter protestierte, aber vergebens. Er war ja so winzig! Wir nahmen ihn also mit nach oben, und er hinterließ seine winzigen Pillen auf unsern Betten, und wir waren begeistert.

Adolf machte sich's sofort bequem. Er hatte freien Zugang im ganzen Haus, und mit seinen Stollen und Schlupfwinkeln hinter den Möbeln war er vollkommen glücklich.

Wir liebten es, wenn er seine Mahlzeiten mit uns einnahm. Er saß dann auf dem Tisch, machte einen krummen Buckel, nippte an seiner Milch, wackelte mit seinem Schnurrbart und mit seinen zarten Ohren, hüpfte weg und hoppelte mit der Miene äußerster Gleichgültigkeit wieder zu seiner Untertasse zurück. Plötzlich war er interessiert. Er hoppelte ein paar winzige Schrittchen und richtete sich neugierig vor der Zuckerdose auf. Seine winzigen Vorderpfoten zuckten, und dann streckte er sie aus und legte sie auf den Rand der Zuckerdose, reckte seinen dünnen Hals und spähte hinein. Sein Schnurrbart zitterte über dem Zucker, und dann strengte er sich mächtig an, um ein Stück Zucker herauszuholen.

»Glaubt ihr, daß ich das dulde? Tiere in der Zuckerdose!« rief meine Mutter und schlug mit der Hand auf den Tisch. Was dem elektrisierten Adolf solchen Spaß machte, daß er mit den Hinterpfoten ausschlug und eine Tasse umkippte.

»Du bist selber schuld, Mutter! Hättst du ihn in Ruhe gelassen . . .«

Er nahm auch weiterhin seinen Tee mit uns ein. Warmen Tee schätzte er sehr. Und er liebte Zucker. Wenn er ein Stück Zucker aufgeknabbert hatte, wandte er sich der Butter zu. Dort wurde er von unsrer Mutter fortgescheucht. Er lernte es bald, ihrem Verscheuchen mit Gleichgültigkeit zu begegnen. Doch sie haßte es, wenn er die Nase ins Essen steckte. Und das liebte er gerade! Und eines Tages kippten sie beide das Sahnekännchen um. Adolf überschwemmte seine kleine Brust, sprang voller Entsetzen zurück, wurde von meiner Mutter bei seinen kleinen Ohren gepackt und auf den Kaminvorleger geworfen. Dort saß er einen Moment zitternd vor Unbehagen und jagte plötzlich in wilder Flucht ins Wohnzimmer.

Das Wohnzimmer stellte seine seligen Jagdgründe dar. Er hatte sich die schlechte Gewohnheit zugelegt, nachdenklich gewisse Stoffläppchen aus dem Kaminvorleger zu knabbern. Wenn er aus diesem Weideland verscheucht wurde, zog er sich unter das Sofa zurück. Dort verharrte er blinzelnd in buddhistischer Meditation, bis er plötzlich – kein Mensch wußte, warum – wie eine Weckeruhr auf und davon sauste. Unter heftigem Bumsen und Schurren wirbelte er aus dem Zimmer und durch die Tür, und seine kleinen Ohren flogen nur so. Dann hörten wir ihn mit Donnergetöse ins Wohnzimmer poltern, aber ehe wir ihm folgen konnten, sauste Adolf wie ein wildgewordener Blitz an uns vorbei, und ein elektrisierender Wind fegte ihn in der Spülküche herum und trug ihn wieder, ein tolles kleines Ding, von der Hetzjagd mit fortgerissen, wie ein Ball durchs Wohnzimmer. Und nach diesem Ausbruch saß er gefaßt und zurückhaltend in einer Ecke und zuckte in unergründlicher Meditation mit dem Schnurrbart. Vergeblich forschten wir ihn über seinen Koller aus. Er schoß einfach wie eine Kanone los, und danach war er so ruhig wie eine Kanone, die gelassen vor sich hin qualmt.

Ach, er wuchs schnell heran. Es war fast unmöglich, ihn von der Haustür fernzuhalten.

Eines Tages, als wir am Gatter spielten, sahen wir seinen braunen Schatten über die Straße bummeln und ins Feld gehen, das gegenüber von unsern Häusern lag. Sofort stieg ein Ruf auf: »Adolf!«, ein Ruf, den er sehr gut kannte. Und sofort fegte ihn ein Wind den Wiesenhang hinunter, und sein Schwanz flimmerte im Zickzack durchs Gras. Wir stürmten hinter ihm her. Es war ein seltsamer Anblick, wie er mit zurückgelegten Ohren und seinen kräftigen kleinen Läufen die Welt hinter sich brachte. Wir rannten, bis wir außer Atem waren, konnten ihn aber nicht einholen. Dann schnitt ihm einer den Weg ab, und auf einmal saß er gleichgültig unter einem Nesselbusch und zuckte mit der Nase.

Seine Ausflüge mußte er mit einem Schreck bezahlen. Eines Sonntagmorgens hatte mein Vater gerade einen Hausierer ausgezankt, und wir im Haus hörten das Nachspiel davon, als plötzlich ein schauerlicher Aufschrei vom Hof herdrang. Wir flogen hinaus. Da saß Adolf geduckt unter einer Bank, und nur ein paar Meter weit weg starrte ihn eine große schwarzweiße Katze entschlossen an. Ein unvergeßlicher Anblick! Adolf rollte mit den Augen und riß seine merkwürdige Schnauze zu noch einem Angstschrei auf, während die Katze sich langsam voranreckte und streckte.

Ha, wie wir die Katze haßten! Wie wir sie über die Kirchenmauer und durch die Nachbarsgärten verfolgten!

Adolf war erst halb erwachsen.

»Katzen!« sagte meine Mutter. »Häßliche, widerliche Tiere! Warum die Leute bloß an ihnen hängen?«

Doch Adolf wurde ihr allmählich zuviel. Er ließ zu viele Pillen fallen. Und es jagte ihr jedesmal einen Schreck ein, wenn sie allein im Haus war und ihn plötzlich die Treppe herunterpoltern hörte. Und ihn von der Haustür fernzuhalten, war unmöglich. Draußen schlichen die Katzen herum. Es war schlimmer, als wenn man ein Kind hüten mußte.

Und doch wollten wir ihn nicht einsperren. Er wurde kräftiger und herzloser denn je. Er war ein mächtiger Kicker, und wir hatten ihm manche Schramme im Gesicht und auf den Armen zu verdanken. Doch sein Schicksal zog er sich selber zu. Die Spitzengardinen im Wohnzimmer – meine Mutter war ziemlich stolz auf sie – hingen üppig bis auf den Fußboden herunter. Zu Adolfs Vergnügungen gehörte es, wild durch sie hindurchzujagen, als wären sie ein Schaumdickicht. Er hatte bereits Löcher hineingerissen.

Eines Tages verstrickte er sich ganz und gar darin. Er schlug aus. Er wirbelte wie in einem tollen, nebligen Inferno herum. Er schrie – und riß krachend die Gardinenstange herunter, die im Moment, als meine Mutter hereinstürzte, auf ihre geliebteste Pelargonie fiel. Sie befreite ihn, aber sie verzieh es ihm nie. Und er verzieh es auch nie. Eine herzlose Wildheit hatte von ihm Besitz ergriffen.

Sogar wir Kinder verstanden, daß er weg mußte. Nach einer langen Beratung wurde entschieden, daß mein Vater ihn in den Wald zurückbringen sollte. Und er wurde wieder in die große Tasche der Grubenjacke verstaut.

»Am besten stopft man ihn in den Kochtopf«, sagte mein Vater, dem es Spaß machte, einen Sturm der Entrüstung zu entfesseln.

Und am nächsten Tag erzählte unser Vater also, daß Adolf am Rande eines Dickichts niedergesetzt wurde und mit äußerstem Gleichmut davongehoppelt war: weder begeistert noch gerührt. Wir hörten es und glaubten ihm. Aber wie viele, viele Gewissenserforschungen folgten noch! Wie würden die andern Kaninchen Adolf aufnehmen? Würden sie seine Gezähmtheit, seine Degradierung durch den Umgang Menschen wittern und ihn zerfetzen? Meine Mutter verspottete die überspannte Idee.

Er war jedoch weg, und wir waren ziemlich erleichtert. Mein Vater hielt noch Ausschau nach ihm. Er behauptete, er hätte mehrfach, wenn er am frühen Morgen am Dickicht entlanggegangen sei, Adolf aus dem Brennesselbusch hervorlugen sehen. Er hätte ihn gerufen, mit einer seltsam hohen und schmeichlerischen Stimme gerufen. Aber Adolf hätte nicht darauf reagiert. Die Wildnis bemächtigt sich ihrer Geschöpfe nur zu bald. Und dann sind sie für unser zahmes Wesen voller Verachtung. So schien es mir. Ich pflegte selbst an den Rand des Dickichts zu gehen und leise zu rufen. Ich glaubte selber blanke Augen im Nesselbusch zu sehen – und hinter dem Farnkraut ein weißes, verächtliches Aufblitzen. Dieser unverschämte weiße Schwanz, wenn Adolf uns seine Flanke zukehrte! Es erinnerte mich immer an eine gewisse unanständige Geste und an eine gewisse, nicht für den Druck geeignete Redensart, die ich nicht einmal andeuten kann.

Aber wenn Naturforscher die Bedeutung des weißen Kaninchenschwanzes erörtern, kommen mir stets die unanständige Geste und die noch unanständigere Redensart in den Sinn. Die Naturforscher behaupten, das Kaninchen zeige seinen weißen Schwanz, um seine Jungen sicher zu geleiten – wie etwa das Schürzenband eines Kindermädchens das Zeichen für ihre tappelnden Schützlinge ist, ihr zu folgen. Wie nett und naiv! Ich weiß nur, daß mein Adolf nicht naiv war. Er pflegte mir seine Flanke hinzuwischen, seine weiße Fahne in mein Auge zu stoßen und *Merde!* zu sagen. Es ist ein unanständiges Wort, aber eins, mit dem Adolf mir immer zuwinkte und es mit allem Hohn seiner schmalen Gesäßpartie signalisierte.

Wie typisch für ein Kaninchen: Unverschämtheit – und die weiße Flagge seines boshaften Hohns! Ja, und er läßt seine Fahne bis zum bittern Ende wehen, der unternehmungslustige, unverschämte kleine Teufel, der er ist. Seht ihn an, wie er ums liebe Leben rennt! Oh, wie er zu ekstatischem Entsetzen angespornt wird, zu einem panischen Flüchtlings-Wirbelwind! Ist er toll geworden, dann schleudert er mit seinen erstaunlichen Hinterbeinen die Welt hinter sich. Er wirft seinen Kopf zurück und legt seine Ohren auf die Seite, und in schierer, ekstatischer, qualvoller Eile überrollt er das Weiße in seinen Augen. Er kennt das, was sich fürchterlich hinter ihm naht: die Kugel oder das Wiesel! Er kennt es. Er kennt es, und die Augen in seinem Kopf überschlagen sich fast. Aber Ekstase ist es auch. Ekstase! Seht doch die unverschämte weiße Flagge hüpfen! Es wirbelt dahin, getragen vom magischen Wind seines Entsetzens. Seine ganze, zurückgedämmte Seele stürzt sich in ein qualvolles, elektrisiertes Angstgefühl. Er schleuderte sich vorwärts, wie ein Komet sich in seinen Niedergang stürzt. Weißglühende, qualvolle Angst! Und gleichzeitig hüpft der weiße Schwanz hopp! hopp! hopp! und ruft seinem Verfolger *merde! merde! merde!* zu. Das Kaninchen kann nicht anders. In seiner äußersten Not schleudert es immer noch dem Verfolger die Beleidigung an den Kopf. Es ist der unbesiegbare Flüchtling, der Sanftmütige, der nicht unterzukriegen ist. Kein Wunder, daß das Wiesel rachsüchtig wird.

Und wenn es entkommt, das köstliche Kaninchen? Seht ihr es nicht dort sitzen in seinem irdischen Schlupfwinkel, eine stille kleine Kugel voller Kaninchentriumph? Seht ihr nicht das Glitzern in seinem schwarzen Auge? Seht ihr nicht, wie ihm gerade in seiner Reglosigkeit die ganze Welt *merde* ist? Kein Dünkel kommt dem Dünkel der Sanftmütigen gleich. Und wenn ihn der rächende Engel in Gestalt des gespenstigen Frettchens beschleicht, steigt ein Entsetzensschrei aus dem Klümpchen Selbstzufriedenheit auf, das so reglos in einem Winkel sitzt. Und der Flüchtling ist besiegt. Aber selbst besiegt schwebt seine weiße Feder noch. Selbst im Tod scheint sie zu sagen: »Ich bin der Sanftmütige, ich bin der Tugendhafte, ich, das Kaninchen! All ihr andern, ihr seid Übeltäter, und was ihr sein sollt, ist: *»Bien emmerdés!«*

Rex

Da jede Familie ihr schwarzes Schaf hat, folgt eigentlich daraus, daß jeder Mensch seinen schwarzen Onkel hat. Und er kann von Glück sagen, wenn er nicht deren zweie hat. Wir haben jedoch nur mit dem Bruder meiner Mutter zu tun. Sie liebte ihn von Herzen, solange er ein kleiner blonder Junge war. Als er später schwarz wurde, schwor sie, sie würde nie wieder mit ihm sprechen. Doch wenn er dann – nach jahrelanger Abwesenheit – einmal wieder auftauchte, empfing sie ihn unweigerlich in Festtagsstimmung und flirtete sogar mit ihm.

Eines Tages, als ich noch ein kleiner Junge war, kam er in einem Dogcart angerollt. Er war breit und dickschädelig und großmäulig – und diesmal sportlich. Manchmal war er eher literarisch, manchmal geschäftlich angehaucht. Doch diesmal trug er kariert und war sportlich. Wir betrachteten ihn aus der Entfernung.

Der springende Punkt war: ob wir ein Hündchen für ihn aufziehen würden? Aber meine Mutter verabscheute Tiere im Haus. Sie konnte die Verquickung von menschlichem und tierischem Leben nicht ausstehen. Doch sie willigte ein, das Hündchen aufzuziehen. Mein Onkel hatte in einer großen und vulgären Stadt eine große und vulgäre Kneipe übernommen. Es fügte sich dann so, daß ich das Hündchen holen mußte. Für mich (als Mitglied der Blaukreuzler) war es seltsam, die große, laute, übelriechende Kneipe mit ihrer Spiegelglas- und Mahagoni-Einrichtung zu betreten. Sie hieß *The Good Omen*. Seltsam auch, daß mich mein Onkel im Korridor überragte und anschrie: »Hallo, Johnny, was soll's denn sein?« Denn er erkannte mich nicht. Und seltsam zu denken, daß er der Bruder meiner Mutter war und, wenn er seine Touren hatte, mit Gefühl und *éclat* Browning deklamierte.

In einem engen, ungemütlichen Wohnzimmer, das halb Küche war, erhielt ich Tee. Merkwürdig, daß eine so fürstliche Kneipe eine so jämmerliche Privatwohnung aufwies, aber so war es eben. Und ich war unglücklich und nur zu froh, daß ich mich mit dem weichen, dicken Hündchen davonmachen konnte. Es war im Winter, und ich trug einen schwarzen, sehr weiten Mantel, der fast ein Cape war. Unter den Cape-Ärmeln hatte ich das Hündchen versteckt; es zitterte. Es war an einem Samstag, und der Zug war überfüllt, und er winselte unter dem Cape. Ich stand Todesängste aus, hinausbefördert zu werden, weil ich ohne Hundefahrkarte fuhr. Wir kamen jedoch durch, und meine Ängste waren umsonst gewesen.

Die andern waren wegen des Hündchens in heller Aufregung. Es war klein und dick und weiß und hatte einen braun und schwarz gefleckten Kopf: ein Foxterrier also. Mein Vater sagte, er hätte einen Zitronenkopf – irgend so ein geheimnisvoller Fachausdruck! Er war überhaupt nicht wie eine Zitrone, sondern von der Farbe einer Arbeitsbiene. Und am Ende seines Rückgrats hatte er einen schwarzen Fleck.

Es war Samstagabend – unser Badetag. Wie eine dicke weiße Tasse kroch er auf den Kaminvorleger und leckte sich die bloßen Zehen, die gerade gebadet worden waren.

»Er sollte Fleck heißen«, sagte einer von uns. Doch das war zu gewöhnlich. Es war eine wichtige Frage, wie wir ihn nennen wollten.

»Nennt ihn Rex, das bedeutet König«, sagte meine Mutter und schaute auf die weiße, lebendige kleine Teetasse, die den kleinen Zeh meiner Schwester benagte: sie quietschte vergnügt, weil es kitzelte. Wir griffen den Vorschlag in allem Ernst auf.

Rex – der König! Wir fanden, daß es genau richtig war. Ich begriff erst nach Jahren, daß meine Mutter es spöttisch gemeint hatte. Sie mußte gut zwanzig Jahre Ironie an unsre unheilbare Kindlichkeit vergeudet haben.

Wir liebten ihn heiß. In der ersten Nacht wachten wir auf, weil wir ihn in seiner Verlassenheit am Fuß der Treppe wimmern und winseln hörten. Als es nicht mehr auszuhalten war, schlüpfte ich hinunter, und er schlief unter der Bettdecke.

»Das erlaube ich nicht, daß das kleine Biest im Bett schläft! Betten sind nicht für Hunde da«, erklärte meine Mutter hartherzig.

»Er ist ebensoviel wert wie wir!« riefen wir gekränkt.

»Einerlei, ob er das ist – ins Bett darf er nicht!«

Ich glaube jetzt, daß meine Mutter uns wegen unsres Mangels an Stolz verachtete. Wir waren ein bißchen *infra dig.*, wir Kinder.

Aber in der zweiten Nacht wimmerte Rex genauso und wurde auf die gleiche Art getröstet. In der dritten Nacht hörten wir, wie unser Vater nach unten stapfte, hörten mehrere Klapse, die dem aufjaulenden, erschrockenen Hündchen verabreicht wurden, und die freundliche, aber unsrer Ansicht nach herzlose Stimme: »Still jetzt! Laß den Lärm, verstanden? Geh ins Körbchen, marsch!«

»Pfui Schande!« riefen wir in gedämpfter Empörung unter den Bettdecken hervor.

»Ich werd euch helfen, wenn ihr nicht still seid und einschlaft!« rief uns Mutter aus ihrem Zimmer zu. Woraufhin wir zornige Tränen vergossen und einschliefen. Aber die gespannte Lage war da.

»Mit so einem Haus voll Idioten muß man ja das kleine Biest verabscheuen, selbst wenn es besser wäre, als es ist!« sagte meine Mutter.

Aber im Grunde verabscheute sie Rex überhaupt nicht. Sie mußte nur so tun, um unsre Anbetung auszugleichen. Und es stimmte, sie hielt nichts von zu nahem Kontakt mit Tieren. Sie war zu heikel. Doch mein Vater legte sich eine richtige Hundestimme zu und sprach mit ihm in hohen, komischen Fisteltönen, die er oben in seinem Kopf zu machen schien. »So ein hübscher kleiner Hund! So ein hübsches kleines

Hündchen! Ei-ja! Das ist er, ja! Wackel mit dem Stummelschwänzchen, so! Wackel mit dem Stummelschwänzchen,
Rexie! Ja-ha! Nein, das darfst du nicht!« Letzteres, weil das
Hündchen, das über die seltsame Fistelstimme wild begeistert
war, meines Vaters Naslöcher beleckt und ihn mit den scharfen kleinen Zähnen in die Nase gebissen hatte.

»Hat mich blutig gebissen!« sagte mein Vater.

»Geschieht dir recht! Warum stellst du dich so dumm mit
ihm an«, sagte meine Mutter. Es war ein seltsamer Anblick,
sie zu sehen, wie sie den Mann, meinen Vater, beobachtete,
als er sich hinhockte und mit dem kleinen Hund sprach und
komisch lachte, weil das kleine Geschöpf ihn in die Nase
biß und am Bart zauste. Was denkt eine Frau wohl in so
einem Moment von ihrem Mann?

Meine Mutter amüsierte sich über die Namen, die wir ihm
gaben:

»Er ist ein Engel! Er ist ein kleiner Schmetterling! Rexie,
mein Süßer!«

»Süß! So ein schmutziges kleines Ding!« warf meine
Mutter ein. Er und sie hatten von Anfang an Streit miteinander. Natürlich benagte er unsre Stiefel und zerrte an unsren
Strümpfen und fraß unsre Strumpfbänder. Im gleichen
Augenblick, wenn wir unsre Strümpfe auszogen, sauste er
schon mit einem davon, und wir hinter ihm drein. Wenn er
dann grollend und laut knurrend das eine Ende festhielt und
wir das andre Ende, riefen wir jedesmal:

»Sieh doch an, Mutter! Er macht wieder Löcher rein!«
Woraufhin meine Mutter sich auf ihn stürzte und ihn derb
schlug.

»Loslassen, du kleiner Reißteufel du!«

Aber er ließ nicht los. Er begann in echter Wut zu knurren
und sich tückisch zu verbeißen. So winzig er war, er trotzte
ihr mit männlichem Zorn. Er haßte sie nicht, und sie ihn auch
nicht. Aber sie lagen in einer ständigen Fehde miteinander.

»Ich werd's dir heimzahlen, mein Bürschchen! Glaubst du,

ich habe nichts andres zu tun als zu stopfen, was du kaputt-
gemacht hast? Ich werd's dir zeigen!«

Aber Rexie knurrte nur noch tückischer. Beide wurden
richtig erbittert, während wir Kinder den beiden ernste Vorwürfe machten. Er ließ sich den Strumpf nicht von ihr weg-
nehmen.

»Du mußt ihm gut zureden, Mutter! Er läßt sich nicht
zwingen«, sagten wir.

»Ich werde ihn noch ganz anders zwingen, und mehr, als
ihm lieb ist. Ich werde ihn aus dem Haus zwingen«, erklärte
meine Mutter, die nun wirklich zornig war. Mit seinem winzigen, grollenden Trotz konnte er sie richtig hochbringen.

»Er ist so süß! Ein Rex! Ein kleiner Rex!«

»Ein schmutziger kleiner Störenfried ist er. Denkt nur
nicht, daß ich mich mit ihm abfinde!«

Und um die Wahrheit zu gestehen: anfangs war er schmutzig. Wie konnte es auch anders sein, da er so jung war? Aber
meine Mutter verabscheute ihn deswegen. Und vielleicht war
das der wirkliche Beginn ihrer Feindschaft. Denn er lebte bei
uns im Haus. Er zog die Nase kraus und zeigte ihr voller
Wut seine winzigen Dolchzähne, wenn er behindert wurde,
und wenn er meine Mutter in richtiger Kampfeswut an-
knurrte, amüsierte es uns ebensosehr, wie es sie aufregte. Doch
endlich ertappte sie ihn *in flagranti*. Sie stürzte sich auf ihn,
stieß ihn mit der Nase in den Unrat und warf ihn auf den
Hof. Er jaulte vor Beschämung und Ekel und Empörung.
Nie werde ich den Anblick vergessen, wie er sich herum-
wälzte und seinen Kopf von der ekelerregenden Schnauze
abwenden wollte, dann seine kleine Nase vor Entsetzen
schüttelte und versuchte, das Zeug wegzuniesen. Meine
Schwester schrie verzweifelt auf, stürmte mit einem Lappen
und einem Becken voll Wasser hinaus und weinte fürchterlich. Sie setzte sich mit dem besudelten Hündchen mitten auf
den Hof und vergoß bittere Tränen, während sie ihn ab-
putzte und sauberwusch. Sie machte meiner Mutter heftige

Vorwürfe. »Siehst du denn nicht, wieviel größer du bist als er? Es ist schändlich! Es ist schändlich!«

»Du alberne kleine Verrückte, mit deiner Verhätschelei hast du alles verdorben, was ihm gutgetan hätte! Warum muß mir mein Leben auch noch mit Tieren verpestet werden! Als ob ich nicht so schon genug hätte . . .«

Von da an bestand eine schwelende Gespanntheit. Rex war eine kleine weiße Kluft zwischen uns und unsrer Mutter.

Er wurde sauber. Doch dann drohte eine andre Tragödie. Er mußte gestutzt werden! Der stolze Schwanz seiner Jugendzeit mußte gestutzt werden! Diesmal war mein Vater der Feind. Meine Mutter stimmte mit uns überein, daß es eine unnötige Grausamkeit sei. Aber mein Vater blieb unnachgiebig. »Wenn er nicht gestutzt wird, sieht der Hund sein Leben lang blöde aus!« Und da half alles nichts. Unser Entsetzen wurde noch größer, weil der Schwanz des armen Rexie *abgebissen* werden mußte. »Warum abgebissen?« fragten wir entgeistert. Es wurde uns beteuert, daß Beißen die einzig richtige Methode sei. Ein Mann würde den kleinen Schwanz nehmen und ihn einfach an einem bestimmten Wirbel mit den Zähnen abzwicken. Mein Vater zog die Lippe hoch und zeigte uns seine Schneidezähne, um den Hergang zu veranschaulichen. Es schauderte uns. Aber wir waren in der Hand des Schicksals.

Rex wurde weggebracht, und ein Mann namens Rowbotham biß ihm im *Nag's Head* das überflüssige Stück ab, wofür er einen Liter Best and Bitter bekam. Wir bedauerten unser armes verkürztes Hündchen, kamen aber überein, ihn männlicher und *comme il faut* zu finden. Wir hätten uns ja immer wegen seiner kleinen Peitsche von einem Schwanz geschämt, wäre er nicht gekürzt worden. Mein Vater sagte, es hätte einen Mann aus ihm gemacht.

Vielleicht. Denn jetzt kam seine wahre Natur zum Vorschein. Und seine wahre Natur war, wie so vieles andere, zwiespältig. Zuerst einmal war er eine wilde kleine Hunde-

bestie, die auf Mord und Blut aus war. Er sehnte sich verzweifelt danach, zu jagen. Er war scharf darauf, seine Zähne
in seine Beute zu schlagen. Da ließ er nicht mit sich spaßen.
Der alte Hunde-Adam stand bei ihm an erster Stelle: ein
Hund mit Fangzähnen und bösen Augen. Wenn wir ihn
ärgerten, stürzte er sich auf uns. Er stürzte sich auf alle Ein-
dringlinge, vor allem auf den Briefträger. Für die Nachbarschaft war er beinah gefährlich. Aber nicht ganz. Weil nämlich der zweite Zug in seiner Natur ein fatales Liebesbedürfnis
war, ein *besoin d'aimer*, das zu guter Letzt aller Freiheit ein
Ende setzt. Er besaß ein schreckliches, schreckliches Bedürfnis
zu lieben, und das behinderte die ursprüngliche wilde Jagd-
bestie, die er war. Er wurde von zwei großen Triebkräften
hin- und hergerissen: dem ursprünglichen Trieb, zu jagen
und zu töten, und dem seltsamen, untergeordneten, sich ein-
mischenden Trieb, zu lieben und zu gehorchen. Wenn er nur
meinem Vater und meiner Mutter überlassen geblieben wäre,
wäre er verwildert und erschossen worden. Wie die Dinge
lagen, liebte er uns Kinder mit einer glühenden, fröhlichen
Liebe. Und wir liebten ihn.

Wenn wir von der Schule nach Hause kamen, konnten wir
ihn am Ende des Eingangs stehen sehen, wie er den Kopf
sehnsüchtig dem freien Land, das vor ihm lag, zuwandte und
überlegte, ob er losflitzen solle oder nicht: ein kleines, weißes,
forschendes Geschöpf, vor dem sich die grüne, ungezähmte
Freiheit ausdehnte. Ein Ruf von einem von uns aus weiter
Ferne – und er warf sich wie eine Kugel in einem tollen
Spurt die Straße entlang. Wenn meine Schwester ihn kommen sah, drehte sie sich unweigerlich um, floh vor ihm und
quietschte in begeistertem Entsetzen. Und er sprang ihr den
Rücken hinauf und biß sie und zerriß ihre Sachen. Aber es
war nur eine ekstatisch wilde Liebe, und sie wußte es. Ihr
war es einerlei, wenn er ihre Schürzen zerriß. Aber meiner
Mutter war es nicht einerlei.

Meine Mutter machte er ganz rasend. Er war ein kleiner

Dämon. Bei der geringsten Herausforderung schoß er hervor. Man brauchte nur den Fußboden zu fegen, und er war kampfbereit und fuhr auf den Besen los. Und er gab ihn nicht frei. Mit gesträubtem Nackenhaar und wutschnaubenden Nüstern blickte er meine Mutter an und verdrehte die Augen, während sie sich mit dem Besenstiel abmühte. »Laß los, du! Laß los!« Sie mühte sich ab und stampfte mit den Füßen auf, und er antwortete mit gräßlichem Geknurre. Zu guter Letzt war sie es, die nachgeben mußte. Dann stürzte sie sich auf ihn, und er sich auf sie. Die ganze Zeit, die wir ihn hatten, hätte er sie in seiner Wut um ein Haar gebissen. Und er wußte es. Doch er konnte sich immer noch hinreichend beherrschen.

Wir Kinder liebten es, wenn er gereizt war. Wir zogen ihm den Knochen aus der Schnauze und versetzten ihn dadurch in derartige Wutanfälle, daß er seinen Kopf hintenüber drehte und verkehrtherum auf den Boden legte, weil er nicht wußte, was er mit sich anstellen sollte, denn die Wildheit war zu stark in ihm, und er mußte auf uns losstürzen. »Eines schönen Tages wird er euch an die Kehle springen«, sagte mein Vater. Weder mein Vater noch meine Mutter hätten es gewagt, Rexies Knochen zu berühren. Es genügte schon, zu sehen, wie sich sein Fell sträubte und wie er das Weiße in seinen Augen verdrehte, wenn sie in die Nähe kamen. Man kann nicht sagen, wie nahe dran er hätte sein müssen, um seine Zähne in unser Fleisch zu graben. Er bot einen gräßlichen Anblick, wenn er geduckt vor uns lag und die Zähne fletschte. Aber wir lachten bloß und schimpften ihn aus. Und so dringend war es für ihn, uns anzugreifen, daß er vor lauter Qual wimmerte.

Er hat uns nie verletzt. Er hat niemanden verletzt, obwohl die Nachbarschaft sich vor ihm fürchtete. Aber er begann zu jagen. Zum Entsetzen meiner Mutter schleppte er große, tote, blutige Ratten an und legte sie auf den Kaminteppich, und sie mußte sie auf einer Schaufel hinausbefördern.

Denn er wollte sie nicht wegbringen. Hin und wieder brachte er ein zerfleischtes Kaninchen, und manchmal Überreste von Hühnern. Wir schwebten in Ängsten, angezeigt zu werden. Einmal kam er blutig und voller Federn nach Hause und sah ziemlich einfältig drein. Wir reinigten ihn und fragten ihn und tadelten ihn. Am nächsten Tag erfuhren wir von sechs getöteten Enten. Gott sei Dank hatte ihn niemand gesehen.

Aber er war ungehorsam. Wenn er ein Huhn sah, sauste er los, und alles Rufen brachte ihn nicht zurück. Am schlimmsten benahm er sich bei meinem Vater, der ihn am Sonntagmorgen auf den Spaziergang mitnahm. Meine Mutter wollte keinen Meter weit mit ihm gehen. Als er einmal mit meinem Vater ausging, stürzte er sich auf ein paar Schafe auf der Weide. Mein Vater rief vergebens. Der Hund griff die Schafe an, und es war ihm ernst. Mein Vater kroch durch die Hecke und erwischte ihn rechtzeitig. Und jetzt war es mein Vater, der einen Wutanfall bekam. Er schleppte das kleine Biest auf die Straße zurück und verdrosch es mit seinem Spazierstock.

»Wissen Sie auch, daß Sie den Hund ganz unbarmherzig schlagen?« fragte ein Vorübergehender.

»Ja, und ich will's!« schrie mein Vater.

Merkwürdig war es, daß Rex nicht etwa mehr Respekt vor meinem Vater hatte, weil er Prügel von ihm bekam. Auf uns Kinder hörte er viel eher.

Aber er ließ auch uns im Stich. An einem unglückseligen Samstag verschwand er. Wir suchten und riefen, aber kein Rex war da. Wir wurden gebadet, und es war Zeit zum Schlafengehen, aber wir wollten nicht ins Bett. Wir saßen in einer Reihe in unsern Nachthemden auf dem Sofa und weinten unaufhörlich. Das machte meine Mutter ganz verrückt.

»Soll ich mir das gefallen lassen? Was? Bloß wegen so einem abscheulichen kleinen Hundebiest! Soll er nur gehen! Wenn er noch nicht weg ist, soll er nur gehen!«

Unser Vater kam spät nach Hause und sah mit dem Hut über dem einen Auge ziemlich wunderlich aus. Aber er suchte uns auf seine angesäuselte, etwas abgerissene Art zu trösten. »Laß nur, mein Liebling! Ich such ihn dir morgen früh!«

Der Sonntag kam – oh, was für ein Sonntag das war! Wir weinten und wollten nichts essen. Wir kämmten das freie Land ab und begriffen zum erstenmal, wie leer und weit die Erde ist, wenn man etwas sucht. Mein Vater ging viele Meilen weit – alles vergebens! Ich erinnere mich noch an das Sonntagsessen mit dem Rhabarberpudding und an die Stimmung tiefsten Elends, die unerträglich war.

»Nie wieder«, sagte meine Mutter, »nie wieder, solange ich lebe, darf mir ein Tier ins Haus kommen! Ich hab ja gewußt, wie es ausgehen würde. Ich hab's gewußt!«

Der Tag schleppte sich hin, und als die Schlafenszeit mit ihrer düsteren Schwermut kam, hörten wir an der Tür ein Scharren und ein freches kleines Gewinsel. Herein trabte unser Rex, schlammschwarz, mit Schande bedeckt und unverschämt. Seine Miene, mit der er uns ganz ungezwungen begrüßte, war unbeschreiblich. Er trabte mit *suffisance* herum und wedelte mit dem Schwanz, als wollte er sagen: »Ja, ich bin zurückgekommen. Aber ich hätt's nicht nötig gehabt. Ich kann mich erstaunlich gut alleine durchschlagen.« Dann ging er an seinen Wassernapf und trank geräuschvoll und großtuerisch. Auf uns wirkte es wie eine Ohrfeige.

Er verschwand noch ein- oder zweimal auf die gleiche Art. Wir wußten nicht, wohin er ging. Und wir dachten, daß sein Herz doch nicht so golden war, wie wir es uns vorgestellt hatten.

Doch an einem Unglückstag erschien mein Onkel mit dem Dogcart. Er pfiff Rex herbei, und Rex kam angetrabt. Aber als er sich den lebhaften, kräftigen Hund näher besehen wollte, wurde Rex plötzlich sehr still – und sprang weg. Ganz übermütig trabte er umher, aber stets außer Reichweite meines Onkels. Er sprang an uns hoch, beleckte unsre Gesichter und wollte uns zum Spielen verlocken.

»He, was habt ihr mit dem Hund angestellt? Ihr habt einen Clown aus ihm gemacht! Er ist ja butterweich! Ihr habt ihn ruiniert – ihr habt einen verdammten Clown aus ihm gemacht!« brüllte mein Onkel.

Rex wurde eingefangen und auf den Dogcart gehoben und an den Sitz angebunden. Er jaulte und kläffte und wehrte sich, und mit dem dicken Ende von Onkels Peitschenstiel wurde ihm derb auf den Kopf geschlagen, woraufhin er sich nur noch verrückter wehrte. Und dann sahen wir ihn wegfahren, unsern geliebten Rex, und sahen, wie er sich rasend wehrte und tobte, um zu uns zu kommen, und wie ihm wieder eins übergezogen wurde, während wir in stummer Verzweiflung auf der Straße standen.

Und danach bittere Tränen und eine kleine Wunde, die noch immer in unsern Herzen lebendig ist.

Ich sah Rex noch einmal wieder, als ich kurz ins *Good Omen* gehen mußte. Offenbar hatte er meine Stimme gehört, denn ehe ich wußte, wie mir geschah, hatte er sich im Flur auf mich gestürzt. Und im gleichen Augenblick wußte ich, daß er uns liebte. Er liebte uns wirklich. Und im gleichen Augenblick erschien mein Onkel mit der Peitsche, schlug ihn und stieß ihn mit Fußtritten weg, und Rex duckte sich mit gesträubtem Nackenhaar und fletschte die Zähne.

Mein Onkel fluchte fürchterlich, wir hätten den Hund für alle Zeiten verdorben und ihn so bösartig gemacht und ihn wie einen Vorführhund verwöhnt, und wir seien alle miteinander eine Bande verweichlichter Dummköpfe, die es nicht verdienten, daß man ihnen einen Hund anvertraut, höchstens einen Straßenköter.

Der arme Rex! Wir erfuhren, daß er unheilbar bösartig geworden sei und daß er erschossen werden mußte.

Und wir waren schuld daran. Wir hatten ihn zu sehr geliebt, und er hatte uns zu sehr geliebt. Wir bekamen nie wieder ein Haustierchen.

Mit der Liebe ist es eine seltsame Sache. Nichts als Liebe

hat den Hund dazu verleitet, seine wilde Freiheit aufzugeben und ein Diener des Menschen zu werden. Und gerade diese Unterwürfigkeit und Ausschließlichkeit in der Liebe trägt ihm den Ausdruck tiefster Verachtung ein: »Du Hund!«

Wir hätten Rex nicht so sehr lieben sollen, und er hätte uns nicht so sehr lieben sollen. Es hätte Maß gehalten werden müssen. Wir neigen alle dazu, die Grenzen unsres eigenen Wesens zu überschreiten. Er hätte außerhalb der menschlichen Bereiche bleiben müssen, und wir hätten außerhalb des Hunde-Bereichs bleiben müssen. Nichts ist so verhängnisvoll wie das Unheil einer zu großen Liebe. Mein Onkel hatte recht, wir hatten den Hund verdorben.

Und trotzdem war mein Onkel ein Dummkopf.

Merkur

Es war ein Sonntag, und es war sehr heiß. Die Ausflügler strömten zum Merkur-Berg, um zweitausend Fuß über den dunstigen Schleier der Täler zu gelangen. Denn der Sommer war sehr feucht gewesen, und die jähe Hitze bedeckte das Land mit heißem Dunst.

Jedesmal, wenn die Seilbahn die Bergfahrt machte, war sie überfüllt. Sie glitt die steile Steigung hinan, die in der Nähe des Gipfels fast senkrecht erschien, und der Stahlfaden der Kabel hing im Tannen-Durchstich wie ein eisernes Seil vor einer Mauer. Die Frauen hielten den Atem an und schauten nicht hin. Oder sie schauten auf die tiefer sinkenden Ebenen des Flusses zurück, die sich dunstig und verschwommen bis weit über die Grenze erstreckten.

Wenn man auf dem Gipfel ankam, gab es dort nichts zu tun. Der Berg war ein mit Tannen bedeckter Kegel; Pfade schlängelten sich zwischen den hohen Baumstämmen hindurch, und man konnte rundherum wandern und Ausblicke auf die Welt ringsum, ringsum erhaschen: die trübe, ferne Flußebene mit dem matt blinkenden großen Strom im Westen; gen Süden die schwarzen, mit Wäldern bestandenen, unruhigen Berge mit grünen Lichtungen und ein oder zwei weißen Häusern; im Osten das innere Tal mit zwei Dörfern und Fabrikschornsteinen, Kirchturmspitzen und Bergen dahinter; und im Norden die steilen Waldberge mit rötlichen Felszacken und rötlichen Burgruinen. Die Sonne prallte heiß herab, und alles lag im Dunst.

Unmittelbar auf dem Gipfel des Berges war ein Turm, ein Aussichtsturm; ein langgestrecktes Restaurant mit einem Biergarten war da, und lauter kleine gelbe Tische, die mit ihren runden gelben Scheiben zu den Kastanien aufblickten; am Abhang dann ein kleiner Felsengarten. Doch nur wenige

Meter entfernt begann schon wieder das Gedränge der großen Bäume.

Die sonntägliche Menge kam wie in Wellen von der Seilbahn her. In Wellen ebbten sie durch den Biergarten. Aber
nicht viele setzten sich zum Trinken hin. Niemand gab Geld
aus. Einige bezahlten etwas, um auf den Aussichtsturm zu
steigen und von dort auf eine Welt voller Dunstschwaden
und schwarzer, geduckt hinziehender Berge und halb ge-
schmorter Ortschaften zu schauen. Dann verlor sich jedermann längs der Pfade, um zwischen den Bäumen in der küh-
len Luft zu sitzen.

Kein Windhauch rührte sich. Wenn man dalag und zu
der struppigen, barbarischen mittleren Welt der Tannen aufblickte, war es nicht leicht zu entscheiden, ob die glatten,
hohen Stämme das obere düstere Dunkel stützten oder ob sie
sich wie dicke Seile aus ihnen herunterreckten. Jedenfalls
spannten sich zwischen der Wipfelwelt und der Erdenwelt
die wunderbaren, sauberen Seile unzähliger stolzer Baumstämme – schnurgerade wie Regen. Und während man
schaute, sah man, daß die obere Welt sich leise bewegte, leise,
ganz leise schwankte wie in einer kreisförmigen Bewegung,
obwohl die Stämme unten gänzlich regungslos und wie Mo-
nolithen dastanden.

Es gab nichts zu tun. Um alles in der Welt gab es nichts
zu tun, konnte nichts getan werden. Warum sind wir alle
zum Gipfel des Merkur gefahren? Hier gibt es nichts für uns
zu tun.

Was macht es? Wir haben einen Schritt über die Welt
hinausgetan. Laßt sie dort unten dünsten und schmoren in
ihrer halbgaren Wirklichkeit! Wir auf dem Gipfel des Merkur kümmern uns nicht darum. Wir bemühen uns nicht einmal, herumzuwandern und die dicken, blauen, säuerlichen
Heidelbeeren zu pflücken. Wir liegen einfach da und sehen die
schnurgeraden Baumstämme, die sich wie Musiksaiten zwischen zwei Welten spannen.

Die Stunden vergehen: die Leute wandern umher und verschwinden und tauchen wieder auf. Alles ist heiß und still. Die Menschheit ist nicht länger so lärmend. Du holst dir etwas zu trinken: Finken laufen zwischen den paar Leuten an den Tischen umher: jeder betrachtet jeden, aber mit Zurückhaltung.

Es gibt nichts anderes zu tun als umzukehren und sich wieder unter die Tannen zu legen. Nichts zu tun. Aber warum überhaupt etwas tun? Der Wunsch, etwas zu tun, ist vergangen. Die Baumstämme, lebendig wie Regen, die sind bestimmt tätig genug.

Am Fuße des altertümlichen Turms ist eine alte Steintafel mit dem Relief eines sehr verwitterten Merkurs. Auch ein Altar oder Votivstein ist da, beide aus Römerzeiten. Man vermutet, daß die Römer auf dem Gipfel den Gott Merkur verehrt haben. Der verwitterte Gott mit seinem runden Sonnenkopf wirkt in dem einheimischen bläulichroten Sandstein stumpfäugig und ausdruckslos. Und niemand wird noch Körner als Opfergabe in die Höhlung des Votivsteins werfen: auch er ist aus gewöhnlichem bläulichrotem Sandstein, ganz ortsgebunden und gar nicht römisch.

Die Sonntagsleute schauen nicht einmal hin. Warum sollten sie? Sie gehen alle weiter, in den Tannenwald hinein. Und viele sitzen auf den Bänken, viele liegen auf Feldstühlen. Es ist jetzt am Nachmittag sehr still und sehr heiß.

Bis ein schwaches Pfeifen in den Wipfeln der Tannen anzuheben scheint, und bis aus der allumfassenden Halbwachheit des Nachmittags eine drohende Unruhe aufsteigt. Die Menge ist aufgeschreckt und blickt zum Himmel auf. Und wirklich, im Westen hat sich eine große schwarze Wolkenbank aufgerichtet, die von weißen Strähnen und losen Brustfedern überspielt wird. Sie sieht sehr unheilkündend aus – wie nur noch die Elemente aussehen können. Tief unter dem jähen, unheimlichen Pfeifen der Tannenwipfel ist ein unterdrücktes Geplapper und ein Rufen erschrockener Stimmen zu hören.

Sie wollen hinunter; die Menge will vom Merkurberg hinunterfahren, ehe der Sturm ausbricht. Um jeden Preis vom Berg herunter! Sie strömen zur Seilbahn, während sich der Himmel mit unglaublicher Geschwindigkeit verfinstert. Und während sich die Menge zur kleinen Station drängt, flammt einleitend der erste Blitz auf, dem sofort ein krachender Donnerschlag und dichte Finsternis folgen. In einer einzigen merkwürdigen Bewegung sucht die Menge in der tiefen Veranda des Restaurants Schutz und drückt sich stumm um die kleinen Tische. Es regnet nicht, und es weht auch kein spürbarer Wind, doch eine jähe Kälte läßt die Menge dichter zusammenrücken.

In der Dunkelheit und Ungewißheit drängt sie sich dichter zusammen. Sie ist merkwürdig einheitlich geworden, die Menge, wie wenn sie verschmolzen wäre zu einem einzigen Körper. Als die Luft einen eisigen Hauch unter die Veranda jagt, murmeln die Stimmen kläglich wie Vögel im Laub, und die Leiber drängen sich dichter zusammen und suchen in der Berührung Schutz.

Das Dunkel, finster wie die Nacht, scheint lange Zeit anzuhalten. Dann plötzlich tanzt der Blitz weiß über den Boden, tanzt und zittert auf der Erde, auf und ab, und erhellt das Einherschreiten eines Mannes, erhellt ihn nur bis zu den Hüften hinauf, weiß und nackt einherschreitend, mit Feuer an den Fersen. Er scheint sich zu beeilen, dieser feurige Mann, dessen obere Hälfte unsichtbar ist und an dessen nackten Fersen kleine weiße Flammen zu flackern scheinen. Seine undeutlichen, kräftigen Schenkel, seine Beine, weiß wie Feuer, schreiten hastig über die freie Fläche vor der Veranda und ziehen in der Bewegung kleine weiße Flammen an den Fersen mit. Er geht irgendwohin, eilig.

Im lauten Knall des Donners verschwindet die Erscheinung. Die Erde bebt, und das Haus stürzt in völlige Finsternis. Ein leises, entsetztes Gewimmer dringt aus der Menge, während die kalte Luft hereinwirbelt. Doch noch immer ist mit der Finsternis kein Regen gekommen. Keine Erleichterung – nur ein langes Warten.

Strahlend und blendend fällt abermals ein Blitz nieder; ein seltsam zerschleißender Schlag gellt aus dem Wald, und all die kleinen Tische und die verborgenen Baumstämme stehen während einer einzigen unnatürlichen Sekunde entblößt da. Dann ein Donnerschlag, bei dem das Haus und die Menge wie bei einer Explosion wanken. Das Unwetter entlädt sich genau über dem Merkur. Ein verspäteter Lärm wie von zersplitternden Zweigen dringt aus dem Wald.

Und wieder der weiße Spritzer des Blitzstrahls auf dem Boden: doch nichts bewegt sich. Und wieder das lange, scheppernde, unverzügliche Losprasseln des Donners in der Finsternis. Die Menge keucht vor Angst, als der Blitz wieder weiß niederfährt, und wieder scheint im Wald etwas zu bersten, während der Donner kracht.

Endlich braust in die Unbewegtheit des Gewitters der Wind herein, der Wind mit scharfen, fliegenden Eisstückchen und dem jähen, aufbrandenden Geheul der Tannenwipfel. Die Menge schreckt zusammen und weicht zurück, weil die Eisstückchen wie Feuer ins Gesicht treffen. Das Geheul der Bäume ist so laut, daß es wie eine neue Stille erscheint. Und lauter noch hört man das Bersten und Zersplittern von Holz, während der Orkan seine volle Wucht auf den Berg richtet.

Mit einem Gebrüll, das jeden andern Laut übertönt, prasselt der Hagel nieder und drischt schwer auf den Boden und die Dächer und Bäume. Und während die Menge vor diesem zermalmenden Eisfall unwiderstehlich in das Innere des Gebäudes wogt, klingt zwischen dem unheilvollen Dröhnen noch das Geklirr und Krachen zerbrechender Dinge.

Ganz plötzlich, nach endlosem Grauen, hört es auf. Draußen über dem Schnee und dem unabsehbaren Graus zerbrochener Zweige und Dinge glimmt schwaches gelbes Licht. Es ist sehr kalt, eine eisige Atmosphäre wie im tiefsten Winter. Der Wald steht fahl über dem weißen Boden, wo zwei

Handbreit hoch die Eisbällchen zu Tausenden liegen, besät mit all den Zweigen und Dingen, die sie zerbrochen haben.

»O ja«, sagen die Menschen und fassen plötzlich Mut, weil das gelbe Licht in der Luft hängt. »Jetzt können wir gehen!«

Die ersten Tapferen kommen heraus, heben die dicken Hagelkörner auf und zeigen auf die umgeworfenen Tische. Andre jedoch säumen nicht lange. Sie eilen zur Bergstation der Seilbahn, um nachzusehen, ob die Bahn noch in Betrieb ist.

Die Bergstation ist auf der Nordflanke des Berges. Die Männer kommen zurück und sagen, daß niemand dort sei. Die Menge beginnt auf die nasse, knirschende weiße Hageldecke hinauszutreten; sie läuft neugierig auseinander und wartet auf die Männer, die die Seilbahn bedienen.

Auf der Südseite des Aussichtsturms lagen zwei Körper im kalten, aber schmelzenden Hagel. Das Dunkelblau der Uniformen war schwärzlich. Beide Männer waren tot. Doch von den Beinen des einen Mannes hatte der Blitz die Kleider ganz und gar abgerissen, so daß er von den Hüften abwärts nackend war. Da lag er, das Gesicht seitlich auf dem Schnee, und zwei Tropfen Blut rannen ihm aus der Nase in seinen großen blonden soldatischen Schnurrbart. Er lag neben dem Votivstein des Merkur. Sein Kamerad, ein junger Mann, lag ein paar Meter hinter ihm mit dem Gesicht nach unten.

Die Sonne begann durchzubrechen. Die Leute starrten voller Grauen auf die Körper der Männer und fürchteten sich, sie zu berühren. Warum waren sie, die toten Seilbahnmänner, überhaupt auf diese Seite des Bergs gekommen?

Die Seilbahn funktionierte nicht. Während des Unwetters war etwas mit ihr geschehen. Die Menge begann, sich auf dem matschigen Eis den kahlen Hügel hinabzuwinden. Überall strotzte der Boden von abgebrochenen Tannenzweigen und Ästchen. Die Büsche und die Laubbäume waren wie durch einen Zauber völlig kahl geplündert. Weiter abwärts war die Welt ohne Laub und so nackend wie im Winter.

»Genau wie im Winter!« murmelten die Leute, während sie entsetzt den steilen, sich schlängelnden Abstieg hinunterhasteten und sich aus den niedergefallenen Tannenzweigen herausarbeiteten.

Inzwischen hatte die Sonne angefangen, in stechender Hitze Dunst aus dem Boden zu ziehen.

Eine Kapelle in den Bergen

Es mag ja alles gut und schön sein, wenn man auf romantische Art durch Tirol wandern will. Traurig sitze ich im Bett, rage mit Kopf und Schultern aus dem riesigen Federbett hervor – wie ein Cherub aus einer Wolke –, und schreibe aus reiner Erbitterung, während Anita auf dem andern Bett liegt und sich über mich amüsiert.

Vor zwei Tagen begann es zu regnen. Wenn ich daran denke, staune ich. Über den Tiroler Alpen hängt die Dachtraufe des Himmels.

Wir machten uns auf den Weg, vor uns die schillernde Wolke der Romantik, die uns von der Isar gen Italien lockte. Weit sind wir nicht gekommen. Und die schillernde Wolke, die noch immer über unserm Haus hängt, hat sich in eine unerschöpfliche Wassersäule verwandelt.

Ich übergehe das Pathetische unsres Aufbruchs vor dem Frühstück im schimmernd verschwimmenden Licht des Isartals mit den blauen Blumen der Wegwarte wie kleinen Wundern zu beiden Seiten der Landstraße. Ich will auch nicht beschreiben, wie wir zur Mittagsstunde am Fuß der Berge dahinkrochen und wie uns der Regen von den schlaffen Strohhüten den Nacken hinunterrann und vom Vordach unsrer Rucksäcke grausam in unsre Stiefel tropfte. Beschämt traten wir in ein Wirtshaus am Wege, wo sieben frische, fröhliche Landleute, drei von ihnen hübsch, Anita zu Ehren ein Freudenfeuer in ihren Herzen entfachten, indes ich in einer Ecke saß und tropfte ...

Gestern, das muß ich zugeben, war es am Nachmittag und am Abend schön. Neben einem Wasserfall inmitten von gelb schaukelndem Rührmichnichtan-Kraut machten wir Tee, während eine Gruppe neugieriger Berge die Hälse reckte, um zuzuschauen, und ein großes grünes Heupferd, bewaffnet wie Ivanhoe, über einen schönen blauschwarzen Enzian hinweghüpfte und in die Ewigkeit flog. Jedenfalls sah ich es nicht mehr.

Man hatte uns gesagt, es gebe einen Fußweg über den Berg, der in dreieinhalb Stunden nach Glashütte führt. Es war tatsächlich eine schwache Wegspur da, und unzählige Erdbeeren wie rötliche Sterne und ein paar blaue Heidelbeeren. Wir kletterten einen großen, steilen Hang hinan und krabbelten jenseits in einen Tannenwald hinunter. Dort war es dumpf und dunkel und deprimierend. Aber wenn man zu Fuß loswandert, läßt man sich nicht so leicht unterkriegen. Wir mühten uns eine Stunde lang weiter und überquerten die Flanke eines Hanges, der schwarz und naß und düster war; zwischen Tannen sahen wir jenseits der Schlucht einen anderen schwarzen und düsteren und abschreckenden Hang, der uns alle Sicht nahm. Zwei Stunden lang rutschten und rangen wir, und noch immer steckten wir tief drinnen, eingeklemmt zwischen den beiden schwarzen Hängen, und hörten das Wasser, das unheimlich und lärmend am Grunde der Fälle dahinfloß.

Von der Anstrengung und der düsteren Eintönigkeit des Kampfes wurden wir heiß und schweigsam. Auch ein Rucksack hat seine heimtückischen Seiten, obwohl er ein so guter Freund zu sein scheint. Man ist eines heiklen und schönen Gleichgewichts auf einer schlüpfrigen Baumwurzel völlig sicher – man setzt zum Sprung an – und dann gibt einem der Rucksack einen Schubs in den Rücken, und man liegt längelang da.

Und der Fußweg war einmal ein Fußweg *gewesen*. Die Flanke des dunklen Abhangs war steil wie ein Dach und durchlöchert von zahllosen kleinen Sümpfen, aus denen das Wasser hervorzusickern versuchte, um sich Bach zu nennen, es jedoch nicht konnte. Über diese Sümpfe führte eine alte Matte aus Tannenzweigen: sie federte hinterhältig. Das war also ein Weg. Plötzlich waren keine Tannenzweige mehr da, und man stand verlassen vor dem Matsch des Abhangs. Ich wischte mir die Stirn.

»Du verlierst zu rasch den Mut«, sagte Anita. Ich trat daher beiseite und überließ ihr die Führung.

Etwas weiter unten geriet sie zufällig auf eine andre kleine Spur.

»Siehst du wohl!« rief sie und drehte sich um.

Ich gab keine Antwort. Sie begann ein Liedchen zu summen, da ihr Weg bergab führte. Wir rutschten und mühten uns ab. Dann verschwand ihr Weg im laut gurgelnden, kichernden Bach und kam nicht wieder zum Vorschein.

»Und jetzt?« fragte ich.

»Aber wo ist er denn hin?« rief sie heftig und entrüstet.

»Siehst du, sogar *dein* Weg endet im Nirgendwo«, sagte ich.

»Wenn du predigst, kann ich dich nicht ausstehen«, blitzte sie mich an.

»Jedenfalls können wir nicht am Ende dieses Wegs übernachten«, sagte ich.

Ich fand eine andre Spur, betrat sie aber behutsam und ohne zu triumphieren. Wir gingen schweigend weiter. Und der Weg verschwand im gleichen, laut gurgelnden Bach.

»Mach nur nicht so ein Gesicht!« rief Anita. Ich folgte also wieder dem beschmutzten Schweif ihrer Röcke – aufwärts auf dem nassen, dunklen, abschüssigen Hang. Wir fanden noch einen Weg, und wieder verloren wir die Spur am Ufer des überglücklichen Bachs.

»Vielleicht sollten wir hinüber?« fragte ich sanft, als wir vor dem Wasser standen.

»Ich – ach, warum hab ich nur so ein nasses Streichholz von Mann bei mir!« schalt sie. »Da kann man ewig dran streichen, und es brennt nicht!«

Ich blickte sie nachdenklich an und drehte mich zum Bach um, der listig lauerte. Felsblöcke waren da, und Spritzer und Brecher und das Geplapper des tückischen Wildbachs. Ich legte den Regenmantel auf meinen Rucksack und wagte mich hinüber.

Das gegenüberliegende Ufer war sehr steil und hoch. Die schwarze Schlucht verschlang uns, verschlang uns bis auf den Grund hinunter, und aufwärts blickend kroch ich auf allen vieren los, den Regenmantel wie einen Umhang quer über dem Rucksack, um unbehindert zu sein. Ich krabbelte und hangelte und mühte mich ab.

Und von unten drang immer wieder schallendes Gelächter zu mir herauf. Ich langte oben an und spähte hinab. Ich konnte nichts sehen, nur das girrende Lachen drang herauf.

»Was ist los?« rief ich, doch der Ruf verlor sich im Geschwätz des Wassers. Daher kroch ich über die Kante und saß vernichtet in der düsteren Einsamkeit.

Dann hörte ich einen schrillen, erschrockenen Ruf.

»Wo bist du?«

Mein Herz jubelte und schmolz im gleichen Augenblick.

»Komm hierher!« rief ich und war zufrieden, daß es in der düsteren Einsamkeit überhaupt einen Menschen gab, dem man etwas zurufen konnte.

Sie erschien, verängstigt von der steilen Kletterei und der furchteinflößenden Einsamkeit ringsum.

»Vielleicht hätte ich dich nie wiedergefunden«, sagte sie.

»Es liegt nicht in meiner Absicht, daß du mich verlierst«, sagte ich. Sie setzte sich also hin, und plötzlich zuckte ihr Kopf vor Gelächter, und ihr Körper schüttelte sich vor Gelächter, und sie schrie vor Lachen – alles ohne mich.

»Was ist denn?« fragte ich.

»Beim Raufklettern hast du – ausgesehen wie – ein Kamel mit deinem Buckel«, quietschte sie.

»Wir sollten lieber weitergehen«, sagte ich. Sie rutschte aus und lachte und zappelte. Endlich erreichten wir eine schöne wilde ›Straße‹: es war das Bett eines ehemaligen Bachs, der nicht mehr hier entlangfloß, ein Haufen trockener Felsblöcke, die uns durch das Düster den Hang hinaufführten.

»Jetzt kommen wir heraus!« rief Anita und schaute nach vorn. Auch ich war ganz davon überzeugt. Doch nach einer einstündigen Kletterei steckten wir immer noch im Bachbett mit den trockenen Felsblöcken zwischen dunklen Bäumen, den Zehen der Berge.

Anita erspähte eine aus Borke gezimmerte Jagdhütte und ging hinüber, um sie zu untersuchen. Die Nacht brach an.

»Ich kann nicht rein!« rief sie mir trübselig zu.

»Dann komm weiter!« rief ich.

Es war zu feucht und zu kalt, um im Freien im Wald zu schlafen. Doch statt daß sie kam, bückte sie sich im dunklen Zwielicht nach Erdbeeren. Ich wartete wie ein ergrimmter Schatten. Doch sie – gleichgültig und unbekümmert und glücklich in ihrem Widerspruchsgeist – suchte die Schatten nach Erdbeeren ab.

»Wir *müssen* einen Schlafplatz finden!« rief ich. Und meine erbitterte Hartnäckigkeit wirkte.

Sie begriff, daß ich, wie sie selber auch, in jener Nacht den Bergen ausgeliefert war und daß die Kälte und die großen dunklen Hänge uns einschlossen und wir, selbst zu zweien, nichts ausrichten konnten gegen die Kälte und die Öde der Berge.

Hand in Hand kletterten wir daher schweigend weiter bergauf. Ein dutzendmal war Anita überzeugt, daß wir oben waren. Schließlich verlor auch sie den Mut.

Dann erspähten wir im Dunkeln an einem Pfad zwischen lichter stehenden Bäumen eine Hütte.

»Sicher eine Holzfällerhütte«, sagte sie.

»Eine Kapelle«, sagte ich.

Diesmal hatte ich recht. Es war eine Holzhütte, wie man sie sich vorstellt, und an der Tür hing ein alter schwarzer Kranz. In der kalten, wachsamen Stille der höheren Berge klickte die Tür auf, und wir traten ein.

Im grauen Dämmerlicht, das von draußen hereinfiel, erforschten wir das Innere der kleinen Kapelle, entdeckten die

Kerzen auf dem Altar, die mit Votivbildern völlig bedeckten Wände und vier Reihen kleiner Betpulte. Es war alles eng und so gemütlich wie in einer Schachtel.

Da ich mich in der dünnen, hohen Schattenluft ganz geborgen und übermütig fühlte, zündete ich die Kerzen an – allesamt. Spitze um Spitze züngelten die Kerzenflammen in die Nacht. Es waren sechs. Dann nahm ich meinen Hut und meinen Rucksack ab und frohlockte: mein Herz kam zur Ruhe.

Die Wände der Kapelle waren dicht an dicht mit unverglasten kleinen Bildern bedeckt; alle waren sie bunt, von den Bauern auf Holz gemalt und in kleine Rahmen gesteckt. Ich schaute mich um und sah Kühe und Pferde auf grüner Weide und Männer in ihren Häusern auf den Knien, und ich war so glücklich wie in der Gesellschaft von Engeln.

»Was für ein unvorstellbares Glück!« sagte ich zu Anita.

»Aber was wollen wir denn hier?« fragte sie.

»Auf dem Fußboden schlafen – zwischen den Betpulten! Es ist gerade genug Platz.«

»Wir können doch nicht auf dem Fußboden schlafen!« sagte sie.

»Weißt du etwas Besseres?«

»Einen Heuschuppen! Hier irgendwo in der Nähe muß ein Heuschuppen sein. Hier können wir unmöglich schlafen!«

»O doch!« sagte ich.

Aber ich mußte unbedingt die kleinen Bilder betrachten. Ich stieg auf eine Bank. Anita stand wie ein untröstlicher, himmlischer Engel auf der Türschwelle. Das Licht der sechs schummerigen Kerzen flimmerte über ihren unzufriedenen Mund. Hinter ihr konnte ich die eben angestrahlten Spitzen der Tannenzweige sehen – und dann die Nacht.

Sie drehte sich um und war verschwunden – ein Schatten zwischen Schatten. Ich hörte ihre Stiefel auf den Steinen. Dann wandte ich mich den kleinen Bildern zu, die ich reizend fand. Ich balancierte auf den Betpulten und betrachtete eins ums andere. Es war eine Bilderschrift, die mich wie meine eigene Seele ansprach. Wirklich kleine Bilder für Gott, denn Pferde und Kühe und Männer und Frauen und Berge sind ja Seine Sprache. Sollte er etwa Deutsch oder Englisch oder Russisch lesen, wie ein Schulmeister? Die Bauern konnten sich darauf verlassen, daß Er ihre Bilder verstand: ob Er sich auch um ihre geschriebene Schrift kümmern würde, das war weniger sicher.

Ich betrachtete ein blaßblaues Bild. Es zeigte ein Schlafzimmer, eine Frau lag im Bett, und nahebei lag ein Baby in der Wiege. Das Bett war blau, und es schien aus dem Bild zu fallen, so daß es ein Gefühl von Furcht und Unsicherheit auslöste. Und als die Entfernung sich verringerte, wurde die Bettstelle unheimlich breit. Die Frau lag in dem riesigen, blaugestreiften Federbett und sah mir unmittelbar ins Gesicht. Ihr rosiges Gesicht war so rund wie das einer Flickenpuppe und blickte aus den gleichen runden, weit aufgerissenen Augen drein. Und das Baby blickte auch wie ein Penny-Püppchen mit runden Augen drein.

Maria hat geholfen. E. G. 1777.

Ich betrachtete sie. Und ich wußte, daß ich der Ehemann war, der hinschaute und staunte. Der Ehemann G. erschien nicht persönlich. Nach dem Bildchen auf seiner Netzhaut hatte er dieses Bild reproduziert. Er konnte sie nicht zusammenfassen und erklären, diese Vision von seiner Frau, die leidend im Kindbett lag und dann still und friedlich neben dem Baby in der Wiege ausruhte. Er konnte es nicht fassen, aber er konnte es wenigstens darstellen und es wie einen Spiegel vor Gottes Angesicht aufhängen – eine Feststellung, selbst wenn ihm keine Erklärung zuteil wurde. Und er war zufrieden. Und das war notgedrungen auch ich, obwohl mein Herz sich pochend nach Erkenntnis sehnte.

Die Leute sahen sich sonst nie selbst, nur in gefährlichen Situationen. Wenn ihr Leben bedroht war, dann traf sie die

Selbsterkenntnis wie ein furchtbarer Blitzstrahl und verfolgte sie, bis sie es dargestellt hatten. Sie stellten sich in allen möglichen komischen Stellungen dar: stets im Augenblick, in dem sich der Unfall ereignete.

Joseph Rieck zum Beispiel war schief hintenübergekippt, wie ein Fußballer, der sehr hoch kickt und dabei das Gleichgewicht verliert. Aber auf seinen linken Knöchel war ein großer grauer Felsbrocken gefallen, der ihn hätte töten können und der viel Blut hervorgequetscht hatte, rötlichgelbes Blut schien es im Kerzenlicht zu sein, während die Jungfrau Maria oben in einem Kranz von Wolkenpolstern schwebte und milde überrascht die Hände aufhob.

Joseph Rieck
Gott sey Danck gesagt 1834.

Es war merkwürdig, daß er Gott dankte, weil ihm ein Stein auf den Knöchel gefallen war. Aber vielleicht bedankte er sich dafür, daß der Stein ihm nicht auf den Kopf gefallen war. Oder vielleicht dafür, daß der Knöchel besser geworden war, obwohl es – dem Bild entsprechend – eine üble Wunde sein mußte. Es kam ihm nicht in den Sinn, Gott dafür zu danken, daß nicht schon am Tage seiner Geburt alle Berge Tirols auf ihn gepurzelt waren – so etwas kommt keinem von uns in den Sinn. Wir warten, bis uns ein großer Stein auf den Knöchel fällt. Dann malen wir ein buntes Bild und sagen: »Mitten im Leben sind wir vom Tod umfangen«, und wir danken Gott, daß wir entkommen sind. Alle möglichen Leute sagten Gott sei Dank – entweder, weil ein dicker Stein sie zerquetschte oder weil Bäume auf sie gestürzt waren, als sie sie fällten, oder weil sie über Felswände getaumelt oder von Bächen mit fortgeschwemmt worden waren: lauter kleine Ereignisse, die sie zu dem Ausruf veranlaßten: »Gott sei's gedankt, ich lebe noch!«

Dann waren auch Bildgebete von Frauen da, sehr rührende, weil sie für andere beteten, für ihre Kinder, nicht für sich

selbst. Eine Frau kniete in einer Art Zelle; sie trug ein Kleid
wie Katharina von Rußland, und ihr gegenüber kniete ein
Mann in einem Gewand wie der Pfarrer von Wakefield.
Zwischen ihnen hingen an einer Steinwand lange eiserne
Ketten, an deren Enden eiserne Ringe baumelten. Darüber,
eingerahmt von einem Oval von Polsterwolken, Christus
am Kreuz, und über ihm eine kleine Maria, von kurzer
Statur, etwa wie die Königin Viktoria, mit einem sehr blauen
Tuch auf dem Kopf, das an ihrer rundlichen Figur herunter-
hing. Die in der Zelle kniende Frau erhob die Hände und
sagte:
»O Mutter Gottes von Rerelmos, Ich bitte mach mir mein
Kind von Gefangenschaft los, mach ihm von Eissen und
Bandten frey, wansz der Göttliche Willen sey.

Susanna Grillen 1783.«

Ich vermute, Herr Grillen wußte, daß es nicht Sache der
Mutter Gottes war. Die arme Susanna Grillen! Es war natürlich und fraulich, daß sie die irdischen Mächte mit den Ewigen Mächten gleichsetzte. Was ich nicht ausfindig machen
kann, ist die Sache mit dem Jungen, und ob er wirklich Un-
recht getan hatte oder ob er einfach das Gesetz irgendeines
Herzogs oder Königs oder einer Gemeinschaft übertreten hat.
Ich vermute, der arme Mensch wußte selber nicht recht, was
für ein Unterschied da bestand. Doch der Vater, der offensichtlich wußte, daß der Sohn in einer zeitweiligen Schwierigkeit steckte, strengte sich nicht besonders an, die Hilfe des
Ewigen zu erbitten.

Man müßte die Geschichte Tirols ums Jahr 1783 nach-
schlagen.

Ein paar Bilder waren Familienbitten, doch die Stimme,
die sprach, war stets die Stimme der Mutter. Marie Schneeberger dankte Gott, weil er ihren Sohn geheilt hat. Sie kniete
auf der einen Seite des Schlafzimmers, hinter ihr die drei
Töchter; Schneeberger kniet ihr gegenüber, mit einigem Zwi-
schenraum, und sein einziger Sohn kniet hinter ihm. Die

Jungfrau Maria schwebte über ihren Gebeten. Die ganze Familie vereinigte sich hier, um den himmlischen Mächten zu danken, daß das Unheil nicht schlimmer gewesen war. Und angesichts der göttlichen Macht war der Mann getrennt von seiner Frau, die Tochter vom Sohn, die Schwester vom Bruder – eine Gruppe auf der einen Seite, die andere Gruppe auf der andern Seite, getrennt vor der Ewigen Gnade – oder der ewigen Furcht.

Die letzte Bildergruppe dankte Gott für die Rettung des Eigentums. Eine Frau ließ sich sechs Kühe – lauter rote – malen, die auf einer Wiese mit Felsen im Hintergrund grasen. Alle Kühe, die ich hierzulande gesehen habe, waren graubraun oder gelbbraun. Aber die hier sind rot. Und die gute Frau dankt Gott sehr aufrichtig, weil er ihr wiedergegeben hat, was fünf Tage verloren war, nämlich ihre sechs Kühe und die kleine Kuhhirtin Käthe. Das kleine Mädchen erscheint weder auf dem Bild noch im Dankgebet: es wird nur erwähnt, daß sie zusammen mit den Kühen verschwunden war. Ich weiß nicht, was aus ihr wurde. Kühe können überall Gras fressen. Vielleicht hat sie die Tiere gemolken, und vielleicht waren gerade die Preiselbeeren reif. Aber fünf Tage waren eine lange Zeit für das arme Käthel.

Hunderte von Tieren wurden gemalt: sie stehen auf den Wiesen, in Gruppen angeordnet wie für ein Kinderspielzeug, für Noahs Arche: eine Gruppe roter Kühe, eine Gruppe brauner Ziegen, ein paar graue Schafe, als wären sie alle zum Klassen-Appell angetreten. Dadurch, daß die Tiere wie Hieroglyphen dastehen, strahlen sie eine symbolische Kraft aus. Sie verkörperten nicht nur den Besitz. Sie waren das wunderbare animalische Leben, dessen der Mensch sich als Nahrung bedienen muß. Wie sie da in großen Mengen aufgestellt waren, konnten sie einen fast erschrecken, als könnten sie uns wie ein Heer über den Haufen rennen.

Nur eine einzige Frau hatte einen Unfall gehabt. Man konnte sie sehen, wie sie die Treppe hinunterfiel und unten in ihrer friedlichen Küche landete, wo ihr Kätzchen neben dem Herd schlief. Das Kätzchen schlief weiter, aber Maria kam in einem blauen Mantel durch die Stubendecke und sah leicht schockiert und mißbilligend drein.

Die einzige von all den Frauen – Frauen, die im Kindbett gelitten oder um eines eigenen Kindes willen gelitten hatten –, war diese Frau, die in ihre Küche hinunterfiel, wo das Kätzchen friedlich weiterschlief. Vielleicht hatte sie keine Kinder. Einerlei, was es gewesen sein mag, ihre Stellung war unfein, wie sie da auf der untersten Stufe aufschlug.

Dort waren sie alle auf ihren Votivbildern, die vermutlich von Frauen bestellt und bezahlt worden waren: Landleute aus dem Tal unten, abgebildet in ihrer Furcht. Sie lebten in den Bergen, wo immer Furcht herrschte. Und manchmal brach sie über einen Mann oder eine Frau herein, wie sie wußten. Dann war kein Frieden im Herzen dieses Menschen, bis die Furcht abgebildet worden war, bis er im Zugriff des Entsetzens dargestellt worden und das Bild der Gottheit, der Furcht, der unbenannten Gottheit dargebracht worden war, deren Macht anerkannt werden mußte, während auf dem gleichen Bild die sanftere göttliche Hilfe dargestellt und angerufen und ihr gedankt wurde. Das Tiefste aller Dinge in den Finsternissen der Berge war die stets gegenwärtige Furcht. Der erste aller Götter war der unbekannte Gott, der jeden Augenblick Leben zermalmte und es stets bedrohte. Sein Schatten lag über den Tälern. Und eine stillschweigende Anerkennung und Sühne für Ihn waren die Votivbilder, aus Furcht gemalt und Ihm, dem Unbenannten, dargebracht. Dagegen auf den Gesichtern von ihnen allen war Maria, die göttliche Hilfe, Sie, die gelitten hatte und erfahren hatte. Und was gelitten und erfahren hatte, das hatte den Sieg davongetragen, und ihm wurde öffentlich gedankt. Doch das, was weder erfahren noch gelitten hatte, die unbenannte Furcht, die gezielt und nur um ein Haar danebengetroffen hatte, mußte heimlich anerkannt werden. Denn um seiner

Seele willen muß der Mensch seine eigene Furcht anerkennen, muß er die Macht anerkennen, die größer ist als er.

Während ich die Inschriften hoch oben an den Wänden las, kehrte Anita zurück. In ihrem vom Wetter verdorbenen Panamahut stand sie unter mir und blickte unzufrieden zu mir empor. Das Licht fiel warm auf ihr Gesicht. Sie war unzufrieden und aufgeregt.

»Ein bißchen weiterhin ist ein prachtvoller Heuschuppen«, sagte sie.

»Halte mir mal einen Augenblick die Kerze, ja?«

»Ein großartiger Schuppen voll Heu – auf einer Lichtung. Ich bin reingeklettert.«

»Macht's dir was aus, mir mal einen Augenblick die Kerze zu halten?«

»Aber nein – komm doch mit!«

»Ich möchte bloß das hier lesen – gib mir die Kerze!« In ungeduldigem Schweigen reichte sie mir eine Kerze. Ich las eine kurze Inschrift.

»Willst du denn nicht kommen?«

»Wir könnten gut hier schlafen«, sagte ich. »Es ist so trocken und geschützt!«

»Oh!« rief sie gereizt. »Komm mit zum Heuschuppen und sieh ihn dir an!«

»In einer Minute«, sagte ich.

Sie drehte sich um. »Was für ein entzückender Altar!« rief sie. »Reizende kleine Papierrosen und Zierat!«

Sie betastete ein paar künstliche Blumen und gedachte sie ins Haar zu stecken. Ich sprang herunter und sagte, daß ich am nächsten Morgen meine Bilder zu Ende lesen wolle. Dann nahm ich den Rucksack und untersuchte die Almosenbüchse an der Tür. Sie war offen und enthielt sechs Kreuzer. Ich steckte aus meinem eigenen armen Säckel vierzig Pfennig hinein, um für die Kerzen zu bezahlen. Dann rief ich Anita, rief sie vom Altarschmuck weg, und wir schlossen die Tür und standen draußen in der Finsternis der Berge.

144

Ein Heuschuppen in den Bergen

Ich ärgerte mich, daß ich aus meiner Kapelle in die schwarze und trübselige Nacht hinausgeschleppt wurde. In der Kapelle waren Kerzen und ein gedielter Fußboden. Und die Bäche in den Bergen weigern sich stets, anderswo als auf den Wegen zu fließen, die der Mensch angelegt hat. Anita sagte: »Du kannst dir nicht vorstellen, wie schön deine Kapelle aussah, als ich aus der Dunkelheit kam: die schimmernde Kerzen-reihe, und innen alles so warm!«

»Warum zum Kuckuck bist du dann nicht dringeblieben?«

»Aber bedenke doch: wenn man in einem Heuschuppen schlafen kann!«

»Ich finde, eine Kapelle ist für die Seele viel erhebender«, sagte ich.

»Aber viel härter für die Knochen«, erwiderte sie.

Wir kämpften uns zu einer kleinen Wiese inmitten von Berggipfeln vor. Anita nannte es einen ›Kessel‹. Ich ver-mutete, daß wir in dem Falle zur Tülle hereingekommen waren und zum Deckel herausschlüpfen sollten. Jedenfalls stießen die schwarzen Köpfe der Berge ringsherum in die Höhe, und ich fühlte mich so klein wie ein Käfer in einem Wasserbecken.

Im kurzen Gras stand groß und dunkel der Heuschuppen.

»Ich weiß, wie man hineinkommt«, sagte Anita, die hoch-erfreut war, obgleich wir unbequem unterkommen sollten. »Und jetzt müssen wir essen und Tee trinken!«

»Wo nimmst du das Wasser her?«

Sie lauschte gespannt. Die Tannen am Berghang zischelten leise im Wind.

»Ich höre es«, sagte sie.

»Irgendwo weiter unten in einer greulichen Schlucht«, ent-gegnete ich.

»Ich geh nachschauen«, sagte sie.

»Ach«, erwiderte ich, »du brauchst nicht auf einem Abhang nachzuschauen, wo nicht die leiseste Spur von einem Rinnsal oder Wasserlauf ist!«

Wir sprachen *sotto voce,* wegen der Dunkelheit und der Stille.

Ich ging die Wiese hinunter und brach mir an den steilsten Stellen fast das Genick. Ich war jetzt sehr durstig, und wir hatten nur noch ganz wenig Schnaps.

»Das Wasser ist bestimmt an der tiefsten Stelle«, sagte ich.

Sie folgte mir listig und übermütig. Bald schmatzte es an einer weichen Stelle unter unsern Füßen.

»Ein verdammter Sumpf!« sagte ich.

»Aber ich höre es rieseln«, antwortete sie.

»Was nützt uns das Rieseln, wenn es verschlammt ist?«

»Du bist ein wahrer Trost«, spottete sie.

»Mir scheint, hier steigt es an«, sagte ich. »Wo wir also zu der Quelle könnten!« Wir patschten die nasse Stelle hinauf und fanden in der Dunkelheit das Loch, wo das Wasser hervorquoll. Nachdem wir unsere Kanne gefüllt hatten (unsre Schuhe übrigens auch), stapften wir zurück. Ich glitt aus und verschüttete das halbe Wasser.

»Wie glücklich mich das alles macht!« sagte Anita.

»Ich wünschte, mich auch«, erwiderte ich.

»Gefällt es dir nicht, Liebster?« fragte sie bekümmert.

Meine Füße waren naß und eiskalt. Überall war es naß und sehr dunkel.

»Ist schon gut«, sagte ich. »Aber die Kapelle . . .«

Wir setzten uns also hinter die Hütte, wo der Wind nicht so heftig blies, und machten Tee und aßen Wurst. Der Wind wehte die Flamme des Spirituskochers hin und her, und Regentropfen begannen niederzuklatschen. Im Stockdunkeln verloren wir zwischen den Holzscheiten unsre Wurst und das Päckchen Tee.

»Endlich bin ich restlos glücklich!« sagte Anita.

Mich ärgerte es, das zu hören. Ich suchte den Tee.

Ehe wir das kostbare Mahl beendet hatten, kam prasselnd der Regen herunter. Eilig packten wir alles in unsre Rucksäcke und trollten uns in den Heuschuppen.

Der Heuschuppen war so groß wie eine richtige Hütte. Er war aus Baumstämmen gezimmert, die einer über dem andern lagen, jedoch nicht richtig verzahnt waren, so daß die ägyptische Finsternis ringsherum von Lichtstreifen umgeben war. In einem Heuschuppen wagt man kein Licht anzuzünden.

»Da ist die Leiter zum Heuboden!« sagte Anita.

Die vordere Abteilung war nur zu einem Viertel mit Heu angefüllt, der Heuboden aber war fast bis zur Decke voll. Ich kletterte die Leiter hinauf und steckte meine Hand sofort in eine ekelhaft nasse Stelle, wo das Wasser durchs Dach hereingeleckt war.

»Hier ist die reinste Pfütze, und wenn der Mann nicht aufpaßt, verfault ihm das ganze Heu«, sagte ich. »Es ist ein widerlich schlecht gebauter Heuschuppen!«

»Hör mal auf den Regen!« flüsterte Anita.

Der Regen prasselte wütend aufs Dach. Deshalb war ich trotz der Luftschlitze froh, im Heuschuppen zu sein, obwohl ein Wind von hundert Pferdestärken hindurchfegte.

»Heu hat zwei Nachteile«, bemerkte ich nach einer Weile. »Es kitzelt wie lauter Insekten, und es ist luftdurchlässig.«

»Luftdurchlässig!« spottete Anita.

»Stimmt aber«, sagte ich.

Große Vorbereitungen begannen. Alle Wertsachen wie Haarnadeln und Strumpfhalter und Pfennige und Heller und Schmuck und Kragenknöpfchen sammelte ich sorgfältig in meinen Hut. Es war stockdunkel. Ich legte den Hut irgendwohin. Wir zogen unsre aufgeweichten Schuhe und Strümpfe aus. Ich stieß die Stiefel in die Heuwand, weil ich mir einbildete, sie müßten irgendwie Eigenwärme erzeugen und leichter trocknen. Dann hängte ich verschiedene beschmutzte Kleidungsstücke zum Trocknen auf.

»Ich bestehe darauf, daß du ein Kopftuch um deinen Kopf knotest«, sagte ich. »Und meine Weste werde ich als Kopfkissen hinlegen.«

Anita fügte sich demütig. Sie war zu froh, um sich zu weigern. Wir hatten keine Wolldecken, nur jeder einen Regenmantel.

»Jetzt ein schönes, großes Loch«, sagte ich, »so groß wie ein Doppelgrab! Ich hoffe nur, daß es keins wird!«

»Wenn du dich erkältest, bin ich dir böse«, sagte Anita.

»Und wenn *du* dich erkältest, werde ich dich liebevoll pflegen«, erwiderte ich.

»Du Lieber!« rief sie zärtlich.

Wir buddelten uns wie zwei Maulwürfe in das Grab hinein.

»Sieh nur, was für Berge von Heu herauskommen!« rief sie.

»Ist recht«, sagte ich. »So kannst du dir deine romantischen deutschen Träume erfüllen, indem du es wieder einschichtest und dich drunter legst!«

»Wie herrlich!« rief sie.

»Und wieviel herrlicher wäre ein dickes deutsches Federbett!«

»Nicht!« flehte sie. »Verdirb es nicht!«

»Ich würde in einem Hummerkorb schlafen«, sagte ich, »um dir einen Gefallen zu tun.«

»Ich will nicht, daß du mir einen Gefallen tust, sondern daß *du* Gefallen dran findest!« rief sie hartnäckig.

»Gott steh mir bei, ich *werde* Gefallen dran finden!« versprach ich ihr.

Zuerst war es in der Heukuhle ziemlich warm, doch ich mußte alle paar Minuten meine Nase und meinen Hals reiben. Das Heu war unvorstellbar heimtückisch und beharrlich. Wie sehr ich auch versuchte, es abzuwehren: ein Halm kitzelte mein Nasloch, ein Samenkorn fiel mir aufs Augenlid, und ein großer Stengel kroch mir hinten in den Nacken. Ich kämpfte wie ein Herkules, um es in Schach zu halten, aber vergebens. Und Anita lachte nur über mein Schnaufen und Prusten.

»Du hast offenbar keine so empfindliche Haut wie ich«, erklärte ich.

»O nein, nicht so zart und fein«, spottete sie.

»Kannst du gar nicht haben«, seufzte ich. Doch bald darauf seufzte sie ebenfalls.

»Warum mußtest du auch eine Weste als Kissen nehmen? Immer kommt mein Gesicht in eins von den Ärmellöchern!«

»Mußt dir's besser einrichten«, sagte ich.

Wir seufzten und litten unter dem verteufelten Gekitzel der Heuhalme.

Dann schliefen wir wahrscheinlich – unruhig wie in einem Fieber.

Donnerschläge weckten mich. Anita klammerte sich an mich. Es war entsetzlich dunkel. Wie eine große, schnalzende Peitsche krachten und knallten die Donnerschläge über unsrer Hütte und schienen zwischen den Berggipfeln hin und her zu poltern.

»Da hast du noch was für dein Geld«, ächzte ich – zu müde, um nur zu leben.

»Schlägt der Blitz in Heuschuppen ein?« fragte Anita.

»Ja, er ist ganz versessen auf Heuschuppen«, erklärte ich, »er macht geradezu Jagd auf Heuschober, der Blitz!«

»Du brauchst mich nicht zu ängstigen«, warf sie mir vor.

»Schlaf wieder ein!« befahl ich.

Aber sie tat's nicht. Anita und das Donnergrollen und die Blitze und dann ein tosender Wind und Sturzbäche von Regen und das langsame, hartnäckige, boshafte Gekitzel der Heusamen führten alle zusammen Krieg gegen meine Müdigkeit. Hin und wieder nickte ich kurz ein. Dann fing es an kalt zu werden, denn der eisige Wind pfiff durch die breiten Spalten zwischen den Balken der Wand. Das abscheuliche Heu konnte uns nicht einmal wärmen. Durch die Ritzen drang der gemeine Wind ein. Und Anita war nicht einverstanden, sich unter dem Heu begraben zu lassen: sie wollte den Kopf und die Schultern frei behalten. Daher hatten wir natürlich nur wenig Schutz. Es wurde kälter und kälter – erbärmlich kalt! Ich grub mich tiefer und tiefer ein. Dann spürte ich Anitas nackte Füße: sie waren eiskalt.

»Frau«, sagte ich zu ihr, »wühle deinen jämmerlichen Kopf ins Heu und deck dich zu! Bewahre dir die Spur animalische Wärme, die du selbst erzeugen kannst!«

»Ich muß atmen«, erwiderte sie verdrießlich.

»Das Heu ist gut durchlüftet«, versicherte ich ihr.

Endlich begann es zu dämmern. Ringsum an den Wänden erschienen statt der blauschwarzen Schlitze jetzt graue Schlitze. Morgengrauen in der Lattenkiste, die sich Heuschuppen nannte. Ich konnte die Leiter und die Rucksäcke unterscheiden. Irgendwo draußen mußte ein Junge eine blecherne Lachsbüchse die Straße entlangtrudeln, dachte ich verschlafen – bis es mir seltsam vorkam und ich mich erinnerte, daß es nur der Klang einer Kuhglocke oder eines Ziegenglöckleins sein konnte.

»Es ist früher Morgen!« sagte Anita.

»Nennst du das Morgen?« ächzte ich.

»Hast du's warm, Liebster?«

»Ich schmore!«

»Sollten wir aufstehen?«

»Ja. Auf alle Fälle können wir's noch einen Grad kälter und scheußlicher haben.«

»Ich bin restlos glücklich«, wiederholte sie beharrlich.

»Du siehst ganz so aus!« sagte ich.

Sofort erschrak sie.

»Wieso? Sehe ich greulich aus?« fragte sie. Sie kauerte in ihrem Mantel; ihr zerzaustes Haar war voller Heu.

Ich zog meine Stiefel an und torkelte durch die rechteckige Öffnung.

»Komm und schau dir das an!« rief ich aus.

Während der Nacht hatte es mächtig geschneit – nicht bis zu uns herunter, aber ein wenig weiter oben. Wir waren auf einer Rasenlichtung, ungefähr eine halbe Meile breit, und rings um uns her stiegen die Tannenwälder in aller Schwärze auf. Dann plötzlich, auf halber Höhe, änderte sich alles, und große Schneegipfel schwebten blendend weiß im bleichen Morgengrauen. Die ganze obere Welt rundumher gehörte zum Himmel: sie war wundervoll weiß und frisch und hellwach vor Freude. Mir war, als brauchte ich nur durch den Tannenwald hinaufzurennen und könnte dann die Hänge betreten, die schon Himmelshänge waren, könnte bis in den Himmel hinauf.

»Nein!« rief Anita protestierend, und ihre Augen füllten sich mit Tränen. »Nein!«

Gemeinsam erlebten wir einen sehr feierlichen Augenblick – alles wegen des Schnees. Und die ängstlich behutsame Art, wie wir sprachen und uns bewegten, als wären wir die zwei einzigen Menschen, die Gott erschaffen hat, rührt mich noch in der Erinnerung.

»Schau!« rief Anita.

Ich glaubte, mindestens der Erzengel Gabriel stünde neben mir. Aber sie meinte nur meinen Atemhauch, der in der Luft gefror. Das brachte mich zur Besinnung.

»Und diese Kälte!« stöhnte ich. »Sie macht einen ganz zunichte!«

»Ja, mein Liebster, wir müssen Tee trinken«, erwiderte sie besorgt. Ich nahm die Kanne, um Wasser zu holen. Am Morgen sah alles so anders aus. Ich konnte den Sumpf finden, aber nicht das hervorblubbernde Wasser. Anita kam, mich zu suchen. Sie war barfuß, weil ihre Stiefel noch naß waren. Über das eisige, kurzgemähte Gras kam sie zu mir, nahm mir die Kanne ab und fand die Quelle. Ich kehrte um und bereitete das Frühstück vor. Ein kleines Brötchen war da, etwas Tee und ein bißchen Schnaps. Anita erschien mit dem Wasser, das sie ängstlich balancierte. Sie sah verzweifelt aus.

»Oh, wie es weh tut!« rief sie. »Die eiskalten Stoppeln haben mir so weh getan – wie lauter stumpfe, eisige Nadeln!«

Ich sah ihre nackten Füße und war wütend auf sie.

»Niemandem außer einem Verrückten«, rief ich, »würde es auch nur im Traume einfallen, unter solchen Umständen dort barfuß hinunterzugehen!«

»Unter solchen Umständen!« verspottete sie mich.

»Es hätte dir noch viel ärger weh tun sollen«, rief ich. »Es gibt kein schlimmeres Verbrechen als die Dummheit!«

»Kein schlimmeres Verbrechen als die Dummheit«, kam das Echo von ihr, und sie lachte mich aus.

Dann kümmerte ich mich um ihre Füße.

Wir aßen den elenden Brotknust und verschlangen den Tee. Dann trieb ich Anita zum Aufbruch an. Sie machte großartig Toilette – tapfre Tirolerin nannte ich sie –, und endlich zogen wir los. Der Schnee hoch über uns lachte strahlend. Doch die Erde und unsre Stiefel waren patschnaß.

»Ist es nicht herrlich?« rief Anita.

»Ja, mit Schlammfüßen«, antwortete ich. »In unverfälschtem, nassem Schlamm!«

Ernüchtert platschten wir auf einem undeutlichen Pfad weiter. Dann erblickten wir ein schmutziges kleines Bauernhaus und sahen, wie ein ungeschlacht wirkender Mann in den Kuhstall ging.

»Hier also hausen die Schurken und Räuber«, sagte ich.

Dann sahen wir die Frau. Sie trug die blaue Drellhose, die von Bäuerinnen bei der Arbeit getragen wird.

»Geh langsam!« riet Anita. »Vielleicht hat sie noch nicht Toilette gemacht.«

»Ich glaube nicht, daß sie das nötig hat«, erwiderte ich.

Es war ein unheimlich einsames Gehöft – so hoch oben, und kalt und schmutzig. Selbst bei einem derartigen Frost stank es wacker zu den Schneegipfeln auf. Aber ich ging vorsichtig.

Als sie Anita sah, kam die Frau an die Haustür. Sie trug

einen blauen Overall, Hose und Oberteil, die Beine an den Knöcheln eng anliegend, fast so wie altmodische Keulenärmel. Sie war bleich und schien ziemlich geschwächt, als ob das anhaltende Schweigen wie ein abstumpfendes Gift auf sie wirkte. Anita fragte sie nach dem Weg. Sie kam heraus, um es uns zu zeigen, weil kein Pfad da war. Sie ging mit Männerschritten vor uns her, dabei aber müde und erschöpft. Ihr Körper war nicht häßlich, ihr Nacken war der einer Frau, mit weichem Haargekräusel. Sie zeigte uns den Weg bergab.

»Wie alt ist sie?« fragte ich Anita, als sie gegangen war.

»Was meinst du, wie alt sie ist?« erwiderte Anita.

»Vierzig bis fünfundvierzig.«

»Zwei- oder dreiunddreißig«, antwortete Anita.

»Woher willst du das wissen? Nicht älter als ich?«

»Es stimmt sicher.«

Ich blickte mich um. Mechanisch und leblos ging die Frau den steilen Weg zurück. Über uns auf den Gipfeln funkelte der strahlende Schnee. Die flache grüne Mulde, in der das Gehöft lag, war völlig still. Und die Frau schien wie verseucht von all dieser Reglosigkeit und Stille. Es war, als müsse sie allmählich absterben, weil sie dort nicht hingehörte. Und ich sah den Mann in der Tür zum Kuhstall. Er war mager und hatte einen rötlichen Schnurrbart; und auch er hatte das gleiche Aussehen einer gewissen Entrücktheit, als ob das Schweigen und die Einsamkeit und die Berge auch ihn abtöteten.

In einer Schlucht, durch die ein Flüßchen brauste, gingen wir zwischen Felsen bergab. Auf jeder Seite stürzten und hüpften Bäche herunter. Einige, die über eine senkrechte Felswand fielen, wehten träumerisch herab, wie ein umherschweifendes Nebelseil. Ringsumher blühte weiß und offenherzig das Sumpfherzblatt, Parnassusgras genannt, und blickte zu uns empor, und hier und da richtete sich der königliche blau-schwarze Enzian auf.

Der fliegende Fisch

1   Abreise aus Mexiko

Komm heim sonst kein Day in Daybrook.« Diese Depesche war das erste, was Gethin Day von dem Haufen Post las, den er im Hotel in der weltverlorenen Stadt in Süd-Mexiko vorfand, als er von seiner Reise an die Küste zurückkehrte. Obwohl die Nachricht keine Unterschrift trug, wußte er, von wem sie kam und was sie bedeutete.

Es war ein heißer Oktoberabend, und er lag, noch an Malaria leidend, im Bett. Im Fieberanfall sah er noch immer die ausgedörrten, kahlen Berge des Südens, die Dörfer mit den Riedhütten, zwischen Bäumen versteckt, und die schwarz-äugigen Eingeborenen mit der Energielosigkeit und Lange-weile, dem Pathos und der Schönheit einer verbrauchten Rasse; und vor allem sah er die unheimlichen, geisterhaften Blumen, die er von den Hochebenen durch die Täler, hinunter zur dampfenden Krokodilshitze und zu den sandigen, sen-genden, unerträglichen Küstenstreifen gejagt hatte. Denn ihn faszinierte das geheimnisvolle grüne Blut, das in den Adern von Pflanzen floß, und das violette und gelbe und rote Blut, das die Gesichter der Blüten färbte. Besonders die unbekannte Flora Süd-Mexikos zog ihn an, und vor allem wollte er in der lebenden Pflanze die geheimnisvollen Essenzen und Toxine aufspüren, die den Mayas, den Zapoteken und den Azteken in so seltsamen Einzelheiten bekannt waren.

Der Kopf summte ihm wie ein Moskito, seine Beine waren augenblicklich von der starken Chininspritze gelähmt, die der Arzt injiziert hatte, und seine Seele war dank der Malaria so gut wie tot; deshalb warf er all seine Briefe ungelesen auf den Fußboden und hoffte, sie nie wiederzusehen. Er lag da und hatte die blaßgelbe Depesche in der Hand: »Komm heim sonst kein Day in Daybrook.« Durch die offene Tür drang vom Patio des Hotels der schwere Duft der unsichtbaren grünen Nachtblume herein, die von den Eingeborenen *Buena de Noche* genannt wird. Das kleine mexikanische Dienstmädchen kam barfuß mit einer Tasse Tee an: ihr volantbesetzter Baumwollrock wippte, und das lange schwarze Haar hing ihr über den Rücken hinunter. Sie fragte ihn mit ihrem Vogelgezwitscher-Spanisch, ob er noch etwas wünsche. *»Nada más«,* sagte er. »Nichts mehr; laß mich allein und schließ die Tür!«

Er wollte den Duft der übermächtigen, unauffälligen grünen Nachtblume aussperren, den er so gut kannte.

> Kein Day in Daybrook;
> Für das Tal ein übler Ausblick.

Kein Day in Daybrook! In Daybrook hatte es seit undenklichen Zeiten Days gegeben: wenigstens glaubte er es.

Daybrook war ein Steinhaus aus dem sechzehnten Jahrhundert, mitten in England zwischen Bergen gelegen. Es erhob sich dort, wo das Crichdale nach Süden abbiegt und das Ashleydale sich zu ihm gesellt. »Daybrook liegt an der Kreuzung der Wege und im Mittelpunkt des Kleeblatts. Daher auch schwimmt es wie eine Arche im Tal zwischen drei Meeren, ja es ist wirklich die Arche dieser Täler, wenn nicht gar ganz Englands.« So hatte Sir Gilbert Day geschrieben, der im sechzehnten Jahrhundert das gegenwärtige Daybrook erbaut hatte. Sir Gilberts *Book of Days,* das Buch der Tage, so schön auf Pergament geschrieben und von ihm eigenhändig illuminiert, gehörte zu den Kostbarkeiten der Familie.

Sir Gilbert hatte zu seiner Zeit das Karibische Meer befahren und war reich genug heimgekehrt, um das alte Haus Daybrook entsprechend seinem eigenen Geschmack wieder aufzubauen. Er hatte ein schönes, ziemlich kleines Giebelhaus daraus gemacht, das auf einem Hügel über dem Ashe-Fluß stand, wo das Tal sich verengt und der Wald dahinter still ansteigt. »Nay«, schrieb dieser sonderbare Elisabethaner,

»obwohl ich sage, daß Daybrook die Arche des Tales ist, meine ich doch nicht das Haus selbst, sondern Ihn, den Day, der zu seiner Zeit in dem Hause wohnt. Solange ein Day in Daybrook wohnt, sollen die Fluten niemals das Tal bedecken noch sollen sie England gänzlich überschwemmen.«

Gethin Day näherte sich den Vierzig, und er hatte nicht viele Jahre seines Lebens in Daybrook verbracht. Er war Soldat gewesen und durch viele Lande gewandert. Seine Schwester Lydia, die zwanzig Jahre älter war als er, war die Day in Daybrook gewesen. Jetzt ersah er aus ihrer Depesche, daß sie entweder krank oder schon tot war.

Sie war ziemlich hart gewesen, und grau wie der Felsen von Crichdale, aber treu und eine Kraftquelle. Sie hatte ihn seiner Wege gehen lassen; doch immer, wenn er nach Hause kam, hatte sie mit ihrem forschenden, unheimlichen grauen Blick in seine blauen Augen geschaut und ihn gefragt: »Well, bist du nach Hause gekommen, oder bist du noch immer auf Wanderschaft?« – »Noch auf Wanderschaft, scheint's«, sagte er. »Gib acht, daß du nicht eines Tages in einen Käfig wanderst«, hatte sie erwidert. »Du würdest in Daybrook viel mehr Platz für dich finden als in jenen fernen Ländern, wenn du wüßtest, wie in dein Eigen zu gelangen.«

Das war immer der Kehrreim ihres Sprüchleins für ihn gewesen: *wenn du nur wüßtest, wie in dein Eigen zu gelangen.* Und es hatte ihn immer geärgert – wegen einer gewissen Überheblichkeit –, ob aber seiner eigenen oder Lydias, das hatte er nie herausgefunden.

Lydia ging ganz in Sir Gilberts *Book of Days* auf; sie hatte für ihren Bruder eine schöne Abschrift, sauber in grünes Leder gebunden, davon angefertigt und ihm ohne ein Wort überreicht, als er volljährig wurde; sie hatte ihn dabei nur mit dem unheimlichen Ausdruck in ihren grauen Augen angesehen, etwas von ihm erwartend, was ihn vor ihr zurückschrecken ließ.

Das *Book of Days* war in Daybrook eine Art geheimer

Familienbibel. Fremden wurde es nie gezeigt, auch nicht außerhalb der nächsten Familienangehörigen erwähnt. Ja sogar innerhalb der Familie wurde nie öffentlich darauf angespielt. Nur bei feierlichen Anlässen oder an besonderen Abenden, im Dämmerlicht, wenn der Abendstern leuchtete, hatte sein jetzt verstorbener Vater den beiden Kindern aus dem unbekannten Buch vorgelesen.

In der Abschrift, die Lydia für Gethin angefertigt hatte, waren an verschiedenen Stellen verschiedenfarbige Tinten benutzt worden. Gethin stellte sich vor, daß ihre Lieblingsstellen die in königsblauer Tinte waren, wo die Seite fast so blau wie die Kornblumen schien, die im Garten von Daybrook längs der Wege in die Höhe schossen.

»Schön ist der Tag der gelben Sonne, welcher der Menschen gewöhnlicher Tag ist; doch wie auch die Winde unaufhörlich über den Bäumen der Welt kreisen, so kreist der Größere Tag, der da ist der Ungewöhnliche Tag, über den ungestutzten Büschen unsrer kleinen Tageszeit. Und wie die Morgensonne ihre goldenen Flügel am Horizont schüttelt und sich aufschwingt, so spreizt auch der große Vogel hinter ihr seine dunkelblauen Federn und schlägt seine Schwingen erzitternd vor dem Größeren Tag.«

Gethin wußte eine Menge aus dem *Book of Days* auswendig. Auf eine dilettantische Art hatte er überschwengliche Dichtung schon immer geliebt, und in den letzten Jahren war etwas in der harten, heftigen, endlichen Sonne Mexikos, in dem trocknen, schrecklichen Land und in den schwarz starrenden Augen der Eingeborenen gewesen, wodurch der gewöhnliche Tag für ihn seine Wirklichkeit einbüßte. Er war geborsten wie eine große Blase, und zu seinem Entsetzen und Unbehagen hatte er anscheinend durch die Risse das tiefere Blau jenes Größeren Tages gesehen, in dem sich die andere Sonne bewegte, die ihre dunkelblauen Schwingen schüttelt. Vielleicht war es die Malaria; vielleicht war es seine eigene unvermeidliche Entwicklung; vielleicht war es die Anwesenheit jener hübschen, gefährlichen, großäugigen Menschen, die übriggeblieben waren aus der Zeit vor der Sintflut in Mexiko, welche die Ursache waren, daß seine alten Beziehungen und seine gewohnte Welt für ihn zerbrachen. Er war krank, und ihm war zumute, als wäre in seiner innersten Mitte unter seinem Nabel eine Membrane zerrissen, eine Membrane, die ihn mit der Welt und ihrem Tag verbunden hatte. Die Eingeborenen, die ihn still, sanft und ziemlich hilflos bedienten, schienen, wie er begriff, mit ihren großen schwarzen Augen ständig in jenen Größeren Tag zu blicken, aus dem sie gekommen waren und zu dem sie zurückzukehren wünschten. Menschen einer sterbenden Rasse, denen die geschäftige Sphäre des gewöhnlichen Tages eine geborstene und undichte Schale ist.

Er wollte nach Hause gehen. Es war ihm jetzt einerlei, ob England eng und klein und überfüllt und viel zu vollgestopft mit Hausrat war. Er hatte nichts mehr einzuwenden gegen die merkwürdig stille Atmosphäre Daybrooks, in der er als junger Mann zu ersticken geglaubt hatte. Er stieß sich nicht mehr an der Last der Familientradition noch an dem eigentümlichen Gefühl von Autorität, welches das Haus auf ihn auszuüben schien. Jetzt, da er krank war von der Seele aus, und da der gewöhnliche Tag für ihn geborsten war und der Ungewöhnliche Tag ihm seine Unermeßlichkeit zeigte, fand er, daß der richtige Platz für ihn zu Hause sei. Es machte nichts aus, daß England klein und eng und überfüllt war, wenn ringsum der Größere Tag war. Er wollte nach Hause gehen, fort von diesen großen, wilden Ländern, wo die Menschen in den Größeren Tag zurückstarben, nach Hause, wo er es wagen würde, der Sonne hinter der Sonne gegenüberzutreten und im Größeren Tag in sein Eigen zu gelangen.

Doch er war noch zu krank, um zu gehen. Er lag, angewidert von den Tropen, und ließ die Tage über sich hinwegziehen. Die Tür seines Zimmers öffnete sich auf den Patio, wo sich grüne Bananenbäume und hohe, fremdartige und saftige blühende Büsche aus der mit Wasser besprengten Erde zum seltsam zornigen Blau aufreckten, das der Himmel war, hier über der schattenschweren, duftgesättigten Luft des eingeschlossenen Hofs. Dunkelblaue Schatten zogen von der Seite her über den Patio, verschwanden und erschienen dann wieder auf der andern Seite. Der Abend war gekommen, und die barfüßigen Eingeborenen in ihrem weißen Kattun huschten in stummer Eile hinüber und herüber, ewig hin und her gehend und doch mysteriös nirgendwohin gehend, mit ihrem Vorbeigehen die Zeitlosigkeit auffädelnd wie Schwalben der Dunkelheit.

Das Fenster des Zimmers gegenüber von der Tür blickte auf die ausgedörrte tropische Straße. Es war ein großes Fenster, das fast bis auf den Boden reichte und mit senkrechten und waagrechten Stangen schwer vergittert war. Hinter dem Fenster gingen die Eingeborenen mit dem weichen, leichten Schurren ihrer Sandalen vorbei. Große, balancierende Strohhüte, dunkle Wangen und Kattunschultern streiften mit der schweigsamen Eile der Indianer am vergitterten Fensterviereck vorbei. Manchmal umklammerten Kinder die Gitterstangen und blickten mit großen, glänzenden Augen und geradem blauschwarzem Haar herein, um den Americano zu sehen, der in allem Luxus in einem weißen Bett lag. Manchmal stand ein Bettler da, steckte eine dürre Hand durch das Eisengitter und winselte das seltsame, endlose, wuchernde Gewimmer der Bettler ›por amor de Dios‹ – wieder und wieder und wieder, eine Ewigkeit hindurch, wie es schien. Doch der Kranke im Bett ertrug es mit der gleichen endlosen Ausdauer im Widerstand, einer Ausdauer im Widerstand, die er in den indianischen Ländern erlernt hatte. Bei den Azteken wie bei den Mixteken, bei den Zapoteken wie bei den Maya – stets war es die gleiche Macht schlangenhaft trägen Widerstands.

Der Arzt kam – ein gebildeter Indianer: obwohl er nichts andres tun konnte als Chinin zu injizieren und eine Dosis Kalomel zu geben. Er war verloren zwischen den zwei Tagen, dem fatalen Größeren Tag der Indianer und dem neuen, aufgeregten, geschäftigen Tag der Weißen.

»Wie soll es einmal enden?« fragte er den Kranken, eine Meinung einholend. »Wie soll es enden mit den Indianern, mit den Mexikanern? Jetzt nehmen die Soldaten alle *Marihuana* – Haschisch.«

»Sie werden alle sterben. Sie werden sich alle umbringen – alle – alle«, sagte der Engländer im ständigen leisen Delirium seiner Malaria. »Schließlich ist es schön, tot zu sein – und ganz hingeschieden!«

Der Arzt blickte ihn schweigend an, verstand ihn nur zu gut. »Schön ist es tot zu sein.« Es ist der Kehrreim, der im innersten Herzen jedes Indianers summt, wo der Größere Tag durch den geringeren Tag eingeengt wird. Die Verzweiflung, die kommt, wenn der geringere Tag den Größeren einengt. Doch der Arzt blickte den hageren weißen Mann arglistig an: »Was? Wollt ihr, daß wir ganz von der Oberfläche verschwinden, ihr Amerikaner?«

Endlich schleppte sich Gethin Day auf die Plaza hinaus. Der Platz sah jetzt im Herbst nach der Regenzeit wie ein großer, niedriger Brunnen voll grüner und dunkler Schatten aus. Wie scharlachrote Krater reckten sich die Cannablüten und züngelten mit großen roten und tropisch gelben Zungen. Rot, gelb, grün, blaugrün, greller und unsehbarer Sonnenschein und tiefer indiogelber Schatten! Und kleine, weißgekleidete Eingeborene gehen vorbei, überqueren im Vorbeigehen den Platz, über grüne Rasenflächen und unter indigoblauen Schatten und durch den leeren Sonnenschein der Straße hinein in die gewölbten Arkaden der niedrigen spanischen Gebäude, wo die Läden waren. Die niedrigen, barocken spanischen Gebäude traten mit müdem, krankem Ausdruck zurück, als spürten auch sie in ihren Eingeweiden die ewige Malaria, wenn der Größere Tag des steinernen Indianers den lebhafteren, mageren europäischen Tag zermalmt, den sie verkörperten. Die gelbe Kathedrale neigte ihre viereckigen, vom

Erdbeben erschütterten Türme, und die Glocken klangen hohl. Erdfarbene kleine Soldaten lagen und standen rund um den Eingang zum Verwaltungspalast, der so barock und so spanisch aussah, der aber jetzt den Eingeborenen gehörte. Schwer wie eine seltsame Glocke aus abschattiertem Glas hing jetzt der Schatten des Größeren Tages über dieser bunten Plaza, die von den Europäern wie eine Oase in den weltverlorenen Tiefen Mexikos erschaffen war. Day saß, halb liegend, auf einer von den zerbrochenen Bänken, während in den hohen Bäumen tropische Vögel herumflogen und -zwitscherten und Eingeborene zwitscherten oder schweigend herumeilten; und er wußte, daß hier der europäische Tag wieder aufgehoben war. Sein Körper war krank von dem Gift, das in jeder tropischen Luft lauert, seine Seele war krank von dem andern Tag, jenem ziemlich furchtbaren Größeren Tag, der die kleinen Tage der alten Rassen durchdringt. Er wollte heraus, heraus aus dieser tropischen Leere, in die er 'gefallen war.

Aber es wurde November, ehe er reisen konnte. Kleine Revolutionen hatten wieder den Faden der Bahnlinie zerrissen, an dessen Ende die südliche Stadt wie eine trudelnde Spinne hing. Es war eine Schmalspurbahn, ein einziges schmales kleines Geleise, das über die Hochebene lief und dann hinabrutschte, die lange *Barranca* hinab, fünftausend Fuß hinab in dem Tal, das ein Spalt in der Hochebene war, und dann wieder siebentausend Fuß hinauf, zur höheren Hochebene im Norden. Wie leicht war es da, den Faden zu zerreißen! Man brauchte nur eine der unzähligen kleinen Holzbrücken zu zerstören, und schon war es geschehen. Die dreihundert Meilen gen Norden waren eine undurchdringliche Wildnis, genau wie die hundertfünfzig Meilen durch den tiefliegenden Dschungel im Süden.

Doch endlich konnte er sich fortschleppen. Der Zug erschien wieder. Day hatte eine Depesche nach England geschickt und die Antwort erhalten, daß seine Schwester gestorben war.

Es schien – dort unter der mächtigen Novembersonne im südlichen Mexiko, in den betäubenden, starken Düften der Nachtblüten – so natürlich zu sein, daß Lydia tot war. Im Tode schien sie so sehr viel wirklicher, besser gesagt, tatsächlich vital zu sein. Jetzt, da sie tot war, konnte er sie sich als ganz nah und tröstend und diesseitig vorstellen, während sie ihm, solange sie in ihrem banalen Derbyshire-Tag lebte, völlig fremd und fern und umständlich und banal erschienen war.

»Denn der kleine Tag ist wie ein Haus, wo die Familie am Herdfeuer sitzt und die Türe geschlossen ist. Doch draußen flüstert der Größere Tag, ohne Mauern und ohne Herdfeuer. Und endlich wird die Zeit kommen, wenn die Mauern des kleinen Tags fallen, und was übriggeblieben ist von der Familie der Menschen, wird sich draußen finden im Größeren Tag, unbehaust und umherschweifend, sogar hier am Zusammenfluß der Täler, sogar hier in Crichdale. Es ist ein Schicksal, das große Männer ereilen wird. Und dann werden sie tief atmen und atemlos sein unter dem hohen Himmel, und salziger Schweiß wird auf ihrer Stirn stehen, dick wie die Knospen an den Schlehenbüschen, wenn die Sonne zurückkehrt. Und kleine Männer werden erschauern und vergehen gleich Wolken von Grashüpfern, die ins Meer fallen. Dann werden die großen Männer allein im Lande übrigbleiben und tiefer und tiefer in den Großen Tag vordringen. Wie auch der fliegende Fisch, wenn er die Luft verläßt und in der Tiefe sein Element wiedergewinnt, eintauchen und unsichtbar frohlocken wird. So werden große Männer frohlocken nach ihrem furchteinflößenden Flug durch dünne Luft, vom Tode verfolgt. Denn es ist auf den Schwingen der Furcht, vom Maul des Todes zur Eile angetrieben, daß der fliegende Fisch sich glitzernd in die Luft erhebt und voller Staunen silbrig durch den dürftigen kleinen Tag rauscht. Doch er taucht wieder ein in den großen Frieden des tieferen Tages und gelangt unter dem Bauch des Todes hindurch in sein Eigen.«

Gethin las im Dämmerlicht seines letzten Abends wieder in seinem *Book of Days*. Er stieß sich an der Symbolik und Mystik seines elisabethanischen Ahnherrn. Aber es steckte ihm im Blut. Und er ging zurück, zurück zu dem fliegenden Fisch auf dem Dach des Hauses Daybrook. Er spürte ein ungeheures Verhängnis über allem, und auch noch am nächsten Morgen, als der kleine Zug eine Stunde nach Tagesanbruch aus der dem Untergang geweihten kleinen Stadt wegfuhr – hinauf zur Hochebene, wo der Kaktus seine geriefelten Rohre aufstellt und wo die Berge blau, kornblumenblau zurücktreten, so dunkel und rein in der Form, im Lande des Größeren Tags, des Tages der Dämonen. Der kleine Zug mit seinen zwei Wagen, dem einen voller Eingeborenen, dem andern mit vier oder fünf ›weißen‹ Mexikanern, fuhr geschäftig durch den kleinen Tag der Spielzeuge und Maschinen von Menschenhand. Auf dem Dach saßen kleine, erdig aussehende Soldaten mit schwarzgebrannten Gesichtern und mit Patronengurt und Gewehr. Sie klammerten sich fest an, um nicht heruntergeschüttelt zu werden. Und weiter fuhr das sonderbare Spielzeug, die verrückte kleine Karawane, durch das große, weltverlorene Land der Kakteen und der zurückweichenden Berge, weiter zu der eingeschlossenen Schlucht, wo der lange Abstieg begann.

Um halb elf hielt der Zug an einer Station schon ein Stückchen die *Barranca* hinab, an einer Station, die mit alten Silberminen in Verbindung stand, und alle stiegen aus, um zu essen: den ewigen Truthahn mit schwarzer Soße, Kartoffeln, Salat und Apfelkuchen – den amerikanischen Apfelkuchen, wo Apfelkompott zwischen zwei Schichten Teigkruste steckt. Und auch Bier aus Puebla. Zwei Chinesen servierten das Mahl mit all dem Anstand und der Sauberkeit und guten Zubereitung des kleinen Tags der Weißen, den sie so gut kopieren. Da war er, der kleine Tag unsrer Zivilisiation! Draußen wartete der kleine Zug. Die kleinen, scharfgesichtigen Soldaten wetzten ihre Messer. Der weite, abwechslungsreiche Schlund der *Barranca* lag in Sonne und Schatten – unberührt wie am Jüngsten Tag.

Und wieder weiter, die riesige, wilde Schlucht oder Spalte im Rande der Hochebene hinab, wo keine Menschen leben. Von den Büschen rankten Girlanden zierlicher roter Schlingpflanzen, wie man sie in Treibhäusern sieht, ungeheuer große blaue Windenblüten öffneten sich, und in der unmanierlich wuchernden Vegetation stießen knollige Orchideen aus Bäumen hervor und ließen eine Ranke weißer oder gelber Blüten niederhängen. Seltsamer, verfitzter Dschungel-Unrat!

Gethin Day blickte in die Schlucht hinunter, durch die ein Rinnsal lief. Er sah vier kleine Rehe, die getrunken hatten und den Kopf hoben, um den Zug anzublicken. *Los venados! Los venados!* hörte er die Soldaten leise rufen. Als wüßten sie, daß sie sicher waren, standen die Rehe staunend dort unten im Größeren Tag, im menschenleeren Raum, während der Zug sich um einen scharf vorspringenden Felsen wand.

Endlich gelangten sie in den Talgrund, wo es sehr heiß war und wo ein paar wilde Männer mit den schwertartigen Messern für die Zuckerrohrernte herumlungerten. Der Zug schien die ganze Zeit vor Angst zu zittern, als könne ihm der Lebensfaden durchgeschnitten werden. So zerbrechlich, so dünn war der Faden des geringeren Tags, als er sich in seiner Betriebsamkeit durch die große, rücksichtslose Hitze des wilden Landes schraubte. So zerbrechlich der Faden, so leicht durchgerissen!

Doch der Zug kroch weiter, gen Norden, aufwärts. Und als am späteren Nachmittag die Betäubung durch die Hitze zu schwinden begann, sah der kranke Mann zwischen Mangobäumen hinter den leuchtend grünen Feldern mit Zuckerrohr kleine weiße Häusergruppen eines Dorfes und die bunte Kuppel einer Kirche, die vor lauter blanken Majolika-Fliesen ganz gelb und blau war. Spanien steckte die bunten Seifenblasen seines kleinen Tags zwischen die schwärzlichen Bäume des Unbezähmbaren.

Beim Einbruch der Nacht kam er zu einer kleinen, viereckigen Stadt, die noch mehr von der Zivilisation berührt war und wo der Zug seinen verängstigten Lauf beendete. Dort übernachtete er. Und am nächsten Tag nahm er ein andres Fetzchen Zug, das ihn querüber bis an den Rand vom Hochplateau brachte. Das Land war wild, aber dichter besiedelt. Hin und wieder lag eine große *Hacienda* mit Zuckermühlen etwas abseits zwischen Hügeln. Doch es war still. Spanien hatte die Energie seines kleinen Tags hier verausgabt, und jetzt flutete das Schweigen und der Schrecken des Größeren Tages wieder herein: heimlicher Todesahnungen voll.

Im Zug wanderte ein Eingeborener, ein großer, schöner Mann, mit einem Tablett voller Eiscreme-Becher zwischen den sich unbehaglich fühlenden mexikanischen Reisenden hin und her. Er gehörte zweifellos zum Stamm der Tlascala. Gethin Day sah ihn und fing den Blick seiner glänzenden dunklen Augen auf. *»Quiere belados?«* sagte der Indianer und reichte ihm mit seiner dunklen, feinhäutigen, nicht verarbeiteten Hand ein Eis. Und aus dem weichen, unerklärlichen Tonfall seiner Stimme hört Gethin Day den Ton des Größeren Tages. *»Gracias!«*

»Padrón! Padrón!« flehte eine Frau auf dem Bahnhof. *»Por amor de Dios, Padrón!«* Und sie streckte die Hand aus, um ein paar Centavos bittend. Und im flehenden Gurren ihrer indianischen Stimme hörte der Engländer wieder das unergründliche, gurrende Flehen der Indianerinnen, die seltsamer und schrecklicher als die Ringeltauben gurren – mit einer Traurigkeit, die unabsehbar war, und mit einem erschütternden, klagenden Flehen, das einem Mann die Seele aus dem Leibe reißt. Über der Tür ihres Schoßes war nicht nur geschrieben: *»Lasciate ogni speranza, voi ch'entrate«*, sondern: *»Perdite ogni pianto, voi ch'uscite.«* Denn die Männer, die diese Frauen gekannt hatten, waren über alles Weinen und sogar über alles Verzweifeln hinaus, waren stumm im

zeitlosen Zwang des Größeren Tages. Große, stolze Männer konnten Becher mit Eiscreme zu fünfundzwanzig Centavos verkaufen und gar nicht richtig wissen, was sie taten. Sie waren anderswo – über das Verzweifeln hinaus. Nur manchmal streifte sie die letzte Glut der Todeslust, so eingesperrt sie auch sein mochten im geringeren Tag des Weißen Mannes, sie, die zum Größeren Tag gehörten.

Der kleine Zug lief weiter zum Hauptplateau und zum Knotenpunkt mit der Hauptbahnlinie, *The Queen's Own* genannt, die noch immer den Engländern gehörte und die Mexiko-City mit dem Golf von Mexiko verbindet. Hier, in dem großen, aber verlassenen Bahnhofsrestaurant bestellte der Engländer die reguläre Mahlzeit, die mit typisch amerikanischer, gleichgültig mechanischer Fadheit erschien. Er aß, was er konnte, und ging wieder hinaus. Dort dehnte sich das weite Tafelland eben und kahl unter dem blauen Winterhimmel – so rein, und nicht zu heiß –, und in der Ferne ragte der weiße Kegel des Vulkans Orizaba makellos in den leeren Himmel.

»Hilfe gibt es nicht, o Mensch. Die Furcht verleiht dir Flügel wie einem Vogel, der Tod verfolgt dich mit offenem Rachen, und du erhebst dich mit dem Wind wie eine Fliege. Aber dein Flug ist nicht weit, und dein Fliegen ist nicht von Dauer. Du bist ein Fisch im zeitlosen Ozean und mußt unweigerlich wieder hinunterfallen. Gib acht, daß du im Fallen nicht zerbrichst. Denn der Tod ist nicht im Sterben, sondern in der Furcht. Beende darum die Mühsal deines Flugs und falle zurück in die Tiefe, wo der Tod ist und nicht ist und wo das Leben nicht ein Entfliehen ist. Es ist etwas Herrliches, zu leben und lebendig zu sein. Lebe also im Größeren Tag und laß dich von den Wassern tragen und von der Flut dahintragen, und lebe, lebe nur, und nichts mehr von diesem Fort-Eilen.«

»Nichts mehr von diesem Fort-Eilen!« Sogar die Elisabethaner hatten sie gekannt, die Ruhelosigkeit und das »Fort-

Eilen«. Gethin Day wußte, daß er fortgeeilt war. Er war vielleicht ein wenig zu weit fortgeeilt, etwas über den Rand hinaus. Jetzt war er, mochte er sich noch so sehr bemühen, einer Lücke in seinem Raum-Zeit-Kontinuum inne; er war – mit den Worten seines Ahnherrn – des Größeren Tages inne, der durch die Risse im gewöhnlichen Tag hindurchschimmerte. Und es war unnütz, wollte man versuchen, die Risse zuzustopfen. Soweit es ihn betraf, war es dem kleinen Tag bestimmt, zu zerbröckeln: er würde den Größeren Tag bewohnen *müssen*. Sogar der Anblick des Vulkan-Kegels in der freien Luft ließ es ihn wissen. Sein kleines Ich war aufgebraucht, war abgenutzt. Er fühlte sich krank und zerbrechlich angesichts dieser Lebenswende.

»Sei also still, sei still! Hülle dich in Geduld, kleide dich in Frieden, wie der hohe Vulkan sich in Schnee kleidet. Und doch blickt er in sich hinein und sieht die nasse Sonne in sich geschmolzen und von großer Kraft, sich regend mit dem heißen Keim des Lebens. Sei still wie ein Apfel um sein Kerngehäuse, wie eine Nachtigall im Winter, wie ein lange wartender Berg über seinem Feuer. Sei still über deiner eigenen Sonne.

Denn du hast eine Sonne in dir. Du hast eine Sonne in dir, und sie kennt keine Zeit. Deshalb warte. Warte, und sei in Frieden mit deiner eigenen Sonne, die der Keim deines Lebens ist. Sei in Frieden mit deiner Sonne in dir, wie der Vulkan es ist und der dunkle Stechpalmenbusch vor der Beerenzeit und wie die langen Stunden der Nacht. Harre bei deiner Sonne aus, wie es sogar die Zwiebel tut, obwohl du es nicht siehst. Aber schäle sie, und ihre Sonne ruft Tränen in deinen Augen hervor. Jedes Ding hat seine kleine Sonne, sogar in der bösen Stubenfliege flimmert etwas.«

Als Gethin Day dort auf dem Bahnsteig stand, vor dem sich die große Ebene des Tafellandes dehnte, sagte er sich: Mein alter Ahnherr ist für mich mehr Wirklichkeit als das Restaurant und was ich gegessen habe. Der Zug kam noch nicht. In der Hoffnung, etwas Lustiges zu finden, wandte er sich einer andern Seite der kornblumenblauen Schrift zu.

»Wenn die träge Erde zu schwer lastet, speit der Vesuvius Feuer aus. Und wenn eine Nachtigall nicht singen wollte, würde das ungesungene Lied in ihr sie töten. Denn für die Nachtigall ist ihr Lied Nemesis, und ihre ungesungenen Lieder sind die Erinnyen, die unreinen Furien der Rache. Und deine Sonne in dir ist dein ein und alles, sei daher geduldig und sorge dich nicht. Sorge dich nicht, denn das, was du weißt, ist stets weniger als das, was du bist. Selbst das Feuer deiner eigenen Sonne in deinem eigenen Körper kannst du nicht gänzlich ermessen. Weshalb solltest du also deine Sonne mit Sorgen belasten? Sei achtsam, sei bedacht, nimm Freude hin, nimm Schmerz hin, so, wie deine Sonne sich regt. Nur belaste dich nicht mit Sorge über irgendwelche Dinge, denn Sorge ist Respektlosigkeit, sie speit auf deine Sonne.«

Der weiße und stille Vulkan war es, der wie eine Vision über der kahlgefegten Ebene aufragte und ihn ansah, als er von seinem *Book of Days* aufblickte. Doch da kam donnernd mit all der unechten Majestät prunkvoller Luxus-Equipagen der Zug angefahren, und der Engländer stieg in den Pullman-Wagen und setzte sich, sein Buch in der Tasche.

Fast mit der Herrlichkeit des Größeren Tages, und doch im Grunde wackelig und dumm, raste der Zug über die Hochebene, fuhr in die Talschlucht ein und kroch in vorsichtigen Windungen die Felswand der Hochebene hinab, wo tausend Fuß weiter unten das Tiefland liegt, das mit ein oder zwei Dörfern wie mit winzigen Punkten betupft ist. Doch das Tiefland stieg herauf, und die Kiefern waren hoch oben zurückgeblieben, und schließlich drängten sich dichte Laubbäume an die Bahnlinie, und dunkelgesichtige Eingeborene rannten neben dem Zug her und verkauften Gardenien, und Gardenienduft hing überall schwer in der Luft. Doch der Zug war beinah leer.

Veracruz war bei Einbruch der Nacht ein moderner steinerner Hafen, jedoch flau und tropisch, meistens zugesperrt und zerfallen, als hätte sich das Leben still davongemacht. Große Zollgebäude, aber geschlossen, unzählige Klaviere in Lattenkisten, all das endlose Strandgut vom kleinen Tag des Handels, hier an Land gespült und wartend, nicht beförderte Stückgüter meilenweit, alle darauf wartend, daß in Veracruz der Streik beendet würde. Eine Stadt, ein lahmgelegter Hafen, und die inwendige Sonne schlägt rachsüchtig auf den kleinen Tag des Handels ein. Nachdem die Tagessonne untergegangen war, hing ein schweres rotgelbes Licht über dem Wasser; etwas Unheimliches, eine düstere Stimmung, ein tiefer Groll war in der Natur, sogar im Wellenschlag des warmen Meeres. In diesem Salzwasser wurden noch immer Eingeborene getauft und in die Christenheit aufgenommen, und die Sozialisten tauften sich vielleicht zum Spott mit den Mysterien der Behinderung und der Rache. Der Hafen war in den Händen von Streikenden und ungebärdigen Arbeitslosen. Er war leer. Beamte waren fast ganz von der Bildfläche verschwunden. Sogar hier kontrollierte eine Frau, eine ›Lady‹, die Pässe.

Doch das Schiff lag am Ende der Mole vor Anker: ein einziger, einsamer Passagierdampfer. Noch ein andrer Dampfer war da, ein Frachtschiff aus Schweden. Und im übrigen war der Hafen verlassen. Hier war ein Punkt, wo der wilde, ursprüngliche Tag dieses Kontinents auf den geschäftigen Tag des weißen Mannes stieß, und die beiden vernichteten sich gegenseitig. Das Ergebnis war ein nichtiger Hafen, war greifbarer, faktischer Nihilismus, und nannte sich Stadt des Wahren Kreuzes.

Am Morgen stachen sie in See, fort von dem heißen Gestade, fort von dem Hochland, das landeinwärts aufgehängt war. Und Welt folgte auf Welt. Nach einer Stunde war es nur noch Schiff und Ozean, und die Welt des Festlands und Handels war verschwunden.

Es waren nur wenig Leute an Bord, in der zweiten Klasse waren nur siebzehn Seelen. Gethin Day reiste zweiter Klasse. Es war ein deutsches Schiff, und er wußte, daß es sauber und bequem sein würde. Der Fahrpreis zweiter Klasse betrug bereits fünfundvierzig Pfund. Und ein Mann, der nicht reich ist und der sein Leben so wenig wie möglich in eine Zwangslage bringen will, muß genau mit dem Geld und seiner Macht rechnen. Denn der kleinere Tag des Geldes und des glattzüngigen Mammon steht immer griffbereit für ein Opfer, und ein Mann, der den Größeren Tag und die inwendige Sonne erblickt hat, möchte nicht in die Klauen von Mammons gemeinem Tag fallen, wenn er es verhindern kann. Gethin Day hatte ein bescheidenes Einkommen, und er betrachtete es als sein Bollwerk gegen die verächtliche Macht des Mammon. Der Gedanke, sein Brot verdienen zu müssen, war ihm widerwärtig und demütigend.

In der ersten Klasse reisten nur vier Personen: zwei beleibte und wohlhabende dänische Kaufleute, die zu einer Gruppe von dänischen Geschäftsleuten gehörten, eingeladen von der mexikanischen Regierung, um die geschäftlichen Möglichkeiten des Landes zu untersuchen. Sie waren angefeiert und angefestet worden, und man hatte ihnen gezeigt, was sie sehen sollten, so daß sie jetzt, voller denn je mit Geschäften, nach Kopenhagen zurückkehrten, um die Eier auszubrüten, die sie sich einverleibt hatten. Aber sie hatten in Veracruz auch Austern gegessen, und die Austern waren ebenfalls in ihrem Leib. Sie erkrankten an Vergiftung, waren während der ganzen Reise todkrank und ließen die einzigen andern Erster-Klasse-Passagiere, einen englischen Knight und seinen Sohn, mit ihrer Glorie allein. Gethin Day war aufrichtig froh, daß er der ersten Klasse entronnen war, denn die Reise sollte zwanzig Tage dauern.

Vier von den siebzehn Seelen waren Engländer, zwei waren Dänen, fünf waren Spanier, fünf waren Deutsche und einer war ein Kubaner. Sie saßen alle an einem langen Tisch im Speisesaal, der Kubaner an dem einen Ende, zu seiner Linken flankiert von den vier Engländern, ihnen gegenüber am Tisch die fünf Spanier. Dann kamen die beiden Dänen, die sich gegenübersaßen und einen Pufferstaat zwischen den übrigen und den fünf Deutschen bildeten, die das andre Ende des Tisches einnahmen. Es war ein deutsches Schiff, daher waren die Deutschen sehr laut, und die Stewards bedienten sie zuerst. Die Spanier und der Kubaner waren still, die Engländer waren steif, die Dänen waren verlegen, die Deutschen waren ausgelassen − und so verging das erste Mittagessen. Es war der kleinere Tag des Schiffs, und klein genug. Weil das Menü in einwandfreiem Deutsch und in zweifelhaftem Spanisch abgefaßt war, zückte die Engländerin rechts von Gethin Day ihre Lorgnette und starrte das Menü an. Es gelang ihr nicht, das Menü aus der Fassung zu starren, deshalb legte sie es hin und aß, ohne informiert zu sein, was es war. Der Spanier gegenüber von Gethin Day war ohne Kragen und Krawatte bei Tisch erschienen: beinah in Hemdsärmeln, spielte er den rauhbeinigen Hol's-der-Henker-Stil der Kolonien. Er war ein Mann von ungefähr zweiunddreißig Jahren. Er meckerte den Steward in einem harten, galizischen Spanisch an, und der Steward grinste etwas spöttisch und antwortete auf deutsch, da er ihn nicht verstanden hatte und auch nicht gewillt war, sich drum zu bemühen. Weiter unten am Tisch saß ein blondes Pferd von einer Frau; aus vollem Halse schrie sie in hartem Norddeutsch einem Herrn Doktor mit aufgezwirbelten Schnurrbartspitzen etwas zu, der den Vorsitz über das deutsche Tischende führte. Die

Spanier beugten sich wie auf Verabredung gemeinsam vor, um mit stummem Entsetzen auf die kreischende Frau zu blicken; danach sahen sie einander mit einer kleinen Grimasse spöttischen Abscheus an. Der Galizier schlug mit der leeren Weinkaraffe auf den Tisch: Wein war ›inbegriffen‹. Der Steward grinste höhnisch über solche Tischmanieren und brachte eine nur halbvolle Karaffe. Wein war nicht *ad lib.*, sondern *à discrétion*. Sowie die Spanier es begriffen hatten, schnappten sie sich von nun an rasch die Karaffe und leerten sie beinah, ehe die Engländer sich bedienen konnten. Was die Tischstewards ziemlich amüsierte, da sie beobachten wollten, wie die beiden ausländischen Gruppen es ausfochten. Doch Gethin Day löste das Problem, indem er dem dicken, glattrasierten Basken die Hand hinhielt, sowie die Karaffe zu ihm gelangt war, und ihn bat: »Darf ich die Dame bedienen?« Woraufhin der Baske die Karaffe aushändigte und Gethin die beiden Damen und sich selbst bediente, ehe er den Spaniern die Karaffe wiedergab. – Der Mensch benötigt hier unten nur wenig, aber er muß sich verdammt anstrengen, damit er es bekommt. – All das gehört zum kleinen Tag, um den man sich kümmern muß. Ob es interessant ist oder nicht, hängt von jedermanns Gemütsverfassung ab.

Gethin Day sträubten sich alle Borsten, die einem Mann für Beleidigung und Verteidigung zur Verfügung stehen, um die ersten Tage in einer solchen Gesellschaft zu ertragen. Er ging die enge Gangway des untersten Decks entlang, hinunter ins Zwischendeck, wo ein paar Passagiere in Hemd und Hose herumlagen, und weiter vor bis zur äußersten Spitze des Schiffs.

Es war ein langes, schmales altes Schiff, lang wie eine Zigarre, und nicht sehr geräumig. Doch es war ein angenehmes Schiff, und eine gewisse Schönheit war ihm eigen, weil es ein richtiges Schiff und nicht bloß ein »Liniendampfer« war. Es schien sich flink und zielbewußt fortzubewegen und in den Golf vorzustoßen.

Gethin Day konnte stundenlang auf der äußersten Spitze des Schiffs, auf dem Bugspriet, sitzen und auf den weißlichen Sonnenschein über dem heißen Golf von Mexiko blicken. Hier war er allein, und die Welt war nichts als seltsamer weißer Sonnenschein, ungeschminkt, und Wasser, warmes, glänzendes Wasser, das völlig rein unter ihm war, und von einem herrlich zarten Grün. Es flog mit lebendigen Schwingen vor der eiligen Spitze des Schiffs einher und versprühte weißen Schwungfeder-Gischt von seinen grünen Rändern, und immer, immer, immer war es in dem zweiflügligen Springquell, wenn das Schiff als lebendiges Leben hineinschnitt, und immer fiel der Gischt schäumend und Muster bildend vom grünen Bogen der Wasserschwingen herab. Und unten war, noch unberührt und einen Augenblick voraus, immer einen Augenblick voraus und vollkommen unberührt, die schöne grüne Tiefe des Wassers, die Tiefe, ein tiefer, blaßgrüner Smaragd über einem noch tieferen Saphirgrün, dunkel und blaß, Blau und schimmerndes Grün, zwei Wasser, viele Wasser, ein Wasser, makellos in der Vereinigung, dem Bug des Schiffs um einen Augenblick voraus, so heiter, unergründlich und rein und befreit von der Zeit. Es war sehr schön, und auf dem sanft sich hebenden Bugspriet des langen, flinken Schiffs wurde der Körper gewiegt vom Schwunge zeitlosen Lebens, und die Seele ruhte im juwelenfarbenen Augenblick, in der juwelenreinen Ewigkeit dieses Golfs Nirgendwo.

Und immer, immer, wie ein Traum, fegten die Schwärme fliegender Fische durch die Luft, von nirgendsher, und flogen, hell glitzernd auf ihrem Flug silbriger, wässeriger Schwingen flink einherflatternd davon, tief wie Schwalben über dem glatten, gewölbten Spiegel des Meeres, dann wieder fort, verschwunden, ohne Spur oder Spritzer – weg. Einer allein wie ein kleines silbernes Glitzern. Und weg! Das Meer so still, so seidig spiegelnd, blau und sanft atmend, leer, die Reinheit selbst, Meer, Meer, Meer.

Dann plötzlich das leise, wispernde Knattern, und eine Silberwolke auf einem Gespenst reinen, flatternden Wassers schnellt niedrig über den Spiegel des Meeres, in einem Winkel zum Schiff, wie ausgestoßen vom Bug, und in niedrigem Bogen hinschnellend, hinflatternd mit der wilden Inbrunst von Grashüpfern oder Heuschrecken, die plötzlich aus dem Gras schießen, in wilder Eile, um auszureißen, auszureißen, und sie schaffen es, dann plötzlich weg – als wären eine Menge Lichter mit einem einzigen Atemzug ausgeblasen worden. Das Schiff aber hält nicht inne, ebensowenig wie der Mond innehält, weder um zu schauen noch um Atem zu schöpfen. Doch die Seele hält inne und wagt nicht zu atmen, vor Staunen, vor Staunen, welches der wahre Atem der Seele ist.

Den ganzen langen Morgen war er dort, in das Schöpfungswunder dieses Golfs geschmiegt, wo die fliegenden Fische auf durchsichtigen Schwingen in ihren ekstatischen Wolken aus dem Wasser jagten, in einem Entsetzen, das ebenso strahlend war wie die Freude, in einer Freude, strahlend vor Entsetzen, in großer Eile, mit Schwingen aus reinem Wasser klatschend, und die langschäftigen Leiber aus durchsichtigem Silber wie Strahlen lebendigen Wassers, dort in der Luft, glänzend in der Luft, ehe sie plötzlich verschwunden waren und das blaue Meer seine zarte, feine grüne Oberfläche erzittern ließ und das stille Meer einen Augenblick voraus unberührt dalag, unberührt seit Urbeginn, in seiner Wasserhelligkeit.

Manchmal kam ein Schiffsoffizier und spähte über die Reling und sah ihn dort liegen. Doch gesprochen wurde nicht. Die Leute mochten nicht über die Reling schauen. Er war zu herrlich, zu rein und schön, der Größere Tag. Sie schoben ihre Schnauzen einen Augenblick über die Reling, dann wichen sie zurück, leicht verblüfft, leicht hohnlächelnd, leicht gedemütigt. Schließlich zeigten sie ja dem selbstseligen Morgen ihre Schnauzen, nichts als ihre Schnauzen, also mochten sie mit Fug gedemütigt sein.

Manchmal tauchte eine Insel auf, zwei Inseln, drei, trübe und klein, mit der eigenartigen amerikanischen Trostlosigkeit. Kein Land. Die Seele wollte das Land sehen. Nur das nicht unterbrochene Wasser war reine Schönheit, war unverdorben.

Und am dritten Morgen geleitete eine Schule von Delphinen das Schiff. Sie blieben die ganze Zeit unter der Oberfläche, daher kam es zu keinem Tumult glotzender Menschen. Nur Gethin Day sah sie. Und was für eine Freude! Was für eine Lebensfreude! Was für eine wunderbare, reine Freude, ein Delphin zu sein – mitten im weiten Meer viele Delphine zu sein und im durchsichtigen Ansturm dem drohenden, doch vergeblichen Ansturm eines großen Schiffs vorauszueilen und es zu verspotten!

Es war ein Anblick reinster und vollkommenster Freude am Leben, den Gethin Day jemals sah. Es waren zehn oder zwölf Delphine mit runden, torpedoartigen Leibern, und sie blieben dort, als bewegten sie sich nicht, blieben immer ohne erkennbare Bewegung dort unter dem reinen, durchsichtigen Wasser und eilten doch mit genau der gleichen Geschwindigkeit wie das Schiff weiter, ohne die leiseste Bewegung zu zeigen und doch in der wundersamsten Exaktheit weitereilend. Es schien, als ob die Schwanzflosse des letzten Fisches den Schiffsbug haarscharf im Wasser berührte: im leichtesten und doch exakten und ständigen Kontakt! Es schien, als ob nichts sich bewegte, doch Fisch und Schiff glitten weiter durch den tropischen Ozean. Und die Fische bewegten sich: sie wechselten dauernd die Plätze. Sie bewegten sich in einer kleinen Wolke, und in herrlichstem Spiel waren sie bald oben, bald unten, waren sie vornean, doch die ganze Zeit stets die eine, gleiche Geschwindigkeit, die eine, gleiche Geschwindigkeit, und der letzte Fisch berührte mit seiner Schwanzflosse noch gerade eben den eisernen Bug des Schiffs. Manche waren unten im Blauen, schattenhaft, aber waagerecht bewegungslos in der gleichen Geschwindigkeit. Dann waren sie auf einmal – seltsam umstürzlerisch – oben im blaßgrünen Wasser, und andre waren unten. Selbst der letzte, der das Schiff berührte, wurde im Nu ausgewechselt. Und immer, immer die gleiche rein waagerechte Geschwindigkeit; manchmal streifte ein dunkler Rücken ganz leicht von unten her gegen die Oberfläche des Wassers, doch nie durchbrach er sie. Und immer war der letzte Fisch da, der das Schiff berührte, und immer eilten die andern in regloser, müheloser Eile dahin und wechselten sich seltsam seidenglatt aus, während sie weitereilten, wechselten sich einer gegen den andern aus, verblaßten unten im dunkelblauen Schatten und tauchten wieder seltsam zwischen den stummen, flinken andern im blaßgrünen Wasser auf. Und die ganze Zeit so flink, daß sie zu lachen schienen.

Gethin Day beobachtete sie hingerissen – Minute um Minute, eine Stunde, zwei Stunden lang, und immer noch war es das gleiche: das Schiff eilte weiter, das Wasser durchschneidend, und die mächtigen Leiber der Fische eilten unter Wasser in tadellos angepaßter Geschwindigkeit voraus und wechselten untereinander in einem einzigen, seltsamen Gelächter vielfachen Bewußtseins die Plätze, Lebensfreude verströmend, reinste Freude am Leben, Beieinandersein in reiner, vollendeter Bewegung, viele kraftvolle Fische, die das eine lachende Leben genossen, das reine Beieinandersein, vollkommen wie die Leidenschaft. Im Wasser verströmten sie ihre wundervolle Lebensfreude, wie sie dem Mann noch nie begegnet war. Und er war überwältigt von dem Wunder.

›Oh, sie kennen ja die Freude! Sie kennen die reine Freude!‹ sagte er sich verblüfft. ›Das hier ist ein einziges Freudenlachen, wie ich es noch nie gesehen habe, noch nie so rein und ungetrübt! Ich glaubte immer, in der Natur hätten sich Blumen zur schönsten Vollkommenheit entwickelt. Aber diese Fische, diese fleischigen, warmleibigen Fische verwirklichen in ihrem Vorwärtsstürmen mehr als die Blumen. Das hier ist die reinste Verwirklichung der Freude, die ich in meinem ganzen Leben gesehen habe: hier bei diesen starken, sorglosen Fischen. Die Menschen haben nicht dieses Geheimnis in sich, zusammen lebendig zu sein und eins zu werden in einem einzigen Lachen – und doch zieht jeder Fisch seine eigene Bahn. Das ist reine Freude, und die Menschen haben sie verloren oder nie verwirklicht. Neben diesen Fischen sind die klügsten Sportler der Welt nichts als Nachteulen. Und das Einssein in der Liebe ist nichts, verglichen mit der kreiselnden Übereinstimmung der unter Wasser spielenden Delphine. Es müßte wunderbar sein, die Freude so zu erleben, wie diese Fische sie erleben. Das Leben der Tiefe liegt noch vor uns, es birgt reines Einssein und reine Freude. Wir sind noch nie dort hingelangt.‹

Während er sich dort über das Bugspriet lehnte, war er fasziniert von nur einem: von der Freude, der Lebensfreude, von den in spielerischer Freude durchs Wasser eilenden Fischen. Kein Wunder, daß der Ozean noch geheimnisreich war, wenn solche roten Herzen in ihm schlugen! Kein Wunder, daß der Mensch mit seiner Tragödie im Vergleich zu ihnen ein blasses und kränkliches Etwas war! Was für eine Zivilisation wird uns zu einer solchen Höhe flinken, lachenden Einsseins führen, wie sie diese Fische erreicht haben?

3   Der Atlantik

Das Schiff gelangte in der Nacht nach Kuba, nach Havanna. Als es zur Ruhe kam, schaute Gethin Day aus seinem Bullauge und sah kleine Lichter auf einer bergansteigenden Dunkelheit. Havanna!

Am nächsten Morgen gingen sie an Land, gingen durch die engen Dockstraßen bei der Werft zum großen Boulevard. Es war ein schöner, warmer Morgen, schon Anfang Dezember, und alle Leute waren unterwegs: sie gingen zur Messe, oder sie strömten aus den großen, häßlichen alten Kirchen. Der

Engländer ging etwa eine Stunde lang mit den beiden Dänen durch die nicht sehr aufregende Stadt. Viele Amerikaner schlenderten umher, und fast alle trugen irgendein Abzeichen. Die Stadt schien, wenigstens oberflächlich betrachtet, sehr amerikanisch zu sein. Und unter der Oberfläche schien sie nicht sehr viel von ihrem eigenen Charakter bewahrt zu haben.

Die drei Männer nahmen sich ein Auto, um hinaus- und herumzufahren. Der ältere der beiden Dänen, ein Mann von etwa fünfundvierzig Jahren, sprach ein fließendes Spanisch der Umgangssprache, das er auf den Ölfeldern von Tampico gelernt hatte. »Sagen Sie mir bitte«, fragte er den Fahrer, »warum all diese *americanos*, diese Yankees, sich Abzeichen angesteckt haben?«

Er sprach, wie die Ausländer meistens von den Amerikanern sprechen: in einem Ton halb boshaften Hohns.

»Ah, Señor«, sagte der Fahrer mit einem kubanischen Grinsen, »die kommen doch alle her, um hier zu trinken. Sie trinken so viel, daß sie sich in der Nacht alle verirren, deshalb tragen sie Abzeichen mit ihrem Namen, dem Namen vom Hotel und von der Straße, in der es liegt. Dann werden sie in der Nacht, wenn sie auf dem Bürgersteig herumliegen, von unsern Polizisten aufgefunden und umgedreht, damit sie den Namen und den Namen von Hotel und Straße lesen können, und schließlich werden sie auf einen Karren gelegt und ins Hotel gebracht. Ah, die Saison fängt gerade erst an! Warten Sie ein oder zwei Wochen, dann liegen sie nachts auf der Straße wie nach einer Schlacht, und die Polizei macht Rot-Kreuz-Dienst und fährt sie ins Hotel. Ah, *los americanos*! Wie gut sie sind! Daß wir ihnen gehören, wissen Sie doch? Ja, wir gehören ihnen. Havanna gehört ihnen. Wir sind eine Republik, die den Amerikanern gehört. *Muy bien*, wir geben ihnen zu trinken, und sie geben uns Geld. Bah!«

Und er grinste mit einer Art bissiger Gleichgültigkeit. Er spottete über das ganze Theater, aber er dachte nicht daran, es zu ändern.

Das Auto fuhr uns zu den berühmten Biergärten, wo alle Bier tranken, und dann zu dem unvermeidlichen Friedhof, der es fast mit dem von New Orleans aufnehmen konnte. »Jeder, der auf diesem Friedhof begraben liegt, hat dafür gebürgt, daß ein Grabstein aufgestellt wird, der nicht weniger als fünfzigtausend Dollar kostet.« Dann fuhren sie an den Villen des neuen Vororts vorbei, die schmuck und ordentlich und nagelneu aus der Erde schossen – wie überall in der Welt. Danach fuhren sie aufs Land hinaus, an alten Zucker-*Haciendas* vorbei und in die Berge.

Und für Gethin Day war alles bloß bedrückend und ohne wirkliches Interesse. Alles gehörte den Yankees. Es besaß nicht viel eigenen Charakter. Und was es an Charakter besaß, war der trübselige, eigenartige Charakter ganz Amerikas, wo immer es sich selbst überlassen war. Die eigenartige Trostlosigkeit Connecticuts oder New Jerseys, Louisianas oder Georgias, eine Art Trübsal schon in den Knochen des Landes, die sofort überall zum Vorschein kommt, wo die menschlichen Bemühungen nachlassen. Wie bald mußten die Trostlosigkeit und die seelische Trübsal Kubas den Geist der Konquistadoren, ja sogar den des Kolumbus beeinflußt haben!

Sie fuhren in die Stadt zurück und aßen eine wirklich gute Mahlzeit und beobachteten ein beleibtes amerikanisches Paar, anscheinend Mann und Frau, die zu zweien zu ihrem Mittagessen eine Flasche Champagner, eine Flasche Weißwein und eine Flasche Burgunder tranken, und wie es schien, tranken sie alles durcheinander. Es war zum Schwindligwerden.

Den strahlenden, sonnigen Nachmittag verbrachten sie auf der Promenade am Meer. Die großen Hotels dort waren noch geschlossen. Doch sie hatten sozusagen schon das eine Auge geöffnet: zum Beispiel hatten sie einen Tea-room in Betrieb.

Und Day dachte wieder, wie langweilig der kleine Tag

sein kann. Wie schwierig, auch nur einen einzigen Sonntag damit zu verbringen, eine große Stadt wie Havanna zu besichtigen, sogar, wenn man den Morgen mit einer Fahrt aufs Land zugebracht hat. Die unendliche Langeweile, Dinge zu besichtigen! Überhaupt die unendliche Langeweile von Dingen! Nur das sanft wellige, funkelnde blaßblaue Meer und das alte Fort strömten ein Gefühl von Leben aus. Das übrige – die große Promenade, der große Boulevard, die großen Hotels – schien all das zu sein, was es war: toter, ausgetrockneter Zement, zementtrockne Leblosigkeit.

Jedermann war dankbar, zum Dinner wieder auf dem Schiff zu sein, das in der dunklen Verlassenheit der Werften lag. Neapel sehen und sterben! Geh sight-seeing, wohin du willst, und um die Dinner-Zeit bist du halbtot vor Erschöpfung und Langeweile.

Daher: leb wohl, Havanna! Die Maschinen liefen schon vor dem Frühstück. Es war ein strahlender blauer Morgen. Werften und Hafen glitten vorüber, der hohe Bug bewegte sich rückwärts. Dann kehrte das Schiff Kuba und der niederdrückenden Küste entschlossen den Rücken und begann, nordwärts zu fahren, durch den blauen Tag, der wie ein Schlaf verging. Sie fuhren jetzt aufs offene Meer hinaus.

Als sie am nächsten Morgen erwachten, war alles grau in grau, trübgrauer Himmel und häßliches trübgraues Wasser und unbewegte Luft. Eingeklemmt zwischen Grau hier und Grau dort, eilte das lange, unartige Schiff weiter – wie in den Tod.

»Was ist geschehen?« fragte Day einen Offizier.

»Wir sind nach Norden gefahren, um in die nach Osten laufende Strömung zu gelangen. Wir fahren in nördlicher Richtung bis auf den Breitengrad von New York, dann fahren wir mit dem Golfstrom genau nach Osten.«

»Wie schändlich!«

Und das war es wirklich. Die Sonne war weg, die Bläue

war weg, das Leben war weg. Der Atlantik war wie ein Friedhof, ein endloser, unendlicher Friedhof aus lauter Grau, unter dem die strahlende, untergegangene Welt von Atlantis begraben lag. Es war Dezember, grauer, dunkler Dezember über einer Wüste häßlichen bleigrauen Wassers, unter einem bleigrauen Himmel.

Und so gerieten sie in eine Dünung, eine lange Dünung, deren ölige, fade Wellen Hunderte von Meilen lang zu sein schienen und die in der gleichen Richtung wie der Kurs des Schiffs weiterzogen. Das Schiff, diese schmale Zigarre, hievte sich mit ekelerregendem Anhub einen Wellenberg hinauf, hinauf, hinauf, bis es auf dem Kamm eine Sekunde lang widerlich in der Horizontale verhielt und dann kippte, wobei die Schraube wie der Zahnarzt-Bohrer in einem hohlen Zahn ratterte. Dann glitt es hinab, den langen, zersplitternden Wellenhang hinab, und ließ all seine Eingeweide hinter sich – und die seiner Passagiere ebenfalls. Nach einer Stunde war jeder leichenblaß, griente schwächlich und hielt es für eine Art Witz, der bald überstanden sein würde. Dann verschwand jeder, und das Spiel ging weiter: hinauf, hinauf, hinaufgehievt, bis zu einer Stockung, ah! und dann burrr-rr-rr! weil die Schraube aus dem Wasser auftauchte und jeden Nerv zermürbte. Dann wuuutsch! der lange und furchtbare Rutsch talab, der die Eingeweide hinter sich ließ.

Es glich ganz einem Pestschiff: jeder verschwand, die Stewards und alle inbegriffen. Gethin Day war zumute, als habe er Gift geschluckt, und er schlief – schlief und schlief und schlief und war sich doch die ganze Zeit der gräßlichen Bewegung bewußt – hinauf, hinauf, hinaufgehievt, dann ah! eine kurze Pause, auf die das nervenzermürbende Burr-burr-burr und der unsagbar gräßliche Rutsch talab folgte, wo der Tod in den Eingeweiden zu sein schien und das Wasser wie der Nach-Tod schnatterte. Er war sich auch des stundenlangen Stöhnens und Stöhnens bewußt, das die dicke, blasse mexikanische Frau des spanischen Arztes in der übernächsten

Kabine von sich gab. Es ging ewig weiter. Alles ging ewig weiter. Alles blieb so wie jetzt, ewig, ewig. Und er schlief und schlief und schlief dreißig Stunden lang und wußte doch alles, vermerkte die endlose Wiederholung der Schiffsbewegung, das laute Knarren und Quieken des Schiffs und das unaufhörliche Stöhnen der Frau.

Am zweiten Tag um die Teezeit fühlte er sich plötzlich besser. Er stand auf. Das Schiff war leer. Ein leichenblasser Steward gab ihm eine leichenblasse Tasse Tee und verschwand. Day döste weiter, erschien aber zum Abendessen.

Am langen Tisch saßen drei Personen in der schaurig weiterziehenden grauen Stille: er, ein junger Däne und die ältliche, dürre Engländerin. Sie redete und redete. Alle drei blickten voller Entsetzen auf Sauerkraut und geräucherte Schweinerippchen. Doch sie aßen ein klein wenig. Dann blickten sie in die unsagbar widerliche, graue, ölige, reglose Nacht hinaus. Dann gingen sie wieder zu Bett.

Am dritten Abend begann es zu regnen, und die Bewegung ließ nach. Sie fuhren aus der Dünung heraus. Doch es war ein Erlebnis, ein unvergeßliches.

Autobiographische Skizze II

Man hat mich gefragt: »Haben Sie es sehr schwer gefunden, voranzukommen und ein Erfolg zu werden?« Falls man von mir behaupten kann, ich sei vorangekommen, und falls man mich ›einen Erfolg‹ nennen kann, muß ich gestehen, daß ich es *nicht* schwer fand.

Ich hauste niemals halb verhungert in einer Mansarde, noch wartete ich sorgenvoll auf die Post, ob sie mir eine Antwort von einem Redakteur oder Verleger bringen würde, noch bemühte ich mich blutschwitzend, gewaltige Werke hervorzubringen, noch wachte ich eines Tages auf und sah mich berühmt.

Ich war ein armer Bursche. *Eigentlich* hätte ich mich im grimmigen Zugriff der Verhältnisse abrackern und die Keulenschläge des Schicksals erdulden müssen, ehe ich ein Schriftsteller mit einem sehr bescheidenen Einkommen und einem sehr fragwürdigen Ruf wurde. Aber so war es nicht. Es geschah alles von selber und ohne irgendwelches Gestöhne meinerseits.

Es scheint bedauerlich zu sein, denn ich war zweifellos ein armer Bursche aus der Arbeiterklasse – und ohne eine wahrnehmbare Zukunft vor mir. Aber schließlich: was bin ich denn jetzt?

Ich wurde in der Arbeiterklasse geboren und wuchs in ihr auf. Mein Vater war ein Grubenarbeiter und nichts als ein Grubenarbeiter – ohne rühmenswerte Eigenschaften. Er wurde nicht einmal sehr geachtet, da er sich ziemlich häufig betrank, niemals in die Kirche ging und zu seinem unmittelbar über ihm stehenden kleinen Vorgesetzten in der Grube meistens recht grob war.

Die ganze Zeit, die er ein Kumpel war, nahm er kaum jemals einen guten Stand ein, weil er immer ärgerliche oder törichte Sachen über die Männer im Bergwerk sagte, denen er direkt unterstellt war. Er beleidigte sie alle, beinah absichtlich: wie konnte er also erwarten, daß sie ihm Wohlwollen entgegenbrachten? Doch er murrte, wenn sie es nicht taten.

Meine Mutter war die Überlegene, nehme ich an. Sie stammte aus der Stadt und gehörte sogar der einfacheren Bourgeoisie an. Sie sprach *King's English*, ohne einen Akzent, und in ihrem ganzen Leben konnte sie niemals auch nur einen Satz des Dialekts nachmachen, den mein Vater sprach und den wir Kinder auf der Straße sprachen.

Sie schrieb eine feine lateinische Schrift und konnte, wenn ihr der Sinn danach stand, einen klugen und amüsanten Brief abfassen. Und als sie älter wurde, begann sie wieder, Romane zu lesen, und ärgerte sich furchtbar über *Diana of the Crossways* und fand *East Lynne* furchtbar spannend.

Doch in ihrer armseligen kleinen schwarzen Haube und mit ihrem gescheiten, hellen und ›andersartigen‹ Gesicht war sie die Ehefrau eines Arbeiters – und sonst nichts. Aber sie war sehr geachtet, ebensosehr wie mein Vater nicht geachtet war. Von Natur war sie flink und feinfühlig, und sie war wohl tatsächlich die Überlegene. Aber sie steckte unten, tief unten in der Arbeiterklasse und gehörte zur großen Schar der ärmeren Grubenarbeiterfrauen.

Ich war ein zarter blasser Bengel mit einer Schnüffelnase, den die meisten Leute recht sanft behandelten – wie einen ganz gewöhnlichen, zarten kleinen Jungen. Als ich zwölf Jahre alt war, erhielt ich vom County Council ein Stipendium – zwölf Pfund im Jahr – und ich besuchte die High School in Nottingham.

Nachdem ich die Schule beendet hatte, war ich drei Monate lang Clerk, dann bekam ich mit siebzehn Jahren eine sehr schwere Lungenentzündung, die meine Gesundheit fürs ganze Leben untergrub.

Ein Jahr darauf wurde ich Lehrer, und nachdem ich mich drei Jahre lang mit dem Unterrichten von Grubenarbeiter-

jungen abgeplagt hatte, ging ich an die Universität Nottingham, um dort die üblichen Vorlesungen zu belegen.

So froh ich war, die Schule zu verlassen, so froh war ich,
als ich vom College abgehen konnte. Anstatt mich in einen
lebendigen Kontakt mit Menschen zu bringen, war es nur
enttäuschend gewesen. Nach dem College ging ich nach Croydon bei London, um für hundert Pfund jährlich an einer
Grundschule zu unterrichten.

Während ich in Croydon war – damals dreiundzwanzig-
jährig –, schrieb meine beste Jugendfreundin, die jetzt selber
Lehrerin in einem Bergwerksdorf bei uns zu Hause war, einige meiner Gedichte ab und schickte sie, ohne es mir zu sagen,
an die *English Review*, die gerade unter Ford Maddox
Hueffer eine großartige Wiedergeburt erlebte.

Hueffer war äußerst liebenswürdig. Er veröffentlichte die
Geschichte und bat mich, ihn zu besuchen. So mühelos hatte
mich ein Mädchen auf meine literarische Laufbahn lanciert,
wie eine Prinzessin das Band durchschneidet, wenn sie ein
Schiff vom Stapel läßt.

Vier Jahre lang hatte ich mich damit herumgeschlagen, in
bruchstückhaften Anfängen *The White Peacock* aus dem
Untergrund meines Bewußtseins zu heben. Den größten Teil
muß ich fünf- oder sechsmal geschrieben haben, doch nur in
Abständen, niemals als eine Pflichtarbeit oder als eine göttliche Aufgabe oder unter Geburtswehen.

Meistens nahm ich einen Anlauf, schrieb ein bißchen und
zeigte es dem Mädchen; sie bewunderte es stets; nachher
merkte ich, daß es nicht das war, was ich wollte, und nahm
einen neuen Anlauf. In Croydon hatte ich abends nach der
Schule ziemlich regelmäßig daran gearbeitet.

Jedenfalls hatte ich den Roman nach vier oder fünf Jahren
sprunghafter Arbeit beendet. Hueffer verlangte gleich das
Manuskript zu sehen. Er las es sofort und nahm es mit der
vergnügtesten Art von Freundlichkeit und Bluff auf. Als wir
in London in einem Omnibus saßen, schrie er mir mit seiner

wunderlichen Stimme ins Ohr: »Er hat sämtliche Fehler, die ein englischer Roman haben kann.«

Damals hieß es gerade vom englischen Roman, er habe – im Vergleich zum französischen Roman – so viele Fehler, daß er eigentlich überhaupt nicht existieren dürfte. »Aber«, schrie Hueffer im Omnibus, »Sie haben Genie.«

Darüber hätte ich am liebsten gelacht, weil es so komisch klang. In der ersten Zeit sagten mir immer alle, ich hätte Genie – wie um mich zu trösten, daß ich nicht ihre unvergleichlichen Vorzüge besäße.

Aber das hatte Hueffer nicht gemeint. Ich hatte immer gefunden, er habe selber etwas von einem Genie. Jedenfalls schickte er das Manuskript des *White Peacock* an William Heinemann, der es sofort akzeptierte und mich nur vier kleine Zeilen ändern ließ, über deren Streichung heute jedermann lächeln würde. Ich sollte bei Erscheinen des Buches fünfzig Pfund erhalten.

Unterdessen brachte Hueffer in der *English Review* noch mehr Gedichte und einige Erzählungen von mir heraus, und die Leute lasen sie und erzählten es mir – sehr zu meiner Beschämung und zu meinem Ärger. Es war mir gräßlich, in den Augen der Leute ein Schriftsteller zu sein, vor allem deshalb, weil ich ja Lehrer war.

Als ich fünfundzwanzig Jahre alt war, starb meine Mutter, und zwei Monate danach wurde *The White Peacock* veröffentlicht. Aber es sagte mir nichts. Ich fuhr fort, noch ein Jahr zu unterrichten, und dann kam wieder eine schlimme Lungenentzündung dazwischen. Als es mir besser ging, kehrte ich nicht in die Schule zurück. Von da an lebte ich von meinen spärlichen literarischen Einkünften.

Es ist lange her, seit ich das Unterrichten aufgab und anfing, als freier Schriftsteller zu leben. Ich mußte nie hungern und habe mich sogar niemals arm gefühlt, obwohl mein Einkommen während der ersten zehn Jahre nicht besser und häufig schlechter war, als wenn ich Lehrer geblieben wäre.

Aber wenn man von Geburt arm ist, kann sehr wenig Geld schon ausreichen. Mein Vater würde mich jetzt für reich halten, auch wenn es sonst niemand dächte. Und meine Mutter würde finden, ich sei in der Welt vorangekommen, auch wenn ich selbst es nicht finde.

Aber etwas stimmt nicht – entweder mit mir oder mit der Welt oder mit uns beiden. Ich bin weit herumgereist und habe alle möglichen Leute in allen möglichen Verhältnissen kennengelernt, und viele von ihnen habe ich aufrichtig gerngehabt und geschätzt.

Persönlich sind die Menschen fast immer freundlich gewesen. Von Kritikern wollen wir nicht sprechen, sie sind eine Fauna für sich. Und ich wollte zu meinen Mitmenschen, mindestens zu einigen, *gerne* aufrichtig freundlich sein.

Doch es ist mir nie ganz gelungen. Ob ich *in* der Welt vorankomme, ist fraglich; aber bestimmt komme ich nicht gut *mit* der Welt voraus. Und ob ich in der Welt ›ein Erfolg‹ bin, weiß ich wahrhaftig nicht. Aber irgendwie finde ich, daß ich bei den Menschen kein Erfolg bin.

Damit meine ich, daß ich finde, es besteht kein sehr herzlicher oder wesentlicher Kontakt zwischen mir und der Gesellschaft und zwischen mir und andern Menschen. Es ist ein Bruch da. Kontakt habe ich nur mit etwas, das nicht menschlich ist, das keine Stimme hat.

Ich glaubte manchmal, es hinge mit der Überalterung und Verbrauchtheit Europas zusammen. Nachdem ich andere Länder ausprobiert habe, weiß ich, daß es nicht daran liegt. Europa ist vielleicht der am wenigsten verbrauchte aller Kontinente, weil in ihm am stärksten gelebt wird. Ein Land, in dem gelebt wird, ist lebendig.

Seit ich aus Amerika zurückgekehrt bin, frage ich mich ernstlich: warum besteht so wenig Kontakt zwischen mir und den Menschen, die ich kenne? Warum hat der Kontakt keine vitale Bedeutung?

Und wenn ich die Frage niederschreibe und versuche, die

Antwort niederzuschreiben, so tue ich es deshalb, weil ich fühle, daß es eine Frage ist, die viele Menschen beunruhigt.

Die Antwort hat, soweit ich es beurteilen kann, etwas mit den Klassenunterschieden zu tun. Klassenunterschiede sind ein Abgrund, über den hinweg das beste menschliche Gefühl verlorengeht. Es ist nicht eigentlich der Triumph der Mittelstandsklassen, der die Erstarrung verursacht hat, sondern der Triumph des Mittelklassigen.

Als ein Mann, der aus der Arbeiterklasse kommt, spüre ich, daß die Angehörigen des Mittelstands einen Teil meiner lebenswichtigsten Schwingung unterbinden, wenn ich mit ihnen zusammensein muß. Ich muß oft genug zugeben, daß es reizende und gebildete und gute Menschen sind. Aber einen Teil von mir hindern sie einfach daran, sich auszuwirken. Ein Teil muß ausgeschaltet bleiben.

Warum lebe ich denn nicht bei meinen Arbeitern? Weil ihre Schwingung in einer andern Richtung begrenzt ist. Sie sind eng, aber doch ziemlich tief und leidenschaftlich, während der Mittelstand breit und flach und leidenschaftslos ist. Völlig leidenschaftslos. Die Leidenschaft ersetzen sie im besten Falle durch Freundlichkeit – das große positive Gefühl des Mittelstands.

Aber die Arbeiterklasse hat einen engstirnigen Standpunkt, eine vorgefaßte Meinung und eine begrenzte Intelligenz. Dadurch entsteht wieder ein Gefängnis. Man kann einfach keiner Klasse angehören.

Doch hier in Italien finde ich zum Beispiel, daß ich in einem gewissen unausgesprochenen Kontakt mit den Bauern lebe, die das Land dieser Villa bestellen. Ich stehe nicht auf vertrautem Fuße mit ihnen, und abgesehen davon, daß ich guten Tag sage, spreche ich kaum mit ihnen. Und sie arbeiten auch nicht für mich; ich bin nicht ihr *padrone*.

Doch sind sie es im Grunde, die mein *ambiente* bilden, und von ihnen strömt mir menschliches Gefühl entgegen. Ich möchte nicht bei ihnen in ihren Hütten wohnen – das wäre eine Art Gefängnis. Doch ich möchte, daß sie da sind, um mich herum, und daß ihr Leben gleichzeitig mit dem meinen und in einer Beziehung zu dem meinen weiterläuft. Ich idealisiere sie nicht. Von *der* Torheit haben wir genug. Es ist schlimmer, als wenn man Schulkinder veranlaßt, sich in selbstbewußtem Gewäsch auszudrücken. Ich erwarte nicht von ihnen, daß sie hier auf Erden das Tausendjährige Reich errichten, weder jetzt noch in der Zukunft. Aber ich möchte in ihrer Nähe leben, weil ihr Leben noch pulsiert.

Und nun weiß ich auch mehr oder weniger, weshalb ich nicht einmal in die Fußstapfen von Barrie oder von H. G. Wells treten kann, die auch beide aus dem einfachen Volk kamen und die beide so ein Erfolg sind. Ich weiß nun, weshalb ich in der Welt nicht vorankommen und wenigstens ein bißchen beliebt und reich werden kann.

Ich kann den Schritt von meiner eigenen Klasse zum Mittelstand nicht machen. Ich kann nicht, kann um alles in der Welt nicht meine leidenschaftliche Bewußtheit und meine alte Blutsverwandtschaft mit meinen Mitmenschen und mit den Tieren und dem Land gegen jene andre seichte, unechte geistige Selbstgefälligkeit hingeben, die alles ist, was von geistiger Bewußtheit übrigbleibt, wenn sie sich einmal exklusiv gemacht hat.

D. H. Lawrence
Sämtliche Erzählungen
und Kurzromane in acht Einzelbänden
in Diogenes Taschenbüchern

Der preußische Offizier
Sämtliche Erzählungen I.
detebe 90/I

England, mein England
Sämtliche Erzählungen II.
detebe 90/II

Die Frau, die davonritt
Sämtliche Erzählungen III.
detebe 90/III

Der Mann, der Inseln liebte
Sämtliche Erzählungen IV.
detebe 90/IV

Der Fremdenlegionär
Autobiographische Prosa.
Sämtliche Erzählungen V.
detebe 90/V

Der Fuchs
Der Marienkäfer – Die Hauptmannspuppe.
Sämtliche Kurzromane I.
detebe 90/VI

Der Hengst St. Mawr
Sämtliche Kurzromane II.
detebe 90/VII

Liebe im Heu
Das Mädchen und der Zigeuner – Der Mann, der gestorben war
Sämtliche Kurzromane III.
detebe 90/VIII

Bereits erschienen:

Pornographie und Obszönität
und andere Essays über Liebe, Sex und Emanzipation.
Deutsche Erstausgabe.
detebe 11

Außerdem liegt vor:

John Thomas & Lady Jane
Roman. Die zweite und längste Fassung der ›Lady Chatterley‹.
Deutsche Erstausgabe. Leinen